敲棋子落灯花

梁小灰 著

河南人民出版社

图书在版编目(CIP)数据

闲敲棋子落灯花 / 梁小灰著. —郑州 : 河南人民出版社, 2016. 11(2018.9 重印)
ISBN 978-7-215-10416-7

Ⅰ. ①闲… Ⅱ. ①梁… Ⅲ. ①散文集-中国-当代 Ⅳ. ①I267

中国版本图书馆 CIP 数据核字(2016)第 244073 号

河南人民出版社出版发行
(地址:郑州市经五路 66 号 邮政编码:450002 电话:65788068)
新华书店经销 三河市金轩印务有限公司印刷
开本 880 毫米×1230 毫米 1/32 印张 10.5
字数 226 千字
2016 年 11 月第 1 版 2018 年 9 月第 2 次印刷

定价:26.00 元

人间有味是清欢

——《闲敲棋子落灯花》序

赵克红

和小灰相识，是多年以前的事了。那时彼此了解得不是太多，只是偶尔一起参加文学活动，知道对方和我一样，都爱在业余时间看看书写写字。偶尔会在报纸杂志上看到她的名字和文章，如此而已。

一晃许多年过去了，她突然打电话给我说想出本书，请我帮她写序，倒真着实让我吃了一惊。在喧嚣世间，一直觉得她是很率性随意单纯的作者，但真正了解一个人的最佳途径当然是从她的文字开始，文为心画。看来，在文学花间，远离胭脂、淡淡雅雅的小灰一直遁入幽境，诗意地栖居，让优美文字如花瓣随四季落入心窗。在红尘中的这片净土前，我本该驻足品读。

认真翻看书稿，开卷而闻书香，掩卷而意不尽。她的文字细腻而感性，风格简洁而流畅，有一种内在思想粲然的闪光。读她的文字，就像是在读她的人生际遇，倾听她心灵的回声，在她的精神世界中散步。

她热爱生活，喜欢阅读、写作、旅行、运动、电影、音乐、书法、绘画，所有对生命有益的东西她都喜欢，她很享受这种生命状态。而她的文字正体现着她的生活内容，使人在文字里感受到属于她的时代氛围和个人感性，河洛情结和青春之梦，以及她对美食和旅行的风闻，对于爱情婚姻的理解和诠释，对于阅读的浅喜深爱，这些都足以让人沉潜其中，感同身受。

她行走在阡陌红尘之上，随手都是文章，极有意趣。她的散文唯美而纯净，好似电影里带着音乐的背景。那是一树一树的花开，秋风里吹落下的纷纷红叶，充满着艺术情调、美学韵致和抒情氛围。风花雪月在她眼里既是无穷美景，又是生命存在的一种特殊的自然美；而走过一个地方，于她，就是一路的相遇与别离、诗情与画意；她富有创造力和想象力，用一种精致的笔调，编出一个个精彩的爱情故事和亲情文章；她对自己的故乡充满深情，一草一木都是风景，四季轮回都是不了情；她的心灵始终是自由的，自由地思考、自由地感受、自由地享受，她珍爱着生活的每一天，倾情追寻生活的真正意义！

“闲敲棋子落灯花”，是南宋诗人赵师秀《约客》中的名句。这首诗写的是梅子黄时，处处都在下雨，长满青草的池塘边上，传来阵阵蛙鸣。时已午夜，诗人约请的客人还没有来，诗人只好消磨时间似的用棋子在棋盘上轻轻敲击，震落了灯花。诗句生动唯美地写出了在阴雨连绵的春末夏初之夜独自期客且静中有动的情景。小灰以此句为题，所表达的也许就是她所追寻的一种生活态度，不忘初心是她在光阴里的气质和风格，有一点点儿静好，有一点点儿禅心，有一些些期待，还有一种哲学意义上的浪漫，来表达她柔而暖的心灵，那是这样的情境："挑落灯花，抱影无眠，是一种与时光的对峙，是一种与世俗的不妥协。你来与不来，没有关系；你见与不见，俱是云烟，我只享受一个寂然清雅的夜晚。把光阴化为飘散的秋风，任心中的绿肥红瘦，变成淡淡的咸涩与微苦，原来爱情的百转千回，也终是抵不过岁月的潮湿与苍茫。"

美食是她生命里的烟火体验，寻味之旅分享给大家关于美食的记忆，她的想法是这样的："人生应该是这样的，走过很多路，看过很多云，喝过很多种酒，吃过很多美食，才够有意义。"

文学更是感情的产物，她信手写来的故事生动而感人，无论是爱情还是亲情，都写得精致而老练，结尾总留有伏笔，出奇致胜，从容体现人生百态，写出人性的可爱可敬之处，透示出哲理感悟和生活体验，使人领略人间的温情和酸甜苦辣，信手拈出一段："梨树现在开满了花，很美，却只为我一人而开。风吹落梨花，像是漫天的雪在飞舞。不禁懂得，人海里相遇，有一种真情，该是在灵魂深处，拥有过一个真爱你心疼你温暖你的人就已经是永远。"

而她走过的山一程、水一程，是她的浮世清欢、细水长流。她是这样行走："这样的古巷让我想起那些隐者，与世无争，静对岁月，书房之外，烹茶抚琴，笑看人生。我的手触摸着斑驳的墙壁，丝丝的凉，似摸到旧日的光阴，低头看，脚边的青苔，绿得不软不硬，刚刚好。"

她钟情阅读，秉承"致其知而后读"的原则，她懂得读书之乐，更多的是用一种感性的态度去阅读。读书很杂，并不系统，但对某些问题的思考却极有深度，奇思妙想亦有，比如："三更有梦书当枕，梦里蔷薇处处开，似乎那梦，都是安稳的光阴，都是静好的岁月，都是秘而不宣的，最美，最快意，最温柔的时光。"

看着她的文字，我可以想像得出，她是一个喜欢在晨光里运动，在上午的阳光里写字，在下午的夕阳里看书，在晚上的雨声里听音乐看电影的作者。就像她书中所写的那样："一位老师留言说，雨、书、墨、音乐、茶，就是安静而完美的一天。雨在首位，但愿你也有这种感受和印象。"她既感性又浪漫，总是把生活的美好情境分享给大家。

她的文字总是流风回雪，山河静好，岁月无恙。

正是落叶飞花的季节，窗外的风都生了凉意，看着叶片从窗外蹁跹而过，读着这样温暖清新的文字，觉得这文字闪耀着一种通透湿润的颜色，也彰显着她无比虔诚的灵魂，使人跟着她的心灵一起呼吸，想和她一起去虚度一下时光，因为，最美的时光，总在文字的深处。

人间有味是清欢。作为一位非职业作者，我赞赏她在写作中孤独自守、自得其乐的情怀，也希望她在纷繁世界中，以淡定而从容的态度继续坚持写作和阅读，有佳友相伴，品味自然之美，感悟生活之趣，明了人生之理，今后以更高的水准，写出更好的作品，将生活中有趣、有味、有理、有智之内容分享给读者。

（作者为中国作家协会会员、洛阳作家协会主席）

目　录

卷一　不忘初心

3　闲敲棋子落灯花
5　把曾经的温暖捧在胸口
8　野生的时光
10　最初的梦想
13　红了樱桃,绿了芭蕉
15　渡口
18　偷得浮生半日闲
20　下午茶时光
23　仰望星空
25　月光与流年
27　再不疯狂,我们就老了
30　网络知己的爱恨情伤
33　花乱开
35　一剪梅
37　昔日的雪

卷二 河洛情怀

43 龙门春日迟
45 雨过龙门
48 神游明堂
50 雾锁龙门
52 千唐的无涯时光
55 夜游龙门

卷三 恋恋红尘

59 有一种爱,不需要表白
66 原来你也在这里
73 原来我,真的不懂爱
80 香草的天空
90 住在漂流瓶里的爱情
94 她比春天更温暖
101 爱像水墨青花
103 龙门山上的月亮
109 玫瑰,玫瑰,我爱你

112 那年夏天的白衬衫
119 十三朵玫瑰
122 有些爱不需要重来
124 薄荷香水的味道

卷四 江湖夜雨

133 因为你不是陶渊明
136 餐桌上的文化
138 名人茶趣
141 深沉普洱
143 王家卫的江湖
145 有些男人是坚果
147 大提琴的眼泪
149 机器情人
152 迷雾与仙境
154 品味温泉

卷五　美食诱惑

159　舌尖上的诱惑
161　悬崖上的肥鱼汤
163　豆花泡馍
165　莲子百合红豆沙
167　三文鱼的真味
169　佛跳墙的诱惑
172　燕菜的平凡和伟大
174　一碗热汤面的关怀
176　真情大排档
178　远方有美味
180　一碗羊肉汤的温暖
182　栾川豆腐
184　此饭可待成追忆

卷六　蓦然回首

189　秋风吹下红雨来

191　雨之印象

194　路遇薰衣草

196　品秋

198　晒月光

200　邂逅一池夏花

203　一夜槐花堆如雪

205　冷露无声湿桂花

207　只共梅花语

209　城里的月光

211　醉在春光里

213　只此一生

215　落雪时光

卷七　诗与远方

221　烟雨古巷
224　云上的日子
226　海天佛国清静地
228　旅行的意义
230　廊桥遗梦
232　漫漫旅途与茶
234　最美的光阴
236　情迷大观园
239　皇城相府的前世今生
241　一半是明媚，一半是忧伤
243　无树不欢

卷八　心灵漫步

247　除却除却巫山不是云
249　不如怜取眼前人
251　没有人比你更爱我
254　爱的至高境界
256　友情也是需要告白的
258　有些爱情永远不会成为过去
261　陪我度过漫漫长夜
263　电影里的爱断情伤
265　风继续吹
267　饮尽这份孤独

卷九　有书作枕

271 品读细节
273 在跋涉中寻找心灵的至美
276 汪曾祺的美好时代
280 三更有梦书当枕
284 大人物王阳明的人生哲学
287 悲情时代
290 读心之术
293 赏心只有三两枝
295 黑骏马
298 心还在　梦未老
300 严歌苓笔下的欲望山居
302 爱是一种病
305 傲笑人生
307 只为看山来
310 中国哲学的精神
313 像风一样自由的男子
317 遇见
319 后记:在文字中修行

卷一 不忘初心

闲敲棋子落灯花，是且听风吟，一个人独倚桥栏，看细水长流；是逝水流年，一个人站在雪地里读月光，在斜风细雨里看花开；是长亭远望，水静莲香；是夜色微凉，一颗素素闲闲的心，品味无言的情境，最美的时光。

闲敲棋子落灯花

曾看到过一幅工笔画，细腻的笔法，怀旧的色调，精致的构图。那是书香门第，夜半时分，月桂树旁，月牙门内，几位闺阁小姐，守着灯儿下着围棋，可谓衣香鬓影，暗香浮动。彼时观图，隐约间，好似在大观园内看到林妹妹和宝姑娘在对弈，姐妹们陪着，笑语盈盈。那画的落款便是：闲敲棋子落灯花。

且不说古人画得好，单是这落款，画龙点睛，恰到好处，让人不由得心里一动，情不自禁地喜欢。感念这幅画，让我也更深刻地了解了这句诗的深意。甚至偶尔也想故国神游，穿越到心仪的年代，去体验一番杜丽娘的浓情和相思；或似女书家曹妙清，于月明星稀之夜，月下吹箫待知音；或似李清照，守着窗儿，独自怎生得黑？梧桐更兼细雨，到黄昏，点点滴滴。

雪小禅曾经写过：大雪夜里一个人烹茶煮酒读禁书，脸红心跳，夜正黑，心正浓，茶正沸着。那是她一个人的狂欢。闲敲棋子落灯花，是一个人优雅的等待，是思念一个人时，缠缠绵绵而来的一记黯然消魂掌；是“月上柳梢头，人约黄昏后”那秘而不宣的情思；是紫藤花开在秋千架上，有猫儿缓步走过；是月白风清的晚上，逐页翻看吴冠中的画册。

挑落灯花，抱影无眠，是一种与时光的对峙，是一种与世俗的不妥协。你来与不来，没有关系；你见与不见，俱是云烟，我只享受一个寂然清雅的夜晚。把光阴化为飘散的秋风，任心中的绿肥红瘦，变成淡淡的咸涩与微苦，原来爱情的百转千回，也终是抵不过岁月的潮湿与苍茫。

闲敲棋子落灯花，正似自吹炉火夜煎茶，是心灵的漫步，是与光阴从容的两情相悦。有月亮的夜晚，看窗外花影扶疏，修竹绕庭，放一段古琴，读一本旧书，任夜风把长发拂动，任思绪凌乱到随意。红尘之中，既然无法跳出圈外，无论拥有还是舍弃，都须拥有淡定的气质及坦然面对的态度。

闲敲棋子落灯花。此境唯静不可得，是走在光阴的寂静里，需要一种明朗的态度和安静的心灵来阅读时光。放在当下，也正似我们，在无边的黑夜里，匍匐于电脑前，且把键盘当做棋子，在日志或是博客里，敲出一排排等待别人分享的文字。无论身处古代还是现代，文字终是能互通的，也只有内心丰盈的人，才会把光阴交给文字和棋子，一丝温暖一丝寒，一丝微苦一丝甜，心灵始终别无居处。

闲敲棋子落灯花，是且听风吟，一个人独倚桥栏，看细水长流；是逝水流年，一个人站在雪地里读月光，在斜风细雨里看花开；是长亭远望，水静莲香；是夜色微凉，一颗素素闲闲的心，品味无言的情境，最美的时光。纵有一丝薄凉，又不失温润的情怀，既适合柔情女子，也适宜铁血男儿，在寂寞的夜里，或遣怀，或寓情，几番思量，独自芬芳，细品人生的悠悠况味，从容安度岁月……

把曾经的温暖捧在胸口

一直觉得并不怎么喜欢她，虽然跟她在办公室里相对了八年。当她终于要跟着爱人北上，从此远离我的生活，忽然开始觉得舍不得。想起再也吃不到她做的酸菜和糖醋排骨，想起再不能和她一起逛街杀价，再不能和她一起贴着面膜对着天空发呆，看到她给我缝的纽扣，她送我的钥匙链，眼睛花了，想起了她所有的好。曾经，我嫌她嘴碎、粗心，偶尔吵架怄气，在工作上比赛，在婚姻观上互相攻击，连同这些，竟然在回忆里都变成了不舍。送行的那一晚，在KTV里我们唱着《一起走过的日子》，泪光闪烁着拥抱，表示要永永远远铭记彼此。

昔日同学忽然打电话来，让我去她那座城参加久违的同学聚会。去了，才知道，她生了病，已经没有希望痊愈，她只是怀念从前，很想再见见同窗的八朵金花。然而只到了七朵，那一朵怎么也联系不上。她于是在饭桌上，总在回忆那一朵的种种往事，说那一朵每天如何给大家打水扫地，如何每天晨跑的时候叫醒大家，如何义务给大家提单词，如何给大家冰西瓜吃，我们惊诧于她的记忆竟是如此清晰，那个同学原来是不显山不露水，此时，却如此无私高大。同学说，时间无多，她现在只想温暖美好的事情。她拿当年的日记本给我们看，一页页变色的纸，记满的全是往事。往事真的历历，点点滴滴的温暖流淌在她记下的流水账里，这温暖在她的沧海桑田里从不曾远去，往事关在日记本里，而情谊留在岁月里，红尘有爱。

某日，收到初恋男友给我寄来的一大包精品茶叶，包裹里放着一封信，信上写着一些逐渐被我忘却的往事，他说，写这么多，其实就是想知道我过得好不好。这真的像极了爱情剧的狗血情节，他一定是费了不少工夫打听我的联系方式，曾经那么酷的他竟然也会成为一个怀旧的人。还记得学校毕业时，他决绝南下的样子，我认定自己就是被抛弃的子君，那个恨，比太平洋还深。然而，此时看到他，却一点也不讨厌，他的样子好普通，一个发福的看起来没怎么遭罪的男人。然而我在喝着他的茶看着他的信的时候，却分明在他的字字句句里重历了一段青春的日子。原来他还记得我爱茶叶，还记得他用吉他为我弹奏过的情歌，还记得我为他留起的长发，我喝啤酒满面通红的样子，忽然觉得有丝丝感动溢出，原来恨是那么容易消弥，原来被记得也是一种幸福，原来那些生命里秘而不宣的时光还会回来，总有些人会以这样的方式记得你，疼爱你，曾经痛彻心扉的分手也不再能伤害你，都变成了温暖得想掉泪的记忆。原来，以为的忘记，都深藏在心底，我并没有错过花期。

亦如外婆，在我成年时离去，却留给我种种回忆。直到现在，我生活的习惯很多与外婆有关：喜欢喝加粉条葱花的咸面疙瘩汤，喜欢吃粉蒸肉，喜欢被人抓痒痒摸头发，喜欢纯手工制作的衣服……人世上，山长水远的漫漫旅途，除了苦和累以外，更多的是陪伴你成长的温暖，总有一个朋友、一位老师、一位同学、几位亲人，在你人生的记忆里浮浮沉沉，会在某一刻，成为你稍纵即逝的追寻，才知道原来所有真挚的感情都值得珍藏，这些感觉在时光里不会褪色，时时在闪着光。

就像朱天文说的：“生命是这样的华丽喜乐，过都过不厌。”就让我们把不快乐的都忘掉，用左手挥别时光，用右手留存温暖，如同怀揣着遗世的珍宝，以便让我们有勇气淋浴风雨，笑傲江湖，因为我们终于知道，这个世界上总有什么东西可以一直在，一直在……

野生的时光

一间茶室里挂了一幅国画,是名家画的竹林七贤写意图，静观此图，浮躁的心便生出几许静意。

彼时，竹林七贤离我是如此之近，似乎魏晋的风雅穿越时空萦绕在身旁。他们神态各异，枕溪泉而醉听风吟，琴棋诗酒，眉目间栩栩如生。萧萧竹林，隐隐清芬，书童侍立，木琴横放，意境深远，古风幽幽。

七个贤士的聚会该是多么惬意啊，隐身遁世，清谈佯狂，抚琴吟诗，把酒当歌，纵情山水，越名教而任自然，何等逍遥快活！

然而，不是谁都能弹奏出《广陵散》，不是谁都爱高山流水，不是谁都能懂那汉时的明月，不是谁都有的知音可共痴狂。那是野生的时光啊！

有一晚，在西泰山，和朋友们一起在山下的农家小院自助烧烤。一个超帅的小弟站在油麦菜地里唱花儿乐队的《穷开心》，他在风中摇摆的模样让大家笑得发傻。吃饱喝足，我一个人醺醺然走出院子，站在一棵柿树下，山里的清气扑面而来，花香虫鸣之间，偶抬头，只望见对面山头的一轮明月，冷冷清辉，离我那么近，那么近。那时，我想起了望月舒怀的李白和苏东坡。

偶尔，三五友人，去赏郊外的桃花烂漫、槐花满山、荷叶田田、菊花满园、油菜花无边。看看花，看看山，看看云，远离凡尘俗世。彼时，住在茅屋里，看着满天星斗吃着油酥饼的时候，我懂得了陶渊明。心在乡野的日子，真好。采菊东篱下，悠然见南山的自由美好，暧暧远人村，依依墟里烟的天然成趣，似水流年里，我们珍爱这一点点野生的情怀！

就像白居易写的：“月出鸟栖尽，寂然坐空林。是时心境闲，可以弹素琴”。这是一幅人与自然和谐共处的情境。现实是风雅的生活令人向往，然而我们也只是追云逐月，空有梦想而已。蓝天高远，白云悠悠，停车坐爱枫林晚的日子终是有限。滚滚红尘里，琴棋书画诗酒花，始终难敌柴米油盐酱醋茶，生活的本质是现实的，容不得半点逃避。我们只是在朝九晚五的寻常日子里，在不停前行的步子里，把野生的时光挂在心间，偶尔想想那几句：心中若有桃花源，何处不是水云间？成佛无须菩提叶，梧桐树下亦参禅。

那一刻，清风出袖，明月入怀；那一刻，淡泊明志，宁静致远……

最初的梦想

和同学们喝茶聊天时说到最初梦想的时候，大家初始很兴奋，雄心壮志皆是未了情，随后而来是为之奈何的叹息，无论从婚姻爱情还是事业金钱，都是凑和过生活的态度。A 纠结于是该放弃公务员的职位去追求曾经的梦想，还是平平淡淡心不甘情不愿地生活下去，远方希望和危险同在，这种选择没人可以帮到他。

我们应该相信，每个人都是带着使命来到人间的。有的人在自己的狭小世界里，平凡而渺小，守着简单的安稳和幸福；有些人在纷扰的世俗里，尽情演绎悲喜人生。当千帆过尽时，回首当年，最初的梦想早已失落在人海，渐行渐远，徒然留下，满目荒凉。

人生毕竟是单行道，走上一条路就永远不知道在另一条路上会遇到什么。生活里有两种人，一种是奔跑者，一种是观望者。无论你是那一种，也都有获得幸福的可能。前方可能有狼出没，然而或许顺应内心的召唤，才是得到解脱的至上宝典。

一直以为梦想在远方，是可以追逐的未来。曾经，我们最初的梦想都不是现在这么平凡，而是伟大的征程，崇高的理想，追逐着一种潜意识里的梦幻般的人生。俞敏洪和马云不断用励志的语言来告诉我们该如何实现梦想，然而梦想是海中有美丽风景的小岛，我们乘舟在前往小岛的途中，总会遭遇狂风暴雨，或许被风浪所击中，偏离了航向，有的人历经千辛万苦终于驶近小岛，多数人却只能徒然看着梦想离自己越来越远，然后终于在另一片面朝大海的地方停留下来，日出而作，日落而息，春暖花开的时候，望着小岛想起自己曾有一个梦想在远方。

有时我以为，多数梦想不是用来实现的，而是一种让我们有理由奋斗生存下去的精神依托。我们都希望自己是孙悟空，吸收日月之精华，凝聚天地之灵气，有遨游海上寻访仙山的勇气，有七十二般变化，有打上天宫的精气神，有幡然醒悟踏上西天求取真经的漫漫长路的辉煌历程。孙大圣的精神在于永不满足于现状，他的梦想一直在变，但他从未放弃过自己，最后才终于成佛。

茫茫人海，芸芸众生，我们都是闲花野草，无人来赏，不曾入画，随处散落在天涯，用一颗渴望开花的心，在四季里吐露芳华。面对梦想，在任重道远类似修道的生活路途中，年少的时候，我们还不够坚定，还不能面对生命各种意外情况的冲击，梦想随时可能烟消云散。后来才发现，那些年走过的路、做过的事、见过的人、说过的话、流过的眼泪……都是梦想最真实的一部分。无论是成功还是失败，坚守还是放弃，都是我们看见或看不见的感动。后来，渐渐成熟的我们也许并不再盲目试图去改变，漫漫长路终于让我们懂得要细水长流地过身心平衡的生活是多么重要。

儿子十一岁了，他很着急地跟我说，妈妈，我怎么办，我没有梦想，我不知道我长大要干什么？我说，别急，慢慢来，总有一天你会有最初的梦想。

我还想说，坐而论道容易，找到出路很难。面对不断变动的人生，总有流星划过的夜晚，总有大风起兮云飞扬的清晨，总有落雨的黄昏，该来的总会来，我们要听从内心的召唤，一切都是最好的安排。

谁曾写过："一个人至少有一个梦想，有一个理由去坚强，心若没有栖息的地方，到哪里都是流浪。"生命的意义在于追寻，人生的规则就是一个不断追寻梦想的过程，这过程千回百转，要全力以赴，用心耕耘，每一个阶段，都能成为生命的资粮，从而找到安身立命之道及内心安定的法则，找到适合自己的生命节奏和舞步，发现自己的秘密花园。

最初的梦想或许开花结果，或许随风而逝，那都没有关系，我们可以像三毛讲的那样，纵然来不及认真地年轻，待明白过来时，也可以选择认真地老去。一切都来得及。

红了樱桃，绿了芭蕉

夏日的樱桃不在树上，生动在冷饮店里。于高脚杯顶端傲视众果，冷艳绝伦，一颗独秀。这樱桃是这杯冷饮唇上的一抹红，它并不新鲜，你也并不想吃它，可你只要看着它，就想亲吻它，有了夏日的美好主题，产生一种垂涎欲滴的情绪。想起在樱桃正好的时节，同学请我品尝她用酸奶机做出的樱桃酸奶，那是阳春白雪配粒粒红艳，清清凉凉酸酸甜甜之间，口齿沉醉的滋味浩荡缠绵，意犹未尽。那种感觉，好似站在积雪消融的荒野寻到了一树独自绽放的红梅，惊喜留连，赞不绝口。后想，喜爱樱桃会做甜品的女人，才会惊艳了时光，温柔了岁月。

与樱桃红成反比的是芭蕉绿，这具有南国情调的植物在北方倒也不难寻觅，但凡有庭院的人家，或是公园亭榭的一角，总有它风流蕴藉地高舒垂荫，枝叶扶疏，似丰神迥绝的玉立书生。实际上，无数次地构想过，有一所小房子，窗前植几株枝繁叶茂的芭蕉，起风时清风入怀，半窗疏影；下雨时静观烟雨斜檐，细听滴翠的轻响；读书时清茶一盏，坐拥清静无边。那时分，纵无粉墙黛瓦，也有身在江南的浓浓诗意。为此雅意，遂在花盆里植下美人蕉三株，放在花架上，居然在这个夏季长得分外蓬勃，虽然细高瘦弱，却撑出一方绿空，倒真有几分芭蕉的气质，惹得看到它的人怀着惊疑敬畏，驻足观赏，心下甚喜。

樱桃和芭蕉都是画家的心爱之物。曾看过白石老人九十一岁时所画的一碗樱桃，用色讲究，层次分明，寥寥数笔，就有了鲜艳欲滴的意趣。宋代才女朱淑真诗曰：为花结实自殊常，摘下盘中颗颗香。味重不容轻众口，独于寝庙荐先尝。其诗中真意，被白石老人以神来之笔带入画中。若得此画于陋室，则日日有樱桃相伴矣。

亦看过石涛画过的雨中芭蕉，那芭蕉并不着绿，好似狂放的男子，落宕不羁，一蓑烟雨任平生。画作着色用墨恣肆，收放自如，其意深远，落款诗曰：悠然有殊色,貌古神亦骄。宁不在兹乎,风响雨一瓢。使人于笔墨淋漓里感染到暗夜中风雨沧桑又孤独痴狂的情绪，仿佛一切尽在风狂雨骤中远去。

樱桃似女人，芭蕉如男子。女孩要像樱桃才可爱，正如女生樱桃小丸子；女人要像樱桃才美丽，有点酸的甜，有点小娇艳，方有娇滴滴的女人味儿；樱桃女人要嫁给像芭蕉那样的男人，挺秀疏朗，可以遮风避雨，成就郎才女貌的绝配。然后，让樱桃成为我们的面子，芭蕉是我们坚强的里子。

红了樱桃，绿了芭蕉，不是春光易逝，而是时光正好，活色生香。在似水流年里，我们始终都要追寻如此这般的好日子，一起分享，黄昏花景二分月，细雨春林一半烟。记得曾经与红和绿有过浓情约会，那样，即使有一天我们老了，我们也会懂得怎样不懈去追寻，心有所依！

渡 口

自从年少时看了席幕容的诗，走过青岛、上海、重庆、广州的时候，就爱上了渡口。过客匆匆的水之侧，迎来送往的老地方，情感在这里交流，心情在这里漂泊，渡口气息，永远弥漫的是相聚和别离。

王维写道：“行人宜疏疏，渡口应寂寂”。想来这只是一种画画的技法，初时尚不能理解其中的意境。后来看画多了，才知道那是画里渡口，营造一种凄清、荒芜、疏离的氛围，廖廖几笔，水墨浅淡之处，彰显画有尽而意无穷。

白落梅说：“如果可以,我只想做一株遗世的梅花,守着寂寞的年华,在老去的渡口,和某个归人，一起静看日落烟霞。”那是多么寂寥，然而却又不和温情，一种等待，一种相思，随着渡口人来人往而起伏不定，是谁在渡口种下相思，许下永远？

在金庸的小说里，郭襄在风陵渡遇到了杨过，从此天远水长，情根深种，孤独终老。许多年后，郭襄创立了峨眉派，为她的嫡传弟子取名风陵师太，可算是一种纪念。当她在峨眉金顶云雾飘洒之时，念起风陵渡这三个字的时候，是否还能想起彼时的风云际会，她十六岁那年夏天绚烂的烟火…

历史上最情意深重的渡口，应是属于李白和汪伦。据清代袁枚《随园诗话补遗》记载：有一位素不相识的汪伦，写信给李白，邀请他去泾县旅游，信上热情洋溢地写道："先生好游乎？此地有十里桃花；先生好饮乎？此地有万家酒店。"李白欣然而往。汪伦是泾县的豪士，为人热情好客，倜傥不羁。于是李白问桃园酒家在什么地方，汪伦回答说："桃花者，潭水名也，并无桃花；万家者，店主人姓万也，并无万家酒店。"引得李白大笑。留数日离去，临行汪伦送行至渡口，李白写下"桃花潭水深千尺，不及汪伦送我情"赠别。

另一位大家韦应物所写《滁州西涧》的渡口则更有禅意："春潮带雨晚来急，野渡无人舟自横。"韦应物生性高洁，爱幽静，好诗文，笃信佛教，鲜食寡欲，所居每日必焚香扫地而坐。他时常独步郊外，滁州西涧便是他常光顾的地方。作者最喜爱西涧清幽的景色，一天游览至滁州西涧，写下了这首诗情浓郁的小诗，那是羁旅天涯的游子心，那是栖身林泉的写照。当时，他深为中唐政治腐败而忧虑，也十分关心民生疾苦，但他无能为力，这首诗就委婉地表达了他的心情。他不知道，那暮色苍茫的荒野渡口，不知为后来的艺术家们带来了多少想象力，成就了多少画中山水，那么浑然天成，意境深远，回味无穷。

实际上，现在的渡口应该是相当热闹。

年少时在南方，会在夜晚和朋友们坐渡轮到对面岛上去吃煎面。坐在江边上的大排档，热腾腾香喷喷的面，几杯啤酒，夜风把年轻的笑声吹过江去，那是多么璀璨青春的夜晚，一切都充满新奇和希望。

后来年长，从上海去普陀山朝佛的渡口，是在黄昏，夜风扑面，渡船上灯火辉煌，对于不常坐船的北方人来说，有种乘风破浪的刺激感，浮浮沉沉，浊浪滔天，仿佛看尽似水流年，我终于知道我为什么那么喜爱渡口，因为即将面对的虽是离别，踏上的却仍是崭新的旅程。

前年在青天河参加笔会，众多文友坐在渡轮船头上，看船身剪开一水碧琉璃，两岸青山相对出，人在画中游，看层林尽染，野猴小憩，终体会到席慕容所写的渡口：浮云白日，山川庄严温柔，年华从此停顿，热泪在心中汇成河流。

就用林徽因的渡口作为结束吧：终于明白，有些路，只能一个人走。那些邀好同行的人，一起相伴雨季，走过年华，但有一天终究会在某个渡口离散。红尘陌上，独自行走，绿萝拂过衣袖，青云打湿诺言。山和水可以两两相忘，日与月可以毫无瓜葛。那时候，是一个人的浮世清欢，一个人的细水长流……

偷得浮生半日闲

凡尘俗世，脱不去忙的外衣，丢不掉烦的心绪。人到中年，更有一种时光催人老的凋谢感和无力感。想旅行，没有时间；想清静，没有空间。家务、孩子、老人，如同压在心头的三座大山，在不停的攀爬之后，周而复始，遂心生倦怠。我说累，友人说，吃茶去。

她带我去一个靠近河岸很隐蔽的小院。远看是，竹篱青青，白墙黛瓦。铁门之内，青石甬道，茂林修竹，绿意扑面，种植着石榴树、桃树、枣树、樱桃树和几株牡丹，树下挂着几只鸟笼，分别是会说话的鹩哥、画眉和虎皮鹦鹉。路面每个转弯处放有带有雕花的石盆，水中下有锦锂沉浮，上有睡莲依依。还有两只狗，几件盆景，几畦生了虫眼的原生态青菜，真是闹市之侧的世外桃源。

怀旧原木堂屋大门，显得古朴典雅。房间里的摆设中式为主，西式为辅，字画飘香，书列两墙，显得极为幽静。坐在三楼喝茶的时候也可以看见窗外竹枝摇曳，风声飒飒。中国风的桌椅，一瓶风干的蜡梅，手工制作的陶制茶具，象牙配绿松石的手工茶刀，配着博古架上的各色紫砂壶，木刻葫芦、柚子茶、普洱茶饼。主人并不多话，只是安静地煮水、开茶、泡茶、沏茶，茶气氤氲里，一个下午的时光倏忽而过。

共吃了三道茶：一道是陈年普洱，汤色金黄，入口微苦，回甘持久；二道是桂花茶，香味浓郁，水中花开，回味无穷；三道是顶级毛尖，这道茶看起来青山绿水，饮时于我们却似逛花园累了，最后喝了口林中的清泉，那个沁人肺腑，无从说去。这种滋味，这种吃法，使人想起茶人说茶的情境：一口茶，品天边云卷云舒；二口茶，品庭前花开花落；三口茶，品自在闲人闲心。可不就是这个情境么？

吃茶吃了半日，算是遇到的最讲究的吃法，也长了不少学问。知道从煮水器倒水叫做注水，从泡茶壶倒水叫做出汤，知道什么是心有多静，汤有多清，什么是手法，什么是心态。才知道自己以前的喝茶不过是将就，原来喝茶的心会这么静，这么真，这么闲。

这是做神仙的时光呀！风雅一杯茶，好似肺腑都被洗净了一般，神思逍遥。也许喝茶喝到妙处，就是心里那个满足，而口里却没处说去，只想留在那时光里。

后来坐在石榴树下吃晚餐，夕阳斜照在石桌上，花卷、蒜拌茄子、黄瓜、一盘饺子、鸡蛋炒青椒，好个香，吃到手软。这种情形恐怕苏东坡都要羡慕了，只是无酒，无酒亦是好的。能在这里，偷得浮生半日闲，吃茶吃出好时光，甚为惬意。想起那首诗："一间茅屋在深山，白云半间僧半间，白云有时行雨去，回头却羡老僧闲。"但愿自己在红尘之中，也能常拥有老僧的闲意，借得雅居一间，陶杯数盏，友人共饮，可抵得十年尘梦。

这也许便是茶里泡出的人性和人生了。

下午茶时光

午后，打电话给她，在做什么？她慢条斯理地说，能做什么，晒太阳，看书喝茶呗。什么茶？是普洱还是绿茶？是桂花，她细声道。忽然嫉妒。真是香香公主，好时光似乎总是她的，那茶汤的香似乎穿越而来，却品尝不到，颇为惆怅。忆旧时吃下午茶，她说，吃茶，清心，修己，就是人生，滚滚红尘里，没有别人，只有自己。那时，她背后是一墙的书，热茶在手，她讲茶道，美学艺术，瑜珈禅修，娓娓道来，茶与文化的和谐共振，让时光真的是追不上白马。后来，反刍一般记得那些时光，静坐在她身旁，仰望、聆听，品她的茶，谈谈人生，聊聊希望和梦想。

有个性的下午茶只属于一个人。一位老师住在长江边上，他爱品孤独的下午茶。是在二十六楼之上，赏着长江落日，品着一杯热茶。他的茶具也极为讲究，四季不同，春喝龙井，用的是青花瓷，夏喝绿茶，是玻璃杯，秋喝菊花，是手绘白瓷杯，冬喝红茶，是深沉内敛的紫砂杯。他讲究慎独，喝茶的时候喜欢思考和凝望，他的文章睿智而富有哲理，想来这下午茶功不可没。

日子在茶中，就会过得波澜不惊。在广东喝下午茶，是开门七件事之一，是生活的必需品。品茶在于其次，精美的各色茶点才是挡不住的诱惑，叉烧包、肠粉、香芋糕、及第粥……较之粤菜，下午茶点更贴心暖胃，上千种的选择，迥异的味道，食之难忘，那也是食神蔡澜的幸福所在，繁华都市芸芸众生的饕餮时光。

在成都的午后，和朋友曾在路边树荫下的茶摊上喝过菊花茶，菊花、冰糖、枣子，味道一般，茶馆老板穿着拖鞋，大T恤，随意地招呼着很多年轻人，看报纸、聊天、打牌的环境里，在路边坐，吃了枇杷、柚子，草莓，看不紧不慢走过的漂亮男生和女生，茶过三杯，阳光斜照，昏昏欲睡，那慵懒的下午茶时光，恍如梦境。

但我更喜爱白落梅的下午茶："在午后慵懒的阳光下，将一盏茶，喝到无味；将一首歌，听到无韵；将一本书，读到无字；将一个人，爱到无心。"她懂得与茶虚度的时光。而下午茶与我，仍是初相逢的阶段，还未认真懂得和了解。余秋雨先生吃茶有深度，几位杰出的茶艺师泡同一款茶拿给隔壁房间给他喝，他品察精微，从茶量、水量、速度、热度、节奏来判断茶出谁手，那茶具有了人文意义上的深度，赋予茶汤生命力。徜徉，探寻，是真正意义上的茶人。

如果怕麻烦，下午茶也可以很简单，呼朋唤友，带些烘焙好的新鲜小点，几杯茶，微微的风，绿地上或是阳台上，清新、轻盈、绿色、健康，体验的是阳光、空气、味觉混合而成的轻松愉悦的心情，小憩片刻，舒缓身心，怡情养性。那时，时光慢，桃花酿酒，春水煎茶，在一杯茶的温情里，体味生活的诗意，在一杯茶里消磨整个黄昏。林语堂先生说：“只要有一只茶壶，中国人到哪儿都是快乐的。”一杯暖暖的下午茶，是精神层次的享受，是生理层次的休闲。吃着茶和小点，群聊也好，独处也罢，总是温馨、文艺，随意想像、阅读、思考，茶香四溢中，时光静静流淌，彼时心灵是一颗干瘪的枣子，渐渐被茶汤所浸泡滋润，焕发光彩，美好时光总是忙里偷闲之外的。心灵超然物外，生活像是一部小说，那一刻你是女主角，风吹着，叶落着，雪飘着，时光正好，无人可扰。

仰望星空

晚上，看儿子和小朋友站在楼道上发呆许久，问他们，在干吗？他扭头竖起食指，嘘！安静，我们在看星空呢！心里倏忽一动，于是跟他们站在一起仰望星空。万家灯火的上空，夜风浅浅里，深邃的夜幕，像一湾静静的海，那些遥远的星河，恰似帆影点点，浩瀚莫测。

最美的星空总在夏日。怀念儿时暑期里和小伙伴一道，躺在故乡山坡上看繁星闪闪的时光，土地里的湿气，晚风的清凉，庄稼地的清幽，纯真的心灵交错，那么恬静安逸的夜晚，像一抹时光里飘渺疏离的云烟，似水流年里，久已不见。

屋顶上的星空也很美丽，那是在外婆平房顶上，炎热的夜晚，外婆一边给我打着扇子，一边陪我躺在席子上数星星，一直在数，却永远也数不清。那时的情景，是轻罗小扇扑流萤，卧看牵牛织女星。此去经年，那样的夜晚，一成不变的温暖，像溪流汇合到一处，使屋顶上的星空像一道暗流，总是席卷着我对外婆的思念。

亦爱那山林里明亮的星空。有一晚，在张家界的桑树下，陡然看到一片繁星在天，晶莹闪亮的星空下面是模糊的山影重叠，不由得想起凡高的那幅最为著名的《星空》。凡高在画那幅画的时候，神志已濒临崩溃，呈现在他画中的星空以旋转流动的姿态释放出无穷魔力，星云横飞，直逼人心，那星空是他存于世间永无休止的爱恨纠结，疯狂与悲伤。

朋友失恋，远游西藏，回来时一身沧桑，却眼神明亮。他言道，一路西去，荒漠之中邂逅了西藏的星空，在那靠近天堂的去处，亮晶晶密麻麻的星星，将黑暗天空点缀得无比绚烂，每颗星的位置竟也清清楚楚，像是伸手便可触碰的宝石。他直看得目眩神迷，一下子豁然开朗，知道现实从那里结束，梦想从这里开始。那一晚，他睡得安宁，终于将一段感情放下。此番情境让我羡慕神往了许久，原来那流光溢彩的星空，除了迷人浪漫以外，竟然也可以用做疗伤。

儿子痴迷几米的畅销绘本《星空》，几米让颜料与故事结合得超凡脱俗，把尘世点染得如许烂漫天真。书中的爷爷总是对小美说："当你寂寞的时候，只要仰望星空，世界就会变得好大好大……"几米的星空，是一种情调，是怀旧的人"那年夏天，最灿烂、最寂寞的星空"，轻轻散发着深度与光芒，令心灵迷途的人在看到美丽星空时找寻到自我。

你给生活意境，生活才会给你风景。夜色阑珊时，抬头仰望着漫天星河，深深迷恋那不动声色却闪烁不停的美丽。抑或，面对天地间那一片单纯的净土，也需要勇气。那一刻，心灵澄澈，整个人都变得纯粹，尘世流转也变得迟缓，好像在最灿烂的天的尽头，总有遥远且未知的未来，总有希望的所在，可以承载一切的爱与哀愁……

月光与流年

中秋节和几个朋友一起吃饭，都是好久不见的，彼此打量，都笑言没变。嘴里说着，其实心里谁都明白，华年里岁月流逝，这世上的一切都在变，连同窗外的月光。

月亮离我们很远，散发静谧而神秘的光华，我们于窗里窗外看她成长，却并不真正懂得她，只能遥望猜想。许久以前流年里的月光是怎样的呢？应该没有雾霾，有王维的澄澈和禅意，是明月松间照，清泉石上流；有诗仙的如许痴狂，是举杯邀明月，对影成三人；有苏东坡的落落襟怀，是但愿人长久，千里共婵娟；是孟浩然的诗意和唯美，野旷天低树，江清月近人；是漂泊杜甫的深情和眼泪，露从今夜白，月是故乡明；是春天江畔最美的花月之夜，是滟滟随波千万里，何处春江无月明。都说生活不能没有诗与远方，其实也不能没有月光，否则诗人如何能有灵感呢？

曾看一位老师挥毫画一帧小品，寥寥几笔一挥而就，浓墨是宣纸上仅画的一只杯子，淡墨是茶烟袅袅升起，我们还等着下文呢，老师却说画完了，此画的意境就是空。题款落：半壁山房待明月，一盏清茗酬知音。顿时整个画面有了故事，不见山房，不见知音，留白处，唯有无尽的月光倾洒下来，茶烟尚绿，清谈隐隐，人影茫茫，皆入画中，卷有尽而意无穷。

那日，一伙人热热闹闹地去一个好地界烧烤，是个不深的山沟子，满地荒草，石桌石凳，烧着牛羊五花肉，喝着啤酒白酒和茶，大人孩子吃得不亦乐乎，正吃得香时，有人忽然喊到，月亮出来了！真的，又圆又大的月亮从云里露出黄脸来，月悬中天，那么近，那么近，大家一手举串，一边望天，都静了下来。不知是谁，打开了车灯，播放大提琴拉出的草原之夜，那时明月如镜，乐声低沉，不远处有湖、树林、山峰，车灯下的狗尾芒草透出闪闪光影，摇曳不停，恍惚真的身在草原，天地辽阔，我们是那么那么幸福简单快乐。

还有一年，在一个朋友家里赏月光吃螃蟹，那是标准的阳澄湖大闸蟹，几个人吃了一篓子，因为多，所以无所顾忌，只吃鲜香蟹黄，彼时窗外月华如水，屋里香气四溢，那是最美味的月光，此时回想，这样的时刻，一次便好。

有月的夜里，喜欢倚在窗边，看那一弯新月，静听苏芮《一样的月光》，却爱这种一夕忽老的苍凉感，这意味着无处安放的青春已经消逝无踪，匆匆那年终于还是绝尘而去。蓦然回首，走过流年，我们还不曾改变世界，世界却已经改变了我和你，昔日再不能重来。那么，如果每一次赏过的月光都将一去不返，我们只能牢记当时的情景，当时的人，当时的状态。当然，月光可以是有和无，是虚和空，却从来不曾让我们失落，只会静静地陪伴我们度过漫漫黑夜，带给我们期许和无限希望。

再不疯狂，我们就老了

看台湾导演杨德昌的电影《一一》，在电影最后，婆婆的葬礼上，小男生洋洋念了一段自己写的话："婆婆，我好想你，尤其是我看到那个还没有名字的小表弟，就会想起，你常跟我说：你老了。我很想跟他说，我觉得，我也老了……"

他才八岁，却说他老了，彼时，我却被深深感动了。那天，和儿子晨运的时候，他忽然看着头顶的蓝天白云感慨："妈妈，我生命中的第一个十年已经过去了，我觉得我老了。"听来矫情，想来却是因为他听了《开讲啦》的演讲，而心有所感，倒真有点少年老成的感觉。我道："那赶快计划一下你第二个十年做什么吧，这个十年才最重要。"实际上，我真的想说："小子，你妈人生的第四个十年都快到了，还一事无成，她才是真的老了"。

想起某日，在一个论坛里，看一个小女生发的贴，题目是：想当年，我年轻的时候……我怔怔看着那一行字，好心酸，仿佛一夕忽老。

人生，有多少美好是不能重来的，有多少年轻是用来挥霍和虚掷的？任是谁也不能让时光停止在人生的某个阶段，所以现在我们热爱穿越。有时候，真的不敢回望自己的人生，没有才富五车和惊天伟业，好像是只是荒草地里的一株荒草，没有经过任何修饰，无人梳理和照料，春夏秋冬，尘土满面，那么歪七扭八地长着，不能成为一棵看见远方为人庇荫的树，或是经雨水河水冲洗后富有意象的石头，这才真的让我悲伤。

看一位80后的勇敢女生，怀着逸动的心，骑车走天涯，好似阿甘那样漫无目的地长跑，她要赶快趁着天还未黑，人还美丽，去闯荡江湖，不为英雄梦想，只为远离尘烟旧事，去一个远方，看不同的日出日落，老也要老在路上。看着她们，打马走过青春，疯狂，折腾，轻摇滚，真的好羡慕。或许这才叫不枉此生。

不过，细想，身边的人也蛮疯狂的。一位索性离了职，只为畅游天下的梦想；一位退了休，却开始当驴友玩漂移穿越；一位到了中年开始苦学钢琴，一身艺术范儿；有的人疯狂美容，有的人疯狂瘦身……似乎都挺二儿，却很自我，很痛快！

谁说不是呢，假如我们只能拥有一个平淡无奇的人生，在人生的某个节点，在身体和心灵还自由的时候，至少还可以适当地疯狂一次，从而丰富人生经历和记忆，以免在生命的最后纠结着这个那个事情没有来得及去尝试。今夏，在陆浑水库的岸边，终于克服恐惧，决定骑一次水上摩托艇，管理员的眼光全是不信任，连儿子也不敢冒险坐在我背后，我只想，管它的，就要疯狂一次！事实证明，挑战自我的感觉好极了，驰骋水面真是飘飘欲仙，波涛万顷之中，任我左右纵横，比凌波微步更飒爽，比轻功水上飘更速度，虽然惊心动魄，却让我意气风发，豪情满怀！

想来人生虽短犹长，从出生开始，都是走在老去的路上。“再不疯狂，我们就老了”，正如“再不相爱，我们就老了”，这句话适用的范围更大，意义也更广阔，是一种心态、一种呐喊，是对生命进行反思和认证，也是实现人生和自我和谐相处的一种方式。

尽情疯狂吧，在还未老的时候。等待一场姹紫嫣红的花事，和爱的人一起踏浪，在秋月春风的光阴里读诗。只要我们还想了解自己和世界，还有想做的事情和坚持梦想的理由，那么，尊重自己的志趣，活出自己的价值，执著地活着或是单纯地活着，倾听自已的心跳，感受思想的脉动，回归真实的自我，微笑着向前奔跑！

网络知己的爱恨情伤

茫茫网络，也是看不穿的红尘滚滚。

曾几何时，遨游在网络里，泡在坛子里，深深期待着有竹林七贤那样风雅的知音相约黄昏后，清谈，佯狂。我们可以自由地追寻所谓的蓝颜和红粉知己，而不必有所顾忌，虚拟一把，体验一把，时尚一把。如果谁说自己没有网络知己那真是 OUT 了。

朋友小 A 是作家，文友互动中认识了远在异地的她，两人在网络上你来我往，唇枪舌剑，嬉笑怒骂，斗嘴到三更，过生日彼此祝福送礼物，偶然相约一起去远方看风景。归来便常常感叹：跟网络知己在一起的日子是一半欢喜一半忧，欢喜的是相聚，忧愁的是别离。其实，不过是酒逢知己，将遇良才，文学上的共同追求，文学素养上的旗鼓相当，再加上距离产生的美感，惺惺相惜，意犹未尽罢了。

相识朋友易，得遇知己难，有网络知己在，虽素未谋面，谈话却也能海阔天空，无所不及，甚至隐私也无须避讳，因为你只是对着电脑倾诉，你知道，在世界的某一角，有个人知道你的秘密，却不知道你是谁，你在哪里，你不用担心他会对别人提起。当然网络知己也是可遇而不可求的，也许你花费了大量时间和精力，聊天聊到手软，钓上来却只是一堆没有价值的小虾米，而并非志同道合的知音。

网络知己要有可持续性和神秘感，知己过招要有兵来将挡、水来土淹的淋漓痛快！在网络江湖里，跟知己的交往如同雾里看花水中望月，只需神交，无须两肋插刀；只谈风花雪月，共听高山和流水，无须同甘苦共患难，尽可以无伤大雅地随意调侃，分享彼此的快乐、忧伤和秘密。不必担心因为疏忽而疏远，因为怠慢而陌生。

也许你会在不经意间爱上了你的网络知己，在某一刻问世间情为何物，逐渐想把知己变为亲密爱人，然而网络的不确定性不一定能给你爱情的甜蜜，也许只是苦涩的一吻呢！不要迷恋《第一次的亲密接触》里的痞子蔡和轻舞飞扬的浪漫爱情，不要让那把野草疯长出边界，因为网络里的真情也许只是夏夜里的荷塘月色，美则美矣，却见不得了阳光。曾经也有被网络知己弄得神魂颠倒意乱情迷的例子，到最后是赔了夫人又折兵，倾家荡产从网络那端跌进现实的那一刻，那才知道什么叫痛！

网络知己也是天外飞仙，有着出神入化的神功。也许有一天，你所喜爱的他头像会一声不吭地灰掉，然后莫名其妙地消失，永不出现。那时候，你也要淡定地一笑而过：莫愁前路无知音，让他飘然隐身去。相识于网络，相知于网络，当然有一天，也可能会相忘于网络。网络知己的特性是变幻莫测，相谈正欢的时候风生水起，遇到新欢的时候也会英雄陌路。要珍惜它的存在，却并不会真正地影响你的生活，要知道它只是你倾诉的对象，使你获得心灵平静的载体。

网海茫茫，过客匆匆，也像是人潮汹涌的街头。生命的每个阶段里也许都会有不同的知己出现，不是我们总是在忘记，而是尘世的每一天都有所改变。你尽可以和你的网络知己尽力折腾出些爱恨情伤来，没有路人会在意，只要你能一剑泯恩仇，也不枉潇洒走一回了。

偶然，我们可以想一想，那些年，我们一起追过的网络红颜或蓝颜，那些爱与愁，喜与悲，都是回忆。网海无边，与网络知己偶遇的时候，要懂得相逢是缘；与网络知己擦肩而过的时候，也要懂得，回头是岸。

花乱开

那日，在车上看老树的诗画绘本，读到："空山牧马，破屋读诗；遛狗深巷，看花乱开；随物赋形，浑然忘机。"忽然惊觉，窗外路边，那一树一树的花开，深深浅浅，不正是绘本里的样子吗？经过一个冬天的沉寂，是谁种下了春风，吹开了这城市或者角落里的繁花。这春色烂漫真是一种抵挡不住的诱惑，我是不是可以借一只狗，到老城里面去看花乱开呢？

春天就是那么任性，忽然离开，又突然走来。遥想当年，记忆里的油菜花开得是那么金黄黄，闪人的眼儿。春天的午后，热。偷跑出来的我没有赏花的心，却在油菜花丛里捉蝴蝶，蝶舞蹁跹，追得我满头大汗，匆忙间跌倒在花丛里，被一块尖利的石头把手刺破，血流着，却不觉得怎样痛。现在听着汪峰的歌，再次来到春天里的时候，油菜花依然金黄，那个缝针的伤口还清晰地留在手上，而我却从一个花丛中的穿着瘦窄短衫的小姑娘变成了一个中年女人。春天里的中年女人不再去想抓蝴蝶，她只想带着妈妈去看那开在别处的春天里闪着金光的油菜花田。

老树随性说道：春时诸花烂漫，皆为刹那芳颜。他是懂花的。可是春天比他更懂花。春风一吹，阳光一暖，爱美的花朵没有不梳妆打扮的。春天里的园子，总是那么朝气蓬勃，花红柳绿的招摇，风情万种，那怕凌乱，那怕开到荼蘼，总是美的。田野里的野花，果园里的果花，公园里的园花，路边的路花，爬在墙头上的藤花，阳台上的盆花，依次闪亮登场，你有你的颜色，我有我的风韵，你占了高枝，我就紧偎着泥土，你是天香国色的，我就花团锦簇；你是香气袭人的，我就两袖清风，你是仰天长笑的，我就低眉顺眼。都是春天里美好却细碎的存在。

不懂赏花，就不懂得什么是真正的春天。想当初的武媚娘，也赏不到现今的一城繁花似锦。好似走在云里雾里电影里，如梦似幻，使你觉得生活的万般不如意都抵不上这一刻的逍遥自在，刹那间真想让时光就此停住，好让年华永远留在这时光里。

春天是赴一场花的盛会，这一片姹紫嫣红花乱开的世界却无疑是极美的，美得一塌糊涂，美得惊心动魄，美得熏人欲醉。那初见惊艳的欢喜，一见倾心的美好，那流连花间的痴迷和快乐，都是那么简单和纯粹。但只是难为我们常搞不清楚路边枝头春意闹的是什么花，但我们知道它开了，它很美，它在风里飞扬，在雨中微凉，曾让你心花怒放，就已经是最美。万物皆有来历，我们不必追问缘由，只管走出门去，看风吹乱蔷薇，看花瓣雨委地，做个像席慕容那般拈花问佛的女人吧，走过一朵花或是一棵树的时候，只管叹息，只管做诗，只管从心里小心翼翼地爱着就好了呀！

一剪梅

知道梅开了，却无赏梅的心情。赏梅，应在天地苍茫时，雪花飘洒处。往时，漫天飞雪里一树树的花开，清丽芳菲，暗香浮动。如今梅花开处，却等不来一场像样的雪。不能踏雪寻梅，正似佳人久候，而情郎不来，辜负了暌违已久的情意。

梅，有人间颜色，却无烟火气味。不与百花争艳，不念世间风物情长，不惧霜雪相欺，不见悲喜消磨，于寂静处倔强地吐露芳华，一种幽香池骨清。愈寒冷愈娇艳，等清欢已过，零落成泥辗作尘，香如故。

《红楼梦》里，宝玉曾折了栊翠庵里一枝梅，插在瓶中让大家作诗，措辞很精致:梅有二尺来高，旁有一枝纵横而出，其间小枝分歧，或如蟠螭,或如僵蚓，或孤削如笔，或密聚如林，真乃花吐胭脂，香欺兰蕙。描写真真形神兼备，美丽不可方物，诗入画中。

有一位作家:白落梅。只是一个笔名而已，却分外地醒目，白雪地上落着梅花，颇有深意，过目而不忘。她的文字，唯美，空灵，禅意。她写道:如果可以，只想做一株遗世的梅花，守着寂寞的年华。在老去的渡口，和某个归人，一起静看日落烟霞。现世里，她真的是一株梅树，那些美好的文字是她笔下的落梅纷纷，暗香盈袖。

一剪梅，不能没有爱情故事。清将彭玉麟（人称雪帅），青年时痴恋女子梅姑，终有缘无份，痛失佳偶，后在坟前立誓，一生画梅，以万幅梅花作为纪念。遂画梅追怀，每两天画一幅梅图，作一首梅诗，画梅四十年，不下十万枝。他道：平生最薄封侯愿，愿与梅花过一生。他笔下的一树梅花，干如铁，枝如钢，花如泪。冰肌玉骨，鳞鳞万玉，明月清辉，素纸留香。每成一幅，必盖一章曰“伤心人别有怀抱，一生知己是梅花”。一腔心事托梅花，这是雪帅的一剪梅，一段情，剪不断，理还乱。

惯看了秋月春风，待下雪，必信步去看一场花事。嗅江湖险恶之外的一味清香，在滚滚红尘里感受内心的把持和修炼。毛主席赞她迎霜傲雪:已是悬崖百丈冰，犹有花枝俏；她亦有血染的风采，凛然物外的品格。抗清将领史可法，率扬州军民与围城清军浴血奋战，最终不屈战死，人们遍寻遗骸不得，遂依史公遗愿，葬其衣冠于扬州梅花岭下，与梅同眠，凛然气节，千古相依。

梅开时节，山河盛世，沉静无言，每个人心上，都有了一点暗香。或在年少，或在年老，在心之角落，和着窗前的白月光，静静释放那一抹冷香。剪一枝梅，插于瓷瓶内，时间空间都是清雅脱俗。一个人，一杯茶，一本书，一剪梅，假若再来一场雪，当是绝美。此时无声胜有声，人在旅途，与梅相遇相知，当是最怦然心动的相逢，最心旷神怡的风景，从此，携一颗淡泊从容的心，走过山重水复，笑看山河岁月。

昔日的雪

又见雪飘过，是在窗口。口中的热气消融在冰冷的空气流里，雪花飞落我的手心，清清冷冷，犹似一滴离人泪。它从夜光中浩浩荡荡而来，漫天飞舞，似白色蝴蝶，似晶莹花朵，蹁跹不已，无穷无尽，不知来处，亦不知去向。它有着魔幻的气质，在夜的斗篷下，变身出童话般的世界。冰雪街道，银白房屋，霓虹闪烁中的玉树琼枝，恍若梦境。

很久以前，看安徒生的童话，知道在世界北边的尽头，在最远最冷的地方，有雪之女王的宫殿。白雪筑成墙，冷冽的寒风做成窗的冰宫里，隔绝世界上所有的暖流。那里面，住着世界上最美丽的人，也是最孤独的人。她拥有冰冷的后背和刺骨的寒风。我想也正是因为孤独，她脾气大发的时候，才会长袖一挥，把冰雪和冷风无情地吹向人间。

只是她不知道，世人皆爱雪。赞它纯洁，爱它飘逸。

雪落无声，记忆搁浅。深爱儿时白雪茫茫的乡村。雪天河边，身着花红柳绿的棉袄，穿着手纳的千层底鞋子在冰封的河面上滑冰；站于低矮的房檐下，用石头打下冰挂，小手通红地捧着冰挂贪婪地吸吮；在下着雪的夜里，围坐在门廊下，生着玉米秆火盆，烤着白薯，胜却人间美味无数。那时的我，扎着羊角辫，在落雪的冬日清晨，趴在窗前眺望，憧憬着：下雪了，爸爸就要回来。他会穿着绿色的军装，出现在白雪铺就的路之尽头。

小小心灵总是不畏惧寒冷，因雪花而兴奋激动。过年逢上下雪天，最是开心不过。白红两种颜色的对比，温暖与寒冷的较量，白雪之深沉宁静与鞭炮的热闹张扬，冷酷仙境与欢声笑语，都是儿时不可或忘的镜头。

那是童年之雪。纯洁，喜悦，无邪。

豆蔻年华，看电影《冰山上的来客》，冰峰之上，一班长和阿米尔被冻成了冰雕。当一班长再不能醒来，当都它尔弹唱起来，当怀念战友的歌声响起来，我的泪情不自禁，如冰峰融雪，连绵不断。

青春期，看日本文艺电影《情书》，影片初始，白雪茫茫的山村边，渡边博子躺在雪地里祭奠她的男友，沉默的雪，深情的雪，如同年少时的爱情，不染尘埃，于天地间肆意地挥洒，又似切不断的思念无孔不入。

还有陈可辛《如果·爱》，金城武与周迅在漫天飞雪之中的那个深情拥抱。那雪啊，是绽放于天空的礼花，抚慰着两颗冰冻的心，却也铸成了十年为一梦的情殇。冰雪中的爱不会如雪融般慢慢蒸发，那场雪，多少年后依然深种于心地下着。

那是爱情之雪。深情，期待，无奈。

试问，有谁不爱“万里层云，千山暮雪”的肃穆景像？有谁不爱“千山鸟飞绝，万径人踪灭”的寂静无声？有谁不爱“忽如一夜春风来，千树万树梨花开”的美不胜收。

昔日的雪夜，有《水浒传》里的英雄好汉豹子头林冲在雪地里踏着碎琼乱玉，背着北风，信步投东；有《红楼梦》里的美人妙玉站在栊翠庵前，身穿披风，伸出纤纤素手收集落于梅花之上的积雪；昔日里的雪天里，仗剑而行，走过神色匆匆为父报仇的雪山飞狐胡斐；走过三顾茅庐胸怀天下的刘备；走过披星戴月，踏遍千山万水向西天取经的唐僧师徒。

那是书中经典之雪。唯美浪漫，豪气干云，刚柔并济。

昔日的清晨，毛泽东率红军总部从陕西清涧河口渡河，在石楼县辛关登岸。从陕北到达山西。正值大雪纷飞，天地混沌，有感而发，挥笔写下了《沁园春·雪》：“千里冰封，万里雪飘。山舞银蛇，原驰蜡象……江山如此多娇，引无数英雄尽折腰”的神来诗句。千古风流人物，在落雪时节，及不上他的豪情万丈，尽皆烟消云散。也许只是顷刻，那些昔日的雪从时空的对面飞过我的眼前，须臾，融化成窗子上的缕缕水滴。我在那模糊的视线里，感受到一种流光过隙的醉意。突然想做一个雪人，在无边的黑夜里守望，看夜从流光中浮起，想着世上的一切都在变，不变的只有那飘雪，千万年漫无边际地飘荡，亘古不变随风起舞着纯真，那么简单，却又无比执著。

这世上，没有比雪花更美的空中芭蕾，如天使翅膀上的羽毛，抖落无声，忧伤而浪漫，心灵在寂静中成长。如果你曾经在雪地里撒下过爱的种子，终有一天，会开花结果，生长成另一片春暖花开的风景。

卷二 河洛情怀

雨过龙门，真是青青世界，一方净土。我喜，在这市尘敝眼处，心里仍可有一处青山；我爱，喧声封耳外，心里依然可有半帘岑寂。

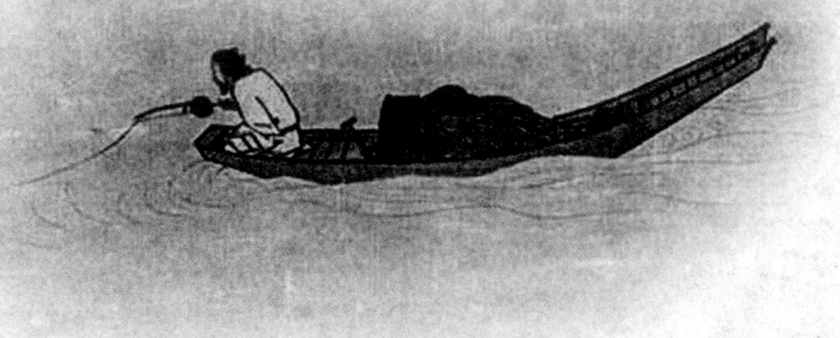

龙门春日迟

入了三月，龙门春色开始渐渐弥漫起来。

青山依旧在，几度夕阳红。伊水淙淙，无休无止，缓缓而去。倚着桥栏，我把初春细细打量。

龙门山色，永远是既苍老又天真，苍茫而空灵。似一张出自大家手笔的写意山水画，着墨浅淡，却寓意深远，别有意趣。此时，虽无燕草如碧丝，秦桑低绿枝，却依然让人浅喜深爱，有一种纯粹的情怀在流转，像一场春天里的相思，一点也不事张扬，只是一片深深浅浅的绿，落在人的眼里心里，却像是绿丝绸围在颈上一般的柔滑舒服，了悟这是一年的恬淡干净的初始，就已足够。

龙门初春分外沉静，似大家闺秀掀开秀帘不紧不慢刚踏出门口的矜持，她的眉梢眼角都透着雅致和纯净，超凡脱俗的美。森林里的树木葱茏依旧，遍地野草闲花，皆有了思春的心，蠢蠢欲动，开始了渐渐饱满丰盈的旅程。迎春花活泼大气，一丛丛，一簇簇，在岩边地头闪闪发光，用明艳的黄给春天戴上第一顶金灿灿的花冠。漫山遍野，看不够的杏花粉、梨花白、桃花红，还有那沟沟坎坎里的野花，用绽放的姿态把春天叫醒，枝枝蔓蔓，分外妖娆。

春寒料峭里，森林里的风仍是较为薄凉。一棵棵雪松仙风道骨，在风里晃动着千手百臂，似在练风生水起的太极；罗汉松是花样美男，丰神俊朗，气度不凡，可叹树上松塔裂开，松子已不见踪迹；女贞以安静端丽的气质，在风中练习着优雅的芭蕾；桑树此时依然酣睡未醒，未施粉黛，无声无息地隐在林子里，若隐若现……

田野里的麦苗练习着伸展运动，白蒿已经秀色可餐，荠荠菜躺在麦地里做着春天长大的梦。动物眷恋着春天的温暖，野鸡开始梳理起斑斓的羽毛，松鼠在枝头跳跃，野兔在青黄不接的荒草坡上觅食，野猫开始了它在林子里猎鸟行动，树上的灰喜鹊喳喳叫着，表达着对春天的喜悦。

春日迟来，尚无绝胜烟柳，却像一瓶被发酵被窖藏的酒，先有一种熏人欲醉的气息。我想爬上那高高的树顶，清楚地看到春天是怎样染过龙门的草地；我想站在龙门山的至高处，看石桥两侧，看丛林深处，看头顶上流过的云朵；我想把鸟语花香收藏入袋子里，做成香囊挂在身上。

春天以后，龙门山上的坚硬石壁将不再冰冷，那石壁上洞悉众生的佛祖也在等待着春天的温暖吗？香山寺的香烟袅袅，钟声不绝，参透一切悲喜，香客虔诚的祝福祈祷会随着春天来到吗？白园寂寞依然，满园深浅色，照在绿波中。走过了听伊亭，踏过缠满常春藤的青石台阶，看过了镌刻书法的九曲回廊，春色会痴狂了诗人的心吗？

水清了，山绿了，我行走在龙门迟来的春色里。我在努力地嗅着，那远山鸟群飞来的气息，那花朵次弟开放的气息，那风吹过丛林的仙野之气，那气息在我心中弥漫，真想品味，真想珍藏、真想留住这春天的味道……

雨过龙门

初夏的雨，不似春的绵软，亦无秋的凛然。初夏的雨，云水茫茫，是正青春，有点儿茶的香，有点儿酒的烈，是策马轻驰的忘我。当初夏的雨邂逅龙门，山色为之一振，四野为之一新。

雨过龙门，静出一种清雅，在细雨纷纷里找到一种超越时空的寂静美。

这雨不同梧桐雨，点点滴滴，更深残漏，教人心无所依；不似忧郁李商隐："秋阴不散霜飞晚，留得残荷听雨声"；不像江南小巷的雨，不用矫情撑着油纸伞，也无人深巷卖杏花。这是"细雨鱼儿出，微风燕子斜"的美，是"柳枝经雨重，松色带烟深"的景，是"青箬笠，绿蓑衣，斜风细雨不须归"的心。

此时迎风观雨，看伊水脉脉，远处的青山，真是有声胜无声。细嗅，那一抹雨之味，仿佛蕴含天地之精华；细看，触目地山水，是苍翠欲滴的绿。细想，在此清雅之境，从容感受生命的清新，顺从内心的指引，淡泊以明志，宁静以致远，享受这至真、至善、至美的境界，飘飘欲仙。了悟季羡林大师听雨的情境：好似离开了嘈杂的尘寰，与天地万物合为了一体。

雨过龙门，秀出一种风景，在繁华背后追溯岁月沉郁的沧桑美。

彼时，凉风扑面，雨丝缠绵，倚栏杆处，听松林的啸声，听树叶的低语，是初夏最美好的时光。龙门山色，青山隐隐里，千年依旧的灵秀，袖手迎风雨，拥得一襟山岚。

此时，当风携着雨扫过这莽莽丛林，那满眼的绿在跌宕起伏的时候，我会想起宫崎骏和几米，想他们怎样用生花妙笔，把眼前的风景描绘成生动的永恒，天马行空；亦想起白居易，多少年前，他也曾像我一样身处此山，煮酒烹茶，轻品细读，在某个雨夜，细看元稹写给他的信；羡慕曾经的竹林七贤，细雨纷纷中，他们和歌而过，越名教而任自然，蔑礼法而崇放达；也想起率性苏轼，竹杖芒鞋轻胜马，一蓑烟雨任平生。

雨过龙门，生出一味禅心，岁华如禅，生命亦如禅。烟雨濛濛处，卢舍那大佛阅尽人间风雨，笑看风云际会，竟已沉默了千年，参悟人世悲喜；雨过龙门，红尘冷雨中世事皆成过眼云烟，而香山寺香火依旧，钟声悠扬，过客匆匆；雨过龙门，伊河水脉脉含情，远处的青山依旧，是谁触碰了这山水间的一泓幽梦。想起《金刚经》说："应无所住而生其心"，因而才知世有浓淡，素心无嗔喜。

此时这雨，清静自然，有如山谷清泉，流向人心深处，洗净纠结不清的恩怨情仇，化解人世的悲欢妄执，明心见性，直指人心，带给生命一股清凉自在。

雨过龙门，真是青青世界，一方净土。我喜，在这市尘敝眼处，心里仍可有一处青山；我爱，喧声封耳外，心里依然可有半帘岑寂。那清风与细雨的缠绵，总有那么一份清清淡淡的寂寞，一种我见犹怜的天真，一种生死与共的豪情。

我见青山多妩媚，青山见我应如是。只有这山，才能常留雨住，只有这雨，才懂山的情怀。雨中的世界，刹那即是永恒。此时，且让我多伫立一回，看雨过龙门，青山绿水间，究竟是怎样路过？

神游明堂

数不清路过位于定鼎路口的新明堂多少次，总是停下来，怀着一种复杂的心情，观望工地的建设进度。这是盛唐“万象神宫”的遗址，它的遥远历史传说让我对它无限膜拜神往。新明堂一点点地建筑成形，我很高兴终于会有一个载体能穿越时空，再现武周风云。

那是一个春日下午，机缘巧合，得以一识庐山真面目，神游了新明堂。历史上的明堂并非就是现在大家从外观上所看到的建筑，新明堂是一种历史的复原。

许多年前，一代女皇武则天定都洛阳，受命白马寺住持建造了宏伟的明堂，又称“万象神宫”，为圆形建筑，通体高 80 余米，上下贯通的巨木中柱作为主干，分为三层，下层布政，中层祭祀,上层是圆顶亭子，上立高 1 丈的涂金铁凤。695 年明堂烧毁，696 年春重建明堂。武则天死后，于 737 年拆去上层，恢复为乾元殿，约在 755 年以后安史之乱中被毁。当年的明堂气势恢宏，是世界上最高的木质建筑，影响了后世北京天坛等的建筑理念。

新明堂是将明堂遗迹藏于玻璃地面之下，当你看到玻璃地板下的遗址时，你虽不敢轻意踩踏，但你会发现，你是真的行走在明堂的地层之上，可以清晰地看到当初贯穿明堂上下的巨木中柱坑，那是真正的历史的脚印。

新明堂四周的玻璃橱窗里摆放着名人字画和宫廷仕女像，人文意味浓厚。新明堂拥有目前世界一流的弧幕影院，音响震撼，画幅宽广，播放着盛世洛阳城女皇治理天下的繁华沧桑与气象万千，给你全新的视觉冲击。

最神奇的游历在明堂二层，通过 3D 全景影院的播放，营造出一个独一无二的全景范围 3D 虚拟场景，将高科技与历史完美地结合，让我们在封闭的空间里感受到了盛世明堂曾经的辉煌。彼时，光影迷离，我们早已忘记了身在何方，一会儿是星空浩翰，一会儿是凤舞九州，一会儿是花开河洛，一会儿是宫阙一重重，高阁朱栏，又彷佛重重廊柱之后，一代女皇正向你缓步走来。你的思维不再受大脑控制，随着眼睛一同被画外音的介绍穿越入一个明堂兴建与焚毁的历史云雾之中，仿佛你就是身在宫阙里的旁观着，注视着历史沧桑在你面前一幕幕地再现，当曾经的明堂一重重地升上去，又一重重地落下来，你的心似乎也飞到了千年以外，昔日重来。

3D 体验让人如入幻境，往事一幕幕，再现眼底，结束的时候，真是怅然若失，原来繁华消逝得竟是如此之快。但历史不能湮灭，发生过的也从不会更改，总会有其存在的证明及价值。关于明堂的一切，武则天和薛怀义无法控制，冥冥中自有定数。当一切成为过去，我们也只能站在历史的边缘追溯，而不必问情由，至少我们知道，它曾经那么雄奇美好地存在过……

雾锁龙门

冬雨连绵，我推开办公室的窗户，有丝丝缕缕的浓雾涌进室内，这雾夹带着室外的林木清香，直扑入怀。彼时，我的心情只有两个字可以形容：心动。

你或许以为，这样的情境只会出现在电影里。当然，在旅行途中，置身森林氧吧或是山顶，靠着时间和天气的恩赐，也能偶遇一次野风清岚的涤荡；抑或在山水画里观秋山横云、苍翠云深、晚风清岚，可那云雾只能出现在宣纸上，如何能与自然风光相提并论。而浓雾里的龙门西山，那浩浩荡荡的绿、缠缠绕绕的雾，流动着的是遮不住的风情万种。

漫步在西山森林公园之侧，有一种漫游仙境的不真实感，迷离而充满诱惑。如果你顺着龙门西山的甬道缓步下行，你会看到空灵的山色、迷蒙的烟雨，无边的潮湿与苍茫尽入眼底。这一刻，你会懂得为什么远在夏商时期，皇亲贵胄们就会如此青睐这里，诗人白居易也会长眠于此处；为什么香山寺的钟声如此悠扬，伊河水经年不息地潺潺流去，卢舍那的微笑为什么会保持着千年不变的慈悲。

此时，并不是沾衣欲湿杏花雨的早春，而是满城尽带黄金甲的初冬。在天气将冷未冷之际，湿气凝结成雾气，重重锁住龙门。此时，风卷孤松，雾漫山冈。你数不清，绿色有多少重，黄色有多少种，红色又是多么有人情味。你以为你看到的是花朵，细瞧却是秋叶因成熟而改变了颜色。那些枫树、银杏树、梧桐树、杨树、松树、李树、无花果树、桂花树……还有更多我根本叫不出名字的树，它们在山上相依相恋着，或高或矮，或早已褪尽芳华，瘦骨伶仃地裸露着身躯，随着山势起伏，在这雾蒙蒙的时光里矜持地沉默着。

龙门山色深邃得让人看不透，我便常在云雾里恍惚，却依然顿悟不出些许禅机。这云雾并非稍纵即逝，它不在远方，而是贴近人间。它流动得也不是那么迅疾，只是均匀地缠在那些树木之间，用隐约的身影，温存地给它们披上一件薄纱，显得更柔美，更神秘。

尘世流转里，我亦爱眼前的浓雾。雾里看花的时光远离人间烟火，山朦胧，鸟朦胧，使人只想在这美景里沉醉不醒。我不想如海子，想要一所房子，面朝大海，春暖花开；我想变成一只鸟，在龙门山的树上筑巢，在风里笑，在雾里飞，在绿波里展翅逍遥。

朋友，如果你来龙门，我请你不要在阳光照耀的春天和夏天来，就在枫叶飘落、河水上冻的秋天和冬天来吧，赏一赏香山寺的红叶，采一束龙门山上的野菊，缓步在云雾之间，在微冷的风里，与落叶一起翩舞，与钟声一起祈祷，与心灵一起呢喃。

千唐的无涯时光

千唐志斋，一个被称为墓志铭博物馆的地方。斋名由来，缘于章炳麟在题额时缀有跋语：“新安张伯英，得唐人墓志千片，因以名斋，属章炳麟书之。”斋名由来，盖缘于此。

20 世纪 20 年代初，张钫先生隐居洛阳铁门镇，有私人园林百亩，山明水秀，蔚为壮观。康有为游陕过豫，被张钫邀至园中，谈书论画，赋诗抒怀，题名“蛰庐”，这才有了这所青砖灰瓦的“蛰庐花园”。

千唐志斋就是这花园其中的一部分。张钫先生酷爱金石字画，是一个有人文情怀的人，与于右任、章炳麟、康有为、王广庆交往较密。在于右任的鼓励下，于洛阳地带广搜墓志石刻，在园中辟地建斋，将多方罗致而来墓志镶嵌于此。

这些墓志碑刻，是他在荒凉旅途中，偶然邂逅的旅伴，凭着直觉和信念，没有将它们置之荒野，而是视若珍宝，守护相伴。漫漫长夜里，他是否会走过月光下的青石板地，举着烛火在这里听香读画、细品文字呢？欣赏米芾、赵孟頫、刘墉的字，感受郑板桥的竹画，那时，他不是杀伐决断的将军，而是柔肠百转的书生，在那个书剑飘零的年代，他将这些散落的石碑镶嵌在墙上，得以完整保存，那些风化剥落的痕迹，是凋零的岁月、远去的时光，是他懂得这些石碑的价值，将这一切定格。真可谓，你恋你的繁芜，我守我的清欢。他不会知道，多年以后，这里会被史学界称为“石刻唐书”。这些刻在碑上的内容为研究唐朝政治、经济、文化、外交提供了大量的历史资料。多少人走过这里，看他的千唐志斋，学习他留存下来的精妙书法，体会大唐盛世的繁华和苍凉。你终于会了解，人世间最昂贵的财富，不是金银珠宝，是信仰和文化。

封闭的空间，有一种特别的寂静，屋顶很高，因而显得有些空旷。碑刻无声分列两墙，久远的气息，体味孤独、寂静、时空、存在。许是深秋，把手触摸在那些碑刻上，有些微凉，耳边却似乎传来刻碑时的敲击声，一声声的凛冽，被镌刻出的是复杂人生，是历史积淀和艺术内涵。时光其实始终超越我们的想象，复苏了记忆，恒久了文字。石头墓碑，简单无华，却又蕴含无形力量。消耗一些又沉淀一些，我们所看到的，只是和我们有缘相遇的一部分。

那千姿百态的字体在时光中流转对峙，传递着一种无形的能量，讲述着许多平凡人默默无闻的一生，你会庆幸它们没有在风吹雨淋中湮没，没有在荒郊野外破碎，只有时间能证明它们的价值。

这一处静室，可欣赏书法，浅读文字，可挥毫临贴，可打坐凝神。

在这里自是字字珠玑，然而，这岂是一朝一夕便可参透？在这时间和空间里驻足，感受诗书字画的大美，流转着千年之前唐朝歌舞升平残存的气息，这种气息的绵延流长，便是时光无涯的佐证，让我们在驻足和观赏的时候，有一种清醒的膜拜和风雨沧桑的意味。这冷冷的石、斑驳的字，穿越时光，使人释然，如入禅境，满眼光华，照亮内心，这便是文化遗产的力量。

夜游龙门

秋风乍起，雨丝横斜，趁着天还没黑，撑一把伞走进龙门石窟，顺着台阶，不疾不徐地依次走过宾阳三洞、摩崖三佛龛、万佛洞、莲花洞、奉先寺……夜色里山与佛，与我浅浅相遇，静静收藏。

天幕渐渐合拢，走至伊河的东岸，站在观礼台上，远远地注视西山。一座山，一点点地亮了起来，先是石壁上星罗棋布的石窟里微光闪闪，而后射灯开始璀璨地旋转，随后，龙门山上郁郁葱葱的树木呈现出波浪状的光芒，伊河两岸的彩灯，于寂然中蓦地华彩绽放。

夜风、雨丝、灯光，伴着淙淙伊水，像小夜曲般柔和。夜晚的龙门不再是寂寞石壁听雨声，灯光缥缈了水光山色，石壁上的洞窟是闪闪发亮的星，而“卢舍那”便是众星环绕的佛，泛着绿光的丛林是无边无际的海，如佛在普度众生。水光山色浑然一体，变幻无穷，景象蔚为壮观，美不胜收。

灯火阑珊中的奉先寺，崖壁群雕更加栩栩如生。卢舍那身披红色袈裟，气度非凡，阿难和迦叶分侍两旁，天王昂首托着宝塔，威风凛凛。大佛脚下，绽放着一朵朵伞花，那是雨中观佛的人在佛像前驻足。雨中礼佛，虔诚以对，宗教信仰有时真的使人变得深刻。

在这雨声灯影里，我想起过往，岁月的风雨剥落了石窟的外表，却无法改变它的本质。这里曾是佛教圣地，却经历了历史上三次灭佛运动，即北魏太武帝灭佛、北周武帝灭佛、唐武宗灭佛，其后又遭大规模破坏和盗凿，造成了现在龙门石窟群雕的残缺。然而，在这明明灭灭之间，佛，一直在。

佛像也是有记忆的吗？经过漫长的等待和重重的磨难，它们终于可以得到很好的保护。这明灭的灯火之间，佛一直在，龙门山和香山依旧对峙两岸，伊河水依旧川流不息。此时，半山的峭壁上，香山寺的钟声依然响起，白居易的墓冢旁草木葳蕤，诗廊长伴，不知道他在此度过的十六年里，在雾笼伊水、钟声悠扬的情境里，饮下了几多酒，写下了几多轻灵隽永的诗句？

夜雨簌簌，芳草萋萋，凉风扑面，光晕四下弥漫，让人目眩神迷。我们可以清晰地看到，黑夜也无法掩盖美的存在，有些东西永远毁不掉、移不走，正如褚遂良所书的“伊阙佛龛之碑”，正如卢舍那的微笑，正如密如蜂房的窟龛。千百年来，那些伤痕所在，那些风雨沧桑，让龙门石窟在时光里呈现出另一种永恒而生动的美。

云水禅心，几经烟雨，岁月在山石上留下刻骨的痕。亦或者，世事本无圆满，残缺本身反而弥足珍贵。

卷三 恋恋红尘

一个人看星星的夜里，我终于明白，人生本来就是有缺憾的，很多你爱的东西你并不能去选择。这世界上，能深爱一个人是多么幸福。而当他离去的时候，我们也只能默默承受，但并不意味着那爱就会消失。有一种爱，真的不需要表白，它就深埋在你的血液里，你无法剥离，它就在那里，是你内心最柔软最深情最坚持的一部分。

有一种爱，不需要表白

1

很久以前，当我还是一个梳着羊角辫的小女孩，我常常在混沌的日光下，孤独地坐在门前的小板凳上睡思昏沉，我眯着眼睛瞅着你在不远处流着口水摇着膀子晃来晃去，你自言自语的样子很滑稽，我看着你跟在一群孩子后面嘿嘿傻笑着无动于衷，我不告诉任何人我的伤心。

没有人会想起你曾经是个英姿飒爽的警察，投射在你身上的更多是同怜和嘲笑的眼光。那时候我情绪失落，当我趴在桌上看到玻璃下你从前的照片，身着军装，手持钢枪的样子让我神往，我十分痛惜那个你没在我心里留下任何痕迹。

因为你，很早我就知道，我不是公主，公主的房子不会乱而简陋，屋子不会潮而黑暗。

我总是坐在院子里闻着别人家里飘来的肉香，不动声色地吃着馍和汤，而妈在夜晚昏黄的灯下将邻居送来的衣服改了又改，天亮了穿在我的身上，怀旧就成了我童年和少年的主题。

而你，无忧无虑在阳光灿烂的日子里快乐地说着只有你能懂的呓语。

2

你喜欢阳光，暖和明亮的日子，你歪着脖子很得意地坐在院门口晒太阳，看到熟人买了东西经过你身旁，你总会像个孩子一样嘿嘿笑着伸出手来说，给我尝点吧！如果人家好心，可怜你的话，你会得到一个面包、点心或是果子，你拿到东西会兴冲冲跑进屋里塞给我，夏夏，给你，这个可好吃了！你的脸上展现着殷切的笑容吧嗒着嘴，说着这句你说得最顺口的话。

讨厌，谁让你又去跟人要东西啦！我推搡着你把东西丢到院子里，你会紧张地跑过去把东西拾起来，边放进嘴里吃着边向我瞪眼。

你可能不会记得。小时候有一次，我在门口和伙伴们玩“丢沙包”的游戏，对方打来的沙包扔到了我的脸上，很痛，我忍不住眼泪哗啦，伙伴们就围在一起哄我……这时你从门框里探出头来，看到是我在哭，歪着脖子冲了出来，你像一头发怒的狮子挥手几下子把小伙伴们推倒在地，我哭喊着拉不住你，伙伴们受到惊吓，爬起来哭着鼻子回家了。

这件事，让伙伴家长找上门来理论，害得妈拿着笤帚满院子追着打你，你掉着泪抱着头缩在墙角大喊着再不敢了再不敢了！那些家长才算息事宁人。你在角落里鼻涕眼泪流了一脸，人走后，妈打了盆水，拿着毛巾帮你擦着擦着就放声大哭，你被吓着了，惶恐地搓着手低着头不做声。

你搞不清楚对错的样子让我心痛。你不会想知道同学是怎样在背后议论我的吧？夏夏有个傻爸爸。我知道你过的快乐，而你的快乐却建筑在我和妈的痛苦之上。

你知道吗？我抑郁而早熟的内心？我有多少次在夜晚看着相框里你英俊的脸孔泪雨纷飞。在我初涉人世的头几年，我总是梦想早上醒来，你变成了照片里的爸爸，该有多好。

我敏感而不快乐，我努力地学习来掩饰宿命里的苍凉。我渴望得到来自老师和同学的关怀与爱，因为我认为，在你那里我一无所有。

3

我很孤独，执拗地喜欢院子里唯一的石榴树，每年五月，榴花开处，红红火火地像是温暖的太阳照亮了整个院落，我就坐在石榴树下写作业，五月夕阳的余光如诗如画地从枝叶中暖暖地落在我的身上，那迷人的光线让我感受到来自生命里一种卑微的幸福。

这时候，你无所事事拿着苍蝇拍子院里院外乱转，在时光流逝中你总是显得那么从容不迫。

整个少年时期我早熟而忧郁，我会在夏夜的晚上爬上平房，在屋顶的花盆和蒿草之上远眺星空，我蜷着腿，把头枕在胳膊上，装模作样地沉思。你看见了，会偷偷地跟着爬上来，你嘿嘿笑着，咬着一支蒿草在和风中无声无息地或倚或躺，眯着眼睛呆上一会儿。

偶而，你会颤颤巍巍摘一朵茉莉或是太阳花交到我的手上，你靠近我嘟囔着，夏夏，给你，真香。

4

十五岁的那年秋天，同学来家里玩，我怕你在家里出丑，就让你自已出去溜达一会儿。结果你竟然一直没回来，妈在街口等了很晚你依然没有出现。那是你唯一的一次走失，我跟着妈在外找了一夜。第二天，妈妈去报警，我在家写寻人启事，然后和妈一起去贴传单。

那些夜晚，妈妈拉着我的手穿行在一个个悠长的小巷里，道路迴异，街灯昏暗，数不清的电线杆连连绵绵，幽暗的路像是没有尽头……

妈妈拉着我的手很冷，她打着哆嗦。我的脚上起了泡，我说，咱不找啦，妈。妈在黑暗中狠狠地注视我，目光锐利，语言冰冷，夏夏，你要永远记住，他再傻，他也是你爸。

那个夜晚冷气袭人，我在灵魂的另一端注视自己。我无情自私的内心被妈一眼识破，我始终无法穿透宿命的城墙。

你不在，家里出人意料地安静，妈半夜里压抑的哭声让我每晚噩梦连连，在尖叫中惊醒。

一个星期后，你终于被片警从收容所里送了回来，你蓬头垢面，又黑又瘦，衣服破烂不堪，伤痕累累，见到妈的时候，你像个孩子似的抽抽搭搭地抹眼泪……

我内疚而悔恨，我不想哭，但最后我掉了泪，我心情复杂地看着你无助的像个孩子，想像着你是如何过的这些日子，突然心碎。

5

我十八岁那年，如我所愿，考上了南方的一所大学。接到通知书的那一刻我在街上跑得像飞，我很期待远离这座小城，远离这个让我心碎的家庭。

走的那天，妈做了很多菜，你吃得高兴，你拿着排骨边吃边朝我嘿嘿地笑。我走的时候，你在屋里打着呼噜睡觉，我把你的鞋子脱下来，帮你盖上毛巾被，我默默跟你告别，你在睡梦里呢喃，好似在跟我说再见。

我独自背着行囊上了火车，我不敢回头看妈眼里的泪光。我暗自庆幸终于长出翅膀，从此可以远离这个生我养我的故乡，这个记载着我内心委屈和伤痛的地方，开始展开自己人生的第一次旅行，我以为离开可以让我忘记一切的不开心和不快乐。

然而，就在我挥手转身的霎那，随着火车的鸣笛声，泪水汹涌。我红着眼睛跟妈大声说：妈，好好照顾爸啊！

6

我冷若冰霜地在大学里过自己的生活，把自己的卑微藏在最深处。

假期的时候，我总是不回家，我做很多工作为自己赚取学费和生活费。

妈给我写信，满纸的唠叨，她说你脑子好了很多，也很听话。你想我的时候，总是坐在我的桌子边上用袖子擦我的照片；每个早上，你准时到平房上去给我种的米兰和茉莉花浇水；白天，你手带着袋子出门转一圈，或捡或要，拿回来半袋子塑料瓶子，说卖了要给我交学费；每年石榴成熟的时候，你总是不舍得吃，让妈妈摘下来包好了寄给我。

很多个晚上看着这些字的时候，说实话我有点想你，却也让我更有前进的动力。

大学第三年的寒假，过年前我回了趟家，那天特别冷，天上零零落落地飘着雪花，雪花纷飞中，我愉快地拖着行李在雪中漫步。走到巷子里的拐角处时，竟然看到你一个人孤单单地坐在路边的台阶上，须发皆白，全身冻得瑟缩着发抖，我迟疑着走到你面前，你混浊的眼睛立刻亮了，你用冰冷的手拉着我说，夏夏，你回来啦！你只是在等我吗？我喉头哽咽，趴在你的肩头泪如雨下。

你用袖子给我擦泪，你说，夏夏，别哭。

爸，夏夏长大了，夏夏不哭，夏夏很乖。

那天的确很冷，却有感动像热汤一样穿肠而过。

7

就在你等我的那天晚上，妈很认真地把我叫进她的房间，她从加了锁的抽屉里翻出一张又黄又旧的小照片，指着那个人认真地对我说，夏夏，这个人是你的亲生爸爸。

我不敢相信自己的耳朵，在我震惊的目光中妈显得很平静，她说，我的亲生父亲是爸的亲密战友。在我快要出生的时候，他就在一次工程事故中出了意外而牺牲。是你同情妈妈大着肚子痛不欲生，才迅速跟妈结了婚。

你坚决不再要孩子，将我视若己出般地疼爱。在我两岁半的时候，你带着我和妈上街，我被路对面小摊贩的大捧汽球吸引，一言不发地向马路中间跑去，你发现危险后大叫着冲过去，却已经来不及，你把我推倒在一边，你却在我的哭声中被疾驰而来的大卡车撞得血肉模糊。

从此，你变成了另一个自己。

二十年以后，我第一次知道真实的你的经历。原来遇到你，我是多么地幸运。而你，从未索取。而爱我，是你残留记忆里从未忘却的承诺，为此，你可以失去你的全部。

8

这就是你和我的故事。全部。原来，有一种爱，是不需要表白的。

很多年过去，我终于可以放下一切的怨怼。我一直知道你爱我，你不傻，你无比艰难地用脑海里残存的一丝清醒，来珍爱着你的宝贝。

又是五月，石榴花在枝头绽放，和煦的阳光照耀着干净明亮的小楼。我坐在你面前喝着茶，你靠在椅子上打盹，似睡非睡。树影里的你老了，华发丛生，脸上皱纹如刀刻，背已微驼。

现在的我，会在春暖花开的时候，开车载着你兜风，牵着你的手漫步在田野的小径上；会在周末带你看苍翠的竹林，绵延的青山；在夜晚，我牵着你的手去广场上散步或去量贩里购物，买给你想要的一切。

你被我牵着，脚步迟缓，乖得像个孩子。

我还记得那年夏天，你缠着妈买西瓜，妈没答应。你就跟着卖西瓜的车子走了好远，趁人不注意时偷抱了一个撒腿就跑，结果被人家追打，你又跑不快，既挨了打，西瓜也摔烂了。等你脚步趔趄地回来，两只手上拿了两块烂西瓜，你大口啃着一块，将另一块西瓜递到我嘴边，夏夏，给你，真甜。你嘴角流下的血丝在我的眼中盛开得鲜艳刺目，我边吃边哭，那块西瓜甜得让我心里发苦。

我想跟你说的是，再也不会苦了。今后，你我都不再需要面对惶恐，我会牵着你的手陪你走过以后的时光，每一天，都带给你幸福。

原来你也在这里

1

事实上，我第一眼看到飞雪的时候，根本没想到我和她会有一段风起云涌的故事。

那个闲来无事的下午，我本来是要去和朋友聚会的。在去聚会的路上，我偶然看到她坐在街角一棵榕树下的长椅上，首先吸引我眼球的是她那又直又长的头发像瀑布一样垂在她白皙的肩膀上，其次是她乳白色的百褶裙下交叉着的两条纤细而结实的小腿，她的脸上不知是汗津津还是泪盈盈，反正在我看来是梨花带雨，说不出的迷人。

我一边盯着她看一边缓缓走过她身边，她突然抬眼仰着头对我说："看够了没？"

我嘻皮笑脸地道："好看的东西永远看不够。"

她擦了一把脸，眯着眼睛对我说："我饿了，想看的话请我吃饭吧。"

我很利索地放了朋友鸽子，为了这个路上偶遇的陌生美丽女孩。

2

在客香来的卡座上，她大快朵颐着七成熟的牛排，狼吞虎咽的样子好像已经几天没有吃饭。她一点也不淑女，但是即使这样的吃相依然很有味道。我晃着酒杯坐在她的面前看着她痛快地吃，她的神情很惬意，酱色的肉汁沾在嘴角，像极了一只贪嘴的猫。

很久没有这样注视过一个女孩子，内心犹如春风吹开了桃花，忽然间情思缱绻。

她举起酒杯对我说："谢谢你，帅哥。"

我抽着烟问她怎么称呼。她眯着细长的眼睛笑容甜美，"叫我飞雪好啦。"

结了账，走出餐厅，她有点踌躇地说："哥哥，能借我一些钱吗？"我打开钱包，竟然毫不犹豫地给了她 300 块钱。我问她，够吗？

她点点头，猝不及防地扑到我的脸颊上亲了一下，然后背着双肩包奔跑着扭头向我挥手。

阳光下的她长发飘舞，裙袂飞扬，宛若一朵飘荡在风中的百合。

后来我经常跟朋友讲起这件事，讲起那个脸颊上的吻和那个猫一样的女孩，竟然没有一个朋友相信，他们均认为我是无聊之极而编出来的故事，哪儿有我这样天字号的特大傻帽。

3

大约两个月后的晚上，我在蝶舞酒吧里等一个朋友。刚坐下叫了一杯啤酒，就听见吧台那边有人在吵闹。"你滚，我再也不要见你！"一个尖锐的、歇斯底里的女声后，是酒瓶爆裂在地上的稀里哗啦声。

我扭头的时候，只看到了一个匆匆离去的男人背影。

而那个又在叫啤酒的女人披着一头又直又长的头发在仰头猛灌。

我的心乱跳起来，有一种奇妙的预感，走近她，真的是飞雪。她的脸上全是泪，看到我，她搂着我的脖子痛哭失声。我再次爽了朋友的约，背起她往家里走。

月黑风高的晚上，我听见喝醉的她趴在我的背上喊着“张庭”的名字，她一遍又一遍声嘶力竭地喊。空荡荡的大街上，繁星在天，花影遍地，我感受着属于她的爱断情伤。

那晚，她就睡在我家的沙发上。那么近地看她，玉肌微凉，吹息细细，安静得像个天使。而即使在梦里的午夜时分，她的眼泪还是地滴落在我的手上，很凉。

4

飞雪从来不和我说她和张庭之间的故事，好像这是我们之间不能碰的伤疤。而我，只要现在，不要她的过去。

那一段时间，除了上班我总是和她呆在一起，手机总是关机，电脑不开，朋友都以为我失踪了。而飞雪，就像一个真正的妻子一样呆在家里，把屋子打扫得一尘不染，把饭菜做得活色生香。她喜欢吃鱼，她做的清蒸鲈鱼比任何一家饭店做的都好吃。

我那么喜欢和迷恋她，她走路的样子，她说话的声音，她时而欢喜时而悲伤的眼神。有时候我会有一种幻觉，好像我们俩是在这个屋子里生活了很久的一对平常夫妻。

她喜欢坐在窗边弹吉他，自弹自唱刘若英的那首《原来你也在这里》：“若不是你渴望眼睛，若不是我救赎心情，在千山万水人海相遇，喔，原来你也在这里……”

每当这个时候，我就倚着墙站在她的对面，看她柔若无骨的手在琴弦上拨动，看她的长发在晚风中颤动。她总是弹着弹着眼里就有泪扑簌扑簌地掉下来，然后把头枕在我的肩上。那时候，我好心疼。

我知道我是真的爱上了她。

很多个夜晚，我们俩在高高的楼上望着属于我们俩的万家灯火，很沉默，却似乎都不再寂寞。

5

飞雪曾经跟我说，一个女人不能同时爱两个男人。她要我不要爱上她，因为她暂时爱不了别人，她只爱张庭。她说她已经习惯了爱他，从许多年前开始，也不会有结束。

早晨的阳光，柔和而温暖。醒来，旁边已没有了她，枕衾间泪水未干，温香犹在，那个像猫一样的女子就这样在夜色里无声无息地离去。我慢慢将它们捡起，放进我的钱包里。

卫生间的镜子上，她用口红留下了一颗长了一对翅膀的心和一句话：张庭要我走，我真的走了。

看到这句话时，很奇怪我竟然没有伤心。好像是她在跟我开玩笑，也许一会儿她就会回来。

但她一直没有回来。每次有人敲门时，我都心跳过速，打开门看到不是她又分外失望。我在报纸的醒目位置登了一个启事：飞雪，你在哪里？钥匙放在老地方，记得要回来。

等她的时候，我学会自己做清蒸鲈鱼，按照她的习惯打扫屋子，摆着她喜欢的花，放着她喜欢的音乐。这样做的时候我又伤感又快乐。

6

在每个无所事事的夜晚，我流连在不同的酒吧里，我常问别人的一句话是“你认不认识一个叫飞雪的女子”。我深切地希望，希望可以在哪个角落里找到那个长发低垂、流着眼泪、像猫一样的女子。

每每失望的我总是大醉而归。送我回家的朋友总会在第二天问我喝醉以后喊着的飞雪是谁，每被问及，我的心便痛作一处。

我开始失眠，开始学会了听着音乐一个人在窗边长夜漫漫地瞭望，我开始恨自己对她一无所知。

7

许久以后的夜里，半梦半醒之间，我惊觉耳边有隐隐的哭泣声。睡眼惺忪间，惊见飞雪安静地蹲在我的身旁，双眼垂泪，无语凝噎，无限哀伤地注视着我。

清晨醒来，看着熟睡的她，苍白的脸色如纸，瘦削的身体楚楚可怜，她的左脸颊有一块隐隐的青肿，腿上有几处紫痕，触目惊心。

我无比心痛地看着她醒来，醒来时她的笑容都是疲惫。“怎么会是这个样子，张庭对你不好吗？”我问。

“他是个禽兽。”她咬着牙道，“他拿走了我的一切，却爱上了别的女人，我不甘心。”她的神情真的好似一只受了伤的猫，无限怨毒。

我开车载着她到处走，吃她想吃的鱼，喝她想喝的酒，看她想看的电影，去她想去的地方，想让她拔掉心中的刺，忘掉让她难堪的一切，等待她心灵的伤口愈合。

她和我拍了许多许多的照片，照片里的她美若天仙，巧笑嫣然。她曾经说要是有一天她死了，让我还能看见她最美的样子。

我恨她跟我说这些话，就像是害怕远古灵验的咒语。

有时，她背着我讲电话，一讲就讲好久。有时她以手支颐，满腹心事。我假装不知道，只是我清楚地看见她的眉目之间又开始有了挣扎的痕迹。

那天雨丝飘飞，她坐在窗边给我弹唱《原来你也在这里》，她说很高兴能在人海中与我相遇，在这里的日子真的很好。她似乎很兴奋，从来没有跟我讲过那么多话，她讲她无忧无虑的童年，她讲她的大学生活，她讲她的许许多多的第一次，一直讲到她累了沉沉睡去。

夜里，我好似在睡梦里听到有人在我耳边说话，但当我从梦中惊醒的时候，旁边已经没有了她。

我抱着她睡过的枕头第一次流了眼泪，我知道这次她是真的离开了，后会无期。

8

时间不紧不慢地向前走，我想，我要么忘记她，要么找到她。然而两样我都无能为力。

就在这样彷徨无助的时候，我接到了公安局的电话。飞车赶去的时候，看到了飞雪冰冷的尸体。她那么执著，依然放不下和张庭的恩怨情仇，选择和张庭一起从高处坠落。曾经如花的她已经面容模糊，看到她的样子，我当时就呕吐得不像样子，呕得撕心裂肺。

终于知道，世上情花万种，有一种叫生死相随。

警察把一张染着血迹写着我名字与电话的照片交给我，照片背后，飞雪写了她生命里的最后一句话：原谅我以这样的方式结束自己。来世，再做你的女人。来世，把最好的爱都给你。

这就是她留给我的全部。

我不知道有没有来世。我只知道今世里我曾遇到这样一个女子，一个低垂长发、爱流眼泪、像猫一样的女子，我曾那么那么深地爱过她。有一天或许我还会爱上别的女人，但青春里最美的相遇，只有她，会让我笑得最灿烂，哭的最伤心。

后来，我不再听刘若英，不再听《原来你也在这里》，那歌声让我心如刀割。我知道，那个她，繁花堤上，再不能挽手共赏春光……

原来我，真的不懂爱

1

十岁以前，我是开朗活泼的小女孩，那时，我特别依赖爸爸。爸爸是个消防兵，穿制服的样子英挺俊朗。偶而他会带着我到消防队里玩儿，兵哥哥教我玩单杠，荡秋千，骑自行车，我玩得非常老练，跟小朋友比赛的时候，男孩子也玩不过我。所以，我还有一个不太雅的外号“疯丫头”。

爸爸是很有意思的人，夏夜里会站在窗子边陪我看星星，雨后在梧桐上抓知了，带我去看露天电影，让我骑在脖子上逛夜市，有时还会给我做一碗我最爱的香喷喷的炒米饭。妈妈总是嫌爸爸太宠我，爸爸总说，我的公主，我不疼，谁疼？

十岁生日的那天，我和妈妈在家里等着爸回来吃饭，一桌子的菜都放凉了，爸也没回来。我趴在门边，穿着新的花裙子望呀望。以至于，爸爸不在很久了，我仍然趴在门边，不能相信爸永远也回不来了。

爸爸是去执行任务的时候出事的，他走前跟我说，要给我买很多很多栗子。后来兵哥哥们确实送来了很多栗子，我把那些栗子统统丢进了家属区后面的河沟里，栗子刺刺破了我的手，那些漂在水上的栗子带走了我的童心，我的开朗，只剩下沉默和潜伏在血液里的冷漠。

2

十岁以后，我认定我的宿命里写满了孤单，所有熟悉我的人都说我变了。不爱讲话，不爱看人，不爱跟小朋友玩儿，性格变得偏激和抑郁。

我特别不愿意看到同学的爸爸来接他们，他们亲热的样子让我浑身不舒服。我常常在夜里捧着爸爸的照片哭，有时梦见爸爸醒来，枕巾也是湿的，我真希望一切伤感都只是梦，梦醒来时爸爸还在，和我一起看星星。

妈妈小心翼翼地对待我，尽管她也很伤心。为了上班方便，在我不同意的情况下，我们还是搬离了大院，住到了妈妈单位分的小房子里。

我很孤独，没有朋友，在班里总是独来独往。我只喜欢书，我在阅读的痴迷里获得幸福和愉悦感。一切多余的时间我都躲在图书馆里，在那静静的角落，我的灵魂和心灵都感到无比自由和甜美，在那个世界里，一切都很完美。

高一的时候，班里一个男生总是在路上堵截我，给我他写的情书，我不要，他就骑着自行车不远不近地尾随我，像个驱不散的幽灵。

那段时间，我的情绪很不稳定，晚上还常常在梦中尖叫。妈妈终于在同学那里知道了这件事，她拜托邻家哥哥嘉木每天和我一起上下学。嘉木总是默默地在下课以后，等在我必经的路旁，我也并不和他讲话，但我知道他在离我很近的地方。有他在，那个男生没有了靠近我的勇气，因为他知道嘉木在学校里打架出手狠辣的名声。

那个初夏，在我的记忆里特别安全和宁静，所以，当嘉木没有考上大学，去汽车修理学校当学徒之后，我突然发现，我的一场初恋还没开始便无声无息地结束了。

我开始喜欢雨天，整个世界都和我一起掉眼泪。这个世界上，原来除了爸爸以外，还有一个人的离开让我心里隐隐作痛。

3

后来，我终于考入了心仪已久的新闻学院，学院里的一切都让我感觉新鲜。我依然我行我素，酣畅淋漓地在学校的图书馆里过书瘾。我开始写信给嘉木，他常常不回，偶而回一封也写得极短，他说他开始开出租车了，交了第一个或是第二个女朋友。有一次，他还寄给我一张照片，挺可爱的女生。我拿着照片对着镜子照了半天，觉得自己是不如那女生漂亮，嘉木喜欢的当然是最好的。

我上了大学，也解放了妈妈，她终于可以选择她想要的生活。

一年级暑期的时候，张伯请我和妈妈吃饭。张伯伯我其实认识好久了，他是住在我家对面楼上的工程师，比我妈妈大十岁，头发已经花白，个子也低，戴着眼镜，其貌不扬，好在说话的声音还挺温和有礼。

我敏感地觉察出来自他的威胁，因为他总在我妈妈身边徘徊。妈妈每次煞费苦心地营造气氛让我见他，我根本就不和他讲话。妈也只有生闷气。

记得有一次，我在回家的路上路过小公园，发现张伯伯和妈妈并肩坐在公园长椅上，谈笑风生，我满面怒容地冲过去，拉起妈妈就走。然后，我平生第一次，一个月都没跟妈妈说话也不去上学。妈妈后来在我面前哭得不行，保证再也不见他，我才放心。

我已经没有爸爸，我不想让谁再抢走妈妈。再说，妈妈怎么能忘记爸爸呢。而且，我不能理解妈妈怎么会看上他，他的形象跟爸爸实在相差太远，也许女人老了以后就开始变得俗不可耐。

很多事情我都是无法理解的，好在我现在可以不用去理解，只要有接受的勇气就好了。尽管后来，见到妈妈依旧对张伯伯情意绵绵的样子，我也只能强压不满，那时我可以理解妈妈这些年的孤独，我也不在她身边，就让她做她喜欢的事情吧。

有一天，妈妈终于跟我说她想再婚。她可怜兮兮地说，如果我不同意，她就放弃。我没有反对，妈妈说她激动得一晚上都没有睡。我心里暗笑，一把年纪还为爱痴狂。

在妈妈的婚礼上，我再次见到了嘉木，这时候我才知道他已经结了婚。

他开了一家汽车生活馆，样子依然很男人，很帅气。我也不知道我为什么那么想看到他，那么想要打电话给他，那么有勇气把曾经的感情告诉他，不知道怎么会明明知道他结了婚还要去靠近他。

他说他当然是喜欢我的，只是他觉得他不配。他走在我身后的日子是人生的情感初体验，最温柔美好的回忆。当他第一次拥抱我的时候，我激动不已，我忽然发现他身上留存有爸爸一样让我深爱迷恋的气息。我深陷进这种感情无法自拔，我常常逃课去看他，有时候远远地在街角看他在店前拿着水枪洗车，那样子也让我心动到不行。

我最后一次见嘉木的时候，他跟我说，他很爱我，但却不能跟我在一起，我们是两个世界的人，我并不属于他，他不想伤害我，现在离开我是最好的选择。那时他将要做爸爸了。

我最后一次拥抱他，却没有太多伤感，能这样爱过一次我已足够幸运。也许有些感情并不一定要走到最后，不求天长地久，只求曾经拥有，也算是一种自我安慰吧。

4

从那以后，我给自己找了很多借口，不再回到自己的城市。我像一只候鸟，在一个城市和一个城市之间漂着，带着被放逐的身心和我的书住在一个或者另一个不同的蜗居，有着一个或者两个男朋友。

也许我的潜意识里认为爸爸抛下了我，妈妈有了张伯伯，嘉木也已离去，我的世界就该是无边的漂泊，但每个有月光和星光的夜晚，仰望夜空的我终于懂得心灵的流浪更为渴求一个温暖的归宿。

每当妈妈给我打电话的时候，我心惊胆颤地听着她电话那端的每一点动静，她感冒了，咳嗽了，声音不再清亮了，语速越来越迟缓，她的表达也越来越没有重点，反复地唠叨着身边的家长里短。如果是以前，我会烦得要命，现在听起来却很亲切，远去的风景一点点在眼前浮现，那些我曾经熟悉的街坊邻居仿佛在我的面前排排站，叫着我的小名，让我去他们家里吃糖，我吃了东家吃西家，开心极了，还是以前的疯丫头。

那时我发现，我是那么地那么地想家，在这个世界上，好在我还是有一个家在等着我的。

5

年末，忽然接到张伯的电话："你妈病了，她想你了，快点回来吧。"我心急如焚，归心似箭。

那个我曾经熟悉的城市已经开始变得陌生，当我一脸风尘地出现在医院的花坛前，妈正坐在轮椅上，张伯正在喂她吃东西，边喂边小声和她说着什么，妈妈脸上浮起了苍白的笑容。我有多久没有看见过妈妈的笑容了？我只是看着，眼睛就湿了。

妈是做着饭犯了心脏病的，好在张伯在身边，发现得及时，治疗后效果还不错，应该不会有太大的后遗症，她不让张伯给我打电话，是他偷着打的，他怎么会不明白妈的心思呢。

我把手里拿的花送给了张伯，感谢他为了等妈妈，一等就是那么多年。感谢他照顾妈，让她可以生活得安宁快乐。

原来我，真的不懂爱。爱并非只是人生初识的相看两不厌，并非花前月下的海誓山盟。白发苍苍，夕阳下相依相扶的身影，才是真正的爱情，风雨中相濡以沫，心灵深处的取暖才能绵延。而我追求的和失去的根本是浮云。

6

生活不会十全十美，要试着去包容，才会发现这个世界并不像你以为的那样糟糕。时间永远是治疗心灵伤口的良药，我决定留下来，我要面对我该面对的，我想我现在承受得起。在妈妈没康复以前，我会推着轮椅陪她去她想去的地方，听她唠叨过往岁月里碎碎念的一切。虽然我仍然不会叫张伯爸爸，但是我会像对爸爸一样去尊敬他、照顾他。

有一天，我在公园里看到嘉木带着女儿在坐旋转木马，他的脸上堆满了笑容，充满父爱的样子，我很开心没有爱错过他。

我开始吃糖炒栗子，那是爸爸曾经想让我吃到的美味，他一定想让自己的女儿有拥有甜美的内心。

一个人看星星的夜里，我终于明白，人生本来就是有缺憾的，很多你爱的东西你并不能去选择。这世界上，能深爱一个人是多么幸福。而当他离去的时候，我们也只能默默承受，但并不意味着那爱就会消失。有一种爱，真的不需要表白，它就深埋在你的血液里，你无法剥离，它就在那里，是你内心最柔软最深情最坚持的一部分，我很高兴自己仍拥有着想去狠狠爱的能力，人生经过一点点无奈，有过一些些希望，生活才会更有生命力、更韵味悠长。

香草的天空

1

那一年，遇到他的时候，我很穷，他也很穷。

华灯初上，寂寞的街，失魂落魄的我。秋天的晚上，桂花的香气弥漫，这香气却让我觉得饿。蛋糕店飘出浓郁的香味，橱柜里一只只面包像可爱的乖宝宝。选来拣去，我还是挑了一只顶便宜的特价面包。

就在那条陌生的街上，初次遇见关中月。他就站在流动摊贩之间，穿一件皱巴巴的T恤，坐在他的三轮车一侧。三轮车上塞满了各种类别的书刊。我走过的时候，他用很地道的方言说招呼："随便看啊，文艺武侠工具书，限时买一送一。"他的书还不错，身后就是路灯，光线还挺充足。于是，随手挑一本杂志，坐在身后的花坛边看起来。看起来就忘了时间，被那些庸俗的故事却不俗的语言吸引着，腿上也被蚊子沾了光，一边抓痒，一边阅读。

"秋天的蚊子最坏！"他把风油精递到我前面道。他眼睛小小的，整体看起来却挺顺眼。

清清凉凉的味道慢慢洇开。天色已晚，顾客稀少，他坐到我身边："这本杂志送你了！"

我很惊讶："为什么？给我一个理由！"

他弹弹眉毛："今天心情好，我乐意。还请你吃夜宵。"

我这么落魄，他又那么善解人意，我只有用沉默认同了他的提议。

走在路上的时候，我告诉他我叫香草，一个人在这个城市上学又上班，六年了，一无所有，还刚刚丢了工作。房租又到期，实在不想看到房东女人的那副大麻脸。总之，一切糟透了！

那碗米线实在是香，香菇鸡块的，还有小笼包、青岛啤酒。我吃得心满意足。他笑眯眯地说："看你吃饭，真有味道。"

回家的路上，夜色里他唱着信乐团的《海阔天空》，唱得那么真情流露豪气干云，让坐在三轮车上的我好生感慨。月亮把车子的影子拉得好长好长，那一晚，繁星闪烁，大街上仿佛只有我们两个人。

到了出租房，却忽然发现根本开不了锁。一定是大麻脸在为难我，我尴尬地站在原地，毫无办法。

于是，关中月要带我走，他说："怎么忍心让妹妹露宿街头呢？"

记得少年的时候，我特别喜欢带我走这三个字。今日山穷水尽，听到他说，忽然欢喜。

有人说，一个男人最惨的时候，女人会跟他离婚，一个女人最惨的时候，会找一个男人结婚。我想，我不要结婚，我会找一个男人依靠一下。

2

他住的地方出人意外地干净，出入方便，一间半屋子还带一个小院。

院子里有一棵梨树，枝叉并不繁密。风吹着树叶清凌凌地响，月光下显得那么伸展深沉。

他的房间很整洁，蓝床单很干净，枕头很饱满舒服，靠垫是青蛙王子的造型，有一只大大的书柜和大大的衣柜，一台过时的电脑放在桌上，一张黄色双人沙发，躺在上面看书蛮舒服，沙发边上放着一只掉色的木吉它。厨房使用起来也很方便。

这只沙发就是我的床了，我坐在上面觉得好恬静好温暖。真不晓得，我是不是着了魔，竟然和一个相识才不到四个小时的男人如此亲近，而且毫无陌生感。他只不过请我吃了一顿那么廉价的晚餐。

我觉得有些人也许前世就认识了。但也许是因为寂寞，也许是因为除了不像样的初恋我缺少一个哥哥，我需要感情上的温暖，至少在我还算年轻的时候。实际上，我对他既不了解，更谈不上爱。

窗里伸进来的阳光很温暖，我睡得很香，窗口外的天空，湛蓝湛蓝。那是我香草的天空吗？无边无际，像海。

3

因为交不起房租，我实在无处可去，只能拎着一只皮箱搬进他的小屋，开始了我的借住生涯。

暂时没有工作，我们就白天一起煮饭，傍晚在路边摆摊。

我开始有些喜欢他。喜爱他的温情，他的体贴，我几乎都吃胖了，他常捏着我的脸跟我讲：香草，你看我把你养得多好，当初你又瘦又黑，像只流浪猫的样子。

他常坐在院子里的梨树下弹《为爱痴狂》。弹完一曲，便小心翼翼地问："香草，愿意做我的女友吗？"我一言不发，只是笑。

那时梨树叶子已经开始飘落，我真想知道梨树开花会是什么样子。可那时，谁知道我又会在哪里呢。

他说，他要为我一直弹下去，直到我愿意嫁给他的那一天。

我心里窃笑，他一定弄错了，我一点也不文艺。我从小就穷，我穷怕了，我需要的不是为爱痴狂，我需要的是Money。

4

路边看书的日子，没几天我就厌倦了。我不明白他那么穷，为什么还那么乐观开心，简直毫无斗志不识愁滋味。

我不想再过拮据的日子，于是我开始找工作。

有一天，收摊后路过一家专卖店，我让他停下来，站在橱窗边盯着模特贪婪地看，模特身上穿着一件藏青皮草，胳膊上挎着一只精致的名牌包，我瞪大了眼睛看吊牌，对我而言，那简直是天价。

我发誓，有一天我一定要得到它们。那包仿佛触手可及，然而我只能用手指触摸着包前那一层冰冷的玻璃。

"假如有一天我可以给你呢？"他拉着我的手在我的耳边轻轻地说。

我一脸的不屑，"鬼才信，真有那一天，我就嫁你。"

5

我成了一名精致摩登的售楼小姐。

跟衣着光鲜的客人在一起，虚荣心使我有一种莫名的满足感。从上班的那天起，我就不再跟他一起出摊了。

做了售楼小姐，发现自己的潜能力无比巨大，比如可以连续不断地陪客人爬楼梯，比如可以滔滔不绝地讲出各类房型的优缺点，比如我已经习惯高跟鞋职业装风情万种，巧笑嫣然地出入各类社交场所。

我买了一件情侣套衫。一件我穿，一件给他。我的图案是凯蒂猫，他的是蜘蛛侠。他非常喜欢，几乎舍不得穿。

他挣的钱一如既往的少。其实他卖书的时候半卖半送，做生意根本没头脑。当你开始不再需要一个人的时候，似乎看他哪里都开始不对劲儿了。当他再为我弹琴的时候，我的耳朵似乎失灵了，再也没有了当初的感动。

6

心机渐深的我，很快认识了有经济实力的袁平。

他是一家品牌服装的老板，买房的时候拿到我的电话，就总是打给我，请我吃饭送我礼物，我半推半就，因为需要，因为并不讨厌，所以没有拒绝。在我贫苦的世界，实在需要一个强有力的支撑。

我打算不辞而别，跟袁平在一起。当我拎着皮箱站在他的院门口回望时，梨树已光秃秃的了，枝条清寒。那些树下欢笑的夜晚，他给我做的臊子面，月光下的琴声，都敌不过他穿着皱缩的T恤站在三轮车旁，那么卑微的样子，我不要。

再见，我走了，请原谅我不是你的香草。

7

我也觉得自己很贱。

但我终于住进了梦想中的两居室，终于可以随便穿最漂亮的衣服而不用看导购小姐的白眼。那段时间顺风顺水心情相当愉快。

除了给我钱以外，袁平总是在忙，忙生意忙跟哥们联络，忙陪孩子旅行，从不陪我逛街看电影，或是出现在公共场合，只是偶而与我见面或是吃饭。

于是，孤独是每晚按时升起的月亮。我在吃大餐而没胃口的时候，会想起那个夜晚的米线，那么香那么香。偶然，和袁平在一起的时候，会突然想起关中月的小眼睛在亮，隐隐地，心里总会有一点点酸凉。

我渐渐发现《为爱痴狂》成了我在K厅演绎最深情的一首歌。那时，有一点点想起关中月。原来想忘记一个人也不是件容易的事。

无聊的时候，一个人坐公车从起点坐到终点。

有一天，公车缓缓行过灯火阑珊的街道，在熟悉的街角突然看到了关中月，他依然坐在三轮车旁，正跟一个买书的女孩子讲话。

曾经我也像那个女孩子一样跟他讲过话，多么美好的开始。

他正穿着那件蜘蛛侠，只是不合时宜地把T恤套在毛衣外面。

我忽然觉得眼泪哗地掉下来，难道，他是以此来怀念我吗？

8

无聊时，坐车去看他成了我的节目之一。我也觉得挺滥情的，算哪门子的怀旧。

没生意的时候，他也弹吉他，却是《一辈子的孤单》。弹毕，他目光茫然望着远方，是在想他的香草吗？

半年之后，当我再次走过那里的时候，他竟不在了。我心里有些空，有些痛。他不再出现，竟然让我这么难过。

那一晚，月光刺眼，沉入黑暗的失眠使我痛苦不堪。

9

一天早上，一位胖女人敲开了我的门，以迅雷不及掩耳之式给了我一记勾拳，我眼冒金星地倒在了地上。她骑在我身上，在我的脸上左右开弓了十分钟。一边打一遍嚎叫着，离她男人远点，滚出这所房子！

当我终于艰难地从地上爬起身，扶着凳子站在镜子前的时候，我发现我的嘴角流着血，脸是肿的，眼眶青紫。

我给袁平打电话，无人接听。直觉让我打给了关中月，我强忍着幻觉听着他的声音，艰难地说出我的地址，然后就失去了知觉。

10

醒来在医院里，头晕，鼻塞，身体酸疼，眼里的关中月却像天使一样明亮。

他无微不至地照顾我，而袁平根本就没出现。胖女巫倒是来了一趟，扔下了一沓钱，叫嚣着让我永远不要再出现在他面前。

我多么希望我仍然是关中月疼爱的人。但他变了，不再爱说爱笑，看着我沉思的样子让我觉得很害怕。我努力想逗他，可他总笑得很勉强。他握着我的手热乎乎的，温暖依旧。

我求他给我弹琴，可他说琴坏了。

我想没关系，我会给他再买一把，只要他哪天弹着琴求婚，我嫁。

11

关中月是忽然不见的，在他帮我办完出院手续的那天。

他在我的床边放了个大包，然后吻吻我的额头，说出去打个电话，就此消失。

我想我终于还是失去了他，我也无法原谅我的背叛，谁愿意要一个虚荣没心肝的女人。

我打开包，里面放着一件皮草和皮包，就是那天我想要的两件。

皮草里放着一张纸条和一把钥匙，纸上说他把住的房子留给我了。那房子他买下来了，以我的名义。

12

我觉得自己像一部戏里的主角，因为没有剧本，被我演得乱七八糟。

小屋里什么也没变，就像他从来没离开过一样。我以为他说不定哪一天就会回来。

皮草和皮包我一次也没有用过，就放在衣柜里，和他留下的衣物在一起。

曾经是那么想要的东西，现在却觉得多余。也许，我根本不配。

13

再看到他的时候，他结婚了。

同事指着报纸用羡慕的眼神讨论八卦的时候，我在报纸上赫然看到了他的照片。

此时才知道他出自名门。他的手臂上挽着一个气质高贵的女人，他样子好帅呀，我现在才发觉。

我想他应该有这么一个可爱的女人，我真的不配拥有。我一边想着别哭，一边眼泪就奔涌而出。

同事们满脸的莫名其妙。他们知道什么！

14

世界往往就是这样。当你不能够拥有，你唯一可以做的，就是不要忘记。

我长时间地坐在梨树下看他留下的书，很静，很静。然后我在书柜一角发现了他的日记。

他是为了逃婚才跑出来的，为了过无拘无束的生活。因我的出现，他把他写成王子，把我写成灰姑娘。

香草有那么可爱吗？一个清汤挂面垂下来，睡觉流口水，不爱洗脸的女人。可他记下我做的汤，我说的话，我生气的样子，我送他的衣服，他竟是那么珍惜。

当他发现他的灰姑娘丢了水晶鞋还丢了真心。他的心因我的离去而变得冰冷，他努力地在等……却终于明白残酷现实中没有动人童话。

那一天，我受了伤，看着受伤的我，他写道：你知道我的难过吗，香草。我想给你所有，你想要的一切，我太想知道当你拥有一切的时候会是怎样的表情。我依然无可救药地喜欢当初的你，那个小手冰冷无家可归的你，那个贪婪地注视橱窗的你。生活就是这样，我富有，所以我珍惜贫穷而自由的生活，珍视来之不易的感情。你贫穷，你希望有安全感，爱没有钱能让你感到安全。其实走过橱窗的第二天，我就把皮草和包买了下来。那把吉它也没有坏，那是把古董吉它，留给你，我害怕再弹起它。

他说他会永远怀念小屋的日子，但不再回头。他拿走了那件T恤，他说，他想留住香草的味道。

15

日记里锁着的是最美的时光。幸福曾经来过，我却无视错过。

房子的上面，月亮依旧散发着微光，那还是香草的天空吗？我似乎还可以听到，他在梨树下，轻轻对我说：香草，做我的女友好吗？

往事如烟，我抱着梨树泪落如雨。

梨树现在开满了花，很美，却只为我一人而开。风吹落梨花，像是满天的雪在飞舞。不禁懂得，人海里相遇，有一种真情，该是在灵魂深处，拥有过一个真爱你心疼你温暖你的人就已经是永远。

天涯相望，梨花雨又凉。这一夜月光，照出我们在一起的痕迹，这一场花雨，抹不去我们给彼此的印记…

住在漂流瓶里的爱情

认识郑西北缘于网络，当时他远在五百公里以外的凤凰古城。

那时，有些小寂寥，常打开邮箱玩漂流瓶。随性扔出一个又一个心情瓶，又不厌其烦地捞出一个又一个百无聊赖的漂流瓶。在这些瓶子里，我看到了许多网络人群的众生百态，有求友的，有图私情的，有的很真诚，有的很无赖，有的人写的很优美，有的则只是一个惯见的傻表情。然后，在一个意兴阑珊的下午，我捞到了郑西北的漂流瓶，他那时的网名叫做“西北之北”，他的普通瓶里写着：他有天籁一般的纯音乐，希望可以给喜欢音乐的女生分享，还留下了 QQ 号。我就加了他，留言想要他的音乐包。他很快把音乐包传给了我。

那些来自各种乐器的纯音乐很完美地结合在一起，在无数个夜晚的黑暗里，给我以安静的想象。我在迷恋着其中一首音乐的时候会给他留言，把我的发烧经验与他分享，他会用明信片回复我，原来他还是一个诗人，原以为诗人早已经过气，但是那么清新动人的语句配合着最神秘迷人的明信片背景乐，实实在在地增加了我对他的好奇。

我从不敢随便回他的明信片，因为他写得实在太神。我要花很多工夫去看书，才能凑出有点小浪漫的几句。他毫不介意，总是赞我写得好，我终于可以感受到心花怒放，原来做一个诗人并没有想像中的那么复杂，灵感都是被激发出来的。

我们在网上聊天的次数渐渐多起来。我也很喜欢在他的空间里溜达，他的空间装饰得很有味道，有很多极美的图片，一些有创意新潮的视频，一些搞笑的冷幽默，最让我欣赏的是他极有新意和回味的个性签名。实际上，他并非真正的诗人。他和两个朋友经营着一间“吃茶去”中式茶馆。我在他空间的图片里看他的茶馆，是很有味道的那种，门前是徽式的门楼，玻璃窗外有竹，台阶边有水池，池内有金鱼游弋，中式屏风，中式家具，还有从乡下回收来的各色宝贝，看起来养眼贴心，既时尚又有文艺气息。我还看到了他的照片，很阳光的一抹笑容，很干净清爽的样子。

我发现我无可救药地迷上他了，总在 QQ 上等着他上线，反复地登陆查看有没他的留言和明信片，夜里，那些音乐响起的时候让我觉得很寂寞，我在网络上浏览着他所在城市的图片，终于懂得了相思比梦长。

我坐车去看他，几个小时的车程让我浮想联翩。真正面对他的时候，他却实在是完美，让我不能相信可以拥有这么无懈可击的爱情。他的声音很温柔，样子很斯文，我几乎难以克制内心的狂喜，那天下午，阳光透过窗帷，慵懒而迷茫，我们在禅茶一味的情境里静静相拥，感觉梦想照进现实的喜悦。

不是没有爱过，可从没人像郑西北一样打动我的心。然而，漫漫长路是唯一阻隔我们发展的障碍。有一次，他来看我的时候说，有一个富家女思雨一直在追他，虽然他一直拒绝，但她对他仍然一往情深，没事就泡在他的茶馆里帮忙。思雨对我们的故事嗤之以鼻，她才不相信什么漂流瓶里的爱情。

他轻描淡写地一说，却让我忧思如焚。于是我心生一计，让郑西北带着思雨来看我，当面讲清楚，看她还有何话说。郑西北对我的提议表示同意，并跟我约好了见面的时间和地点。

那天，我特别用心地妆扮了一下，在咖啡厅的二楼等着他们的出现。

过了约定的时间，我打给郑西北，却无人接听。等到太阳西斜，我打了无数次电话，但郑西北自此从我的世界里蒸发了，我再没能联络到他。

我以为他终于没能逃过思雨的攻势，心如死灰，于是放弃了追寻，终于成为一代剩女。在父母的威逼之下，成了沮丧的相亲一族。各式各样的男子出现在我的面前，却无人让我怦然心动。

我在第 N 次相亲失败之后，进行了一场说走就走的旅行，只想找一个青山绿水的地方疗伤，然而不由自主就到了凤凰古城，可能爱上一座城，只为城里的一道生动风景，为一段青梅往事，更是因为城里住着某个自己所爱的人。

就是那时候我再次看到了郑西北，那时我独自坐在凤凰古城的一家茶馆里喝茶发呆，寂寞到要傻掉。他走过我身边的时候，四目相对，好不愕然，原来有缘人千山万水也不能阻隔遇见。呆愣之后，我的眼泪不能克制地奔涌出来，他上前拉我的手，我不能控制地拍打着他大声喊我恨他，问他为什么一句话也不说就毁灭我整个的世界。

当我终于平静下来的时候，他才告诉我一个残酷的真相：那天，他开车载思雨来见我的路上，因他走了神，出了车祸，思雨从此失去了右小腿。他以为这便是天意，他要为思雨的事故负责，于是他娶了她，他们现在已经有了一个女儿。这次他来凤凰是见朋友并找装修灵感的。

我哑然失笑，真希望失掉腿的人是我。尽管万物起伏有定，可我们还是不知道用什么来抵御变幻无常的人生，竟然有着如此残酷的真相。

相对无言，唯有泪千行。华年里自以为是的深情，却永远抵不过现实的嘲弄。走过一段缠绵的历程，才发觉过往的山盟海誓，只是一场青春的玩笑。一次任性的旅行让我终于可以放下，至少我没有爱错过他。或许我的爱情是住在漂流瓶里的，很美好，顺流而来，却漂流而去，与外界无关，离现实遥远。

我要用三毛的话来纪念他：“感谢你赠我一场空欢喜，我们有过的美好记忆，让泪水染得模糊不清了。偶尔想起，记忆犹新，就像当初，我爱你，没有什么目的，只是爱你。”

我依然爱这苍翠岁月的相逢，我喜欢这从网络顺流漂来的瓶子，纵然虚无缥缈，但我终于和爱情因此遇见。虽然，此时此刻，痛彻心扉，我仍要微笑挥手，郑西北，再见，再见。

她比春天更温暖

1

我几乎不记得童年时的妈是什么样子，她在我的眼里似乎没有年轻过。她的头发从来不烫，随便地扎一个凌乱的马尾；她很矮很瘦，面目清秀，但从不化妆，嘴角常带着笑意；她几乎没有什么新衣服，常常穿着一身迷彩工装；她说话带着浓重的故乡口音，几乎从来不训我，即使我犯了低级错误。

小时候，我只觉得同学的妈妈白皙漂亮、语音温柔，而自己的妈太普通平凡，以至于她来接我时，我常常在人群里找不到她。

2

即使妈这样普通，我觉得她嫁给爸还是委屈的。

爸曾是一名军人，转业到地方后做了临时工，基本属于心比天高命比纸薄的那种类型，时不时地歇业在家，偶尔喝醉了还发脾气，妈也不抱怨，就抱着我躲在屋子里不出声。

有一年，都快过年了，他喝醉了酒把电视给砸了，那一年过得尤其黑暗，新年晚会也没有看到。我从心里是恨爸的。但是妈不让我恨，妈说，你爸心里苦，因为在部队时，他在一次工程施工中腿受了伤，导致现在腿脚也不利索。

妈那么瘦小，家里家外都要靠她忙活，我从来没见她闲下来过。白天上班，晚上我写作业的时候，她就在旁边织毛衣或是踩缝纫机，要不就是缝补衣服拆洗被褥，我从没见她睡过一个懒觉，因为爸从不做饭。

我曾经以为别人的家和我的家是一样的，可是在同学小雪家里住了一晚之后，我才知道一个幸福的家应该是什么样子。她爸妈说笑着做菜，晚餐后一个看电视，一个看书，很认真地给小雪检查作业，睡觉的时候还要在她脸上香一下。

我心里既羡慕又痛苦。我只有一点可以安慰自己，便是我的成绩好过小雪。

3

实际上我学习好，也只是得益于对家庭的冷淡。由于没有种种宠爱，我只能把热情释放在学习之中，面对家人的唠叨，我更愿意得到一种学习中的平静、老师的夸奖和同学们羡慕的眼光。

妈还是一如既往地工作，做一名早出晚归的保管员。妈的单位地处荒郊的一座山上，周围是千亩森林，风吹过杉树林的时候特别美。那时妈给我看她种的菜地，各色青菜长得好极了，怪不得家里总有新鲜菜吃。

不知从什么时候开始，她变得更忙碌了。

她把种的菜拿回来到街边去卖。爸吼着说，你别给我出去丢人！但是后来妈没空时爸竟然也蹲在街边卖菜。

我想妈一定会把菜地的面积不断扩充，没想到她的计划更远大。

春天，妈会带野菜回来。她清楚山上的地形，不仅满山遍野地挖各种野菜，还捋槐花、榆钱，摘枸杞芽尖……春天的勃勃生机使她总能把一袋袋的野菜采摘好运回家，经过整理，第二天上班以前起早去路边售卖。

夏天，她全力种菜，在单位院外种了半亩山地，分别种着茄子、辣椒、丝瓜以及各类蔬菜，当然南瓜也是必须的，坡上随处可以疯长。只要有空，她就在地里拔草、锄地、施肥，因而她菜园里的菜长得特水灵，哪种菜成熟了，她就齐齐整整地捆扎好，放进编织袋里随班车运回家，再拉到街边卖掉。

秋天到了，她在千亩森林里挖树根，搬着梯子摘树籽，恐怕也只有她特别清楚哪些树根、哪些树籽是可以入药卖钱的。有时候，去她的办公室，别的人在刺十字绣，她却总是在角落里翻检药材，她一粒粒地去掉树籽上的梗，摊在报纸上，拿到窗外晾晒。

除此之外，她竟然开始到处捡破烂，塑料瓶、纸箱和报纸，她不知从哪里收来的废品，那么多东西一下子涌进小小的家，家里简直是无立锥之地。

我从来不让同学或是朋友来我家，说得难听点，我家就是一个乱七八糟的等待各种垃圾细化归类的回收仓库，角角落落里都落满灰尘，堆满了东西，根本无从清扫。

我踞守在书桌的一隅，发奋图强，梦想着早一日坐上火车远离家乡。

4

妈不停地劳作着，直到有一天菊花在她的脸上开遍。

那时，我也被南方的一所大学录取。我走的那天雨丝飘飞，妈在窗外不停地抹着眼睛，而我没有，我跟自己发誓，一定要做一个和妈不同的女人，要优雅、要美丽、要有气质、要有品味。

寒假回家时，家里没人。于是，我坐车到妈的单位，想给她一个惊喜。

那天下着小雪，公共汽车是不到妈单位门口的，必须要顺着山道走二十分钟。

我轻快地哼着歌走在山道上，走过一片拆迁工地时，一闪眼，我哑然失声！凝视着工地上一个熟悉的身影惊呆了！那一身迷彩我太熟悉了！是妈在拿着锤子砸水泥块，雪花飘飘里，我注视着她的侧影，顿时眼泪汹涌成河。我清楚地看到，她费力地在那些水泥上敲击着，把可以卖的钢筋给捡出来。细想她用锤子一点点地敲，不知要敲多久，才能翻弄出一两根钢筋。工地上只有妈妈一个女人，别的都是男子。我很震撼，她那么瘦小的身体是用怎样的毅力来完成这个艰苦的工作的。

我泣不成声地走近她身边，喊了一声：妈。她迟疑着转过头，笑容在一头白雪下绽开，举着锤的手没有停，妮子，你咋回来了？

那天，我帮着她把钢筋铁块装进编织袋，两个人抬着我还觉得吃力，不知平日她一个人是如何背上山的。

班车上的阿姨告诉我，从这个工地开始拆迁以来，每天中午妈吃过午餐以后就到工地上去，上班再回来。下班了也不回家，晚上在工地上干到很晚，就住在员工值班室，第二天早上五点钟就又准时出工，到了上班时间，她再背着编织袋返回来上班。

这就是负重前进的妈，当别人都在舒服地享受休息时光的时候，她却在寒风飞雪里叮叮当当地工作着，在山路上往返着。

我很困惑，爸妈工资虽然不高，也能过清闲的小日子，她干嘛要如此辛苦呢？

晚上，我和妈妈睡在一起，摸着妈粗糙皲裂的皮肤和手上的老茧，泪花闪烁。这本应是一双细腻柔软的手，被细心呵护的手。而今，却在日复一日的劳动中开满了茧花，雕刻出深深的纹路。

我心痛，妈，你不累吗？我的学费我自己可以赚。

妈说，能劳动是幸福。

那一晚，我辗转反侧，不能理解妈的这种行为。我认为她强加给我一种无形的压力。

5

大一暑期我就开始去社会实践，不再回家。直到大三的暑期，爸爸给我打电话，说想我了，我才匆忙往家里赶。

进了门，屋里仍然是乱糟糟一片。爸爸正在发脾气，一位青年男子坐在我家沙发上，一脸的局促。妈也坐着，眼泪汪汪。

原来，这位哥哥是妈妈早年一位好友的孩子，父母双亡后，跟着奶奶生活，家庭特别困难，多年以来，妈瞒着爸，一直帮他付学费，直到他大学毕业。

前些天，他奶奶去世前，他才知道我妈的存在。他是特地来表示感谢的。

听着这一切的时候，我有些恍然，刹那间所有的前尘往事一幕幕纷至沓来，所有对妈的不理解瞬间烟消云散。那一刻，我好感动。

哥哥说：没有妈的无私帮助，他不可能如愿以偿进到自己梦寐以求的大学。当然，他也料想不到，我家会是这样一种境况。

我跟他讲，以前我也很不理解妈妈，觉得她没文化，穿衣服邋里邋遢，不懂得跟家人交流，只知道往家里拉破烂，妈没妈的样子，家没家的样子。可现在我懂了，我有一个特别有爱心的妈妈。

哥哥临走的时候，眼含热泪深情地拥抱了她，他说：阿姨，让我叫你一声妈妈吧。在这个世界上有你，让我觉得并没有被遗忘。

那时，爸爸揉着眼角，悄然无声地走进了里屋。

这一刻，我终于读懂了你。懂你默默的给予，深埋的秘密。懂你的苦、你的累、你所执著的全部。我的心灵在这一天得以迅速成长，我发现自己竟然是如此狭隘而不堪，而妈妈无比坚强和伟大。

我终于知道，幸福，是因为有你在。而付出，是你的幸福所在。

对我和哥哥来说，她比春天更温暖。

6

现在，妈妈已经退休。她帮别人带孩子，扫院子，种树种菜，总是闲不住。爸爸脾气好多了，不再烟酒无度，有时候还能帮妈妈做做饭。

哥哥总是时不时地给妈妈寄来钱，可妈妈把钱悄悄存起来，说等他结婚的时候再给他一个大红包。

而后，我也开始工作，学习做人和处世。每当我感到失望想转身放弃的时候，就会想起妈的手，想起飞雪之中她在工地上砸水泥的身影，那时心灵相依，我学会了坚强、学会了微笑，心情就像在雨后看见了挂在森林上空的那道彩虹……

爱像水墨青花

她和他是在一次网友聚会里认识的，他就坐在她的身边，他抽烟，旁边的她敏感地咳嗽，他忙把烟丢开并向她道歉，目光望向她的那一刻，便情根深种。

一见钟情的恋情开局，总是清纯无比的，花前月下，一往情深。他是歌里唱的那种难得的好男人，对她可谓是温柔体贴，关怀备至。一有时间就接送她上下班，陪她吃饭，过生日送她漂亮的衣服，情人节带上鲜艳似火的玫瑰。

她心安理得地接受着他的柔情蜜意。久了，他的这种体贴在她看来成了没有个性的表现，他从来不拒绝她的无理取闹，处处让着她，从不与她争吵，反而让她觉得他不像是她的男友，倒像是她的大哥。她烦他多加衣的叮咛，烦他说晚安的短信，她差不多厌倦了这种让她起腻的甜蜜生活。

偶然，她在网上又认识了一个叫帆的男人。在视频里，帆一头狂放的长发和极有雕塑感的脸形强烈地吸引了她。情难自禁，她开始私下里和帆见面。帆是一个桀骜不驯的画家。帆送给她一幅画，看着画里面她身着白裙浅笑嫣然的样子，芳心一片混乱，心在那一刻迷失了方向。

她犹豫着徘徊在两个男人之间。直到某一天，她只留给他一张字条，一句道歉，就决然地跟着帆踏上了去往遥远南方的火车。

在南方四季如春的城市里，她和帆开始了新的生活。她依然做她的化妆师，帆画画、卖画，也工作、洗衣、做家务。日子一天天过去，浓情转淡，经济上也开始捉襟见肘。作画没有灵感的时候，帆总是低沉抑郁，有时像是一头发怒咆哮的狮子，抽烟喝酒。她开始习惯在烟雾缭绕的房间里安之若素地做着事情，心情不好的时候，她甚至也能陪着帆喝些酒，醉了似乎还觉得更痛快些，沉入无边的黑暗，纯粹，深远，宁静。

然而，愈潦倒愈堕落，她还是发现帆和别的女人在一起。那一刻，她颓然地跌坐在地，无助地蜷缩，泪眼模糊里，她想起远方的他所有的好。悲伤、悔恨，像是一把尖刀扎进她的心，鲜血淋漓。

当她再次回到熟悉的城市，在熟悉的餐厅里，见到了他。好久不见，他一如从前般阳光灿烂，和她寒暄，没有一句责怪她的话，只是怜惜地看着她，似乎看到了她内心的伤痕，说希望她过得比他好。她心中有千言万语，她想说她错了，她还想念着他，她过得很糟糕。可她难以启齿，她说不出口，她不能够，她不能毁了她在他心中的样子。

爱像水墨青花，何惧刹那芳华。她把眼睛望向窗外，泪水汹涌，五彩阳光花了她的眼，她仿佛再次回到他们初次见面的夜晚，他依然坐在她的身边，眼里藏着将至的爱情，如获珍宝的样子。

龙门山上的月亮

A

走过许多地方的夜晚，漫漫长夜里，还是龙门山上的月亮最亮。

还记得，十五的晚上，他牵着她的手去山上赏月亮，桂花树下，她像个害羞的女孩子依偎在他的身边，嘴里含着棒棒糖，夜风鼓荡，吹乱了他和她的头发，四下里浮动着花朵的芬芳。

即使是月下，我也看得见他头顶的白发在闪光。他的目光，却始终落在她的身上，像看着心爱的姑娘。

B

我出生的那一天晚上，暗，不见月光。

在龙门镇的医院里，他焦急地守候在产房前，我的存在让她遭遇了难产，折腾到天亮的时候，我终于出生了。他轻轻抱着我，用感恩的心情望向窗外，唯见蓝丝绒般的天空上有颗星，于是，有了我的名字，蓝星。

C

据说，他和她是青梅竹马。住在龙门山上的两个村子里，从小在一起上学。后来，在一个厂里工作。他家里穷，她总是偷偷给他捎菜，下班晚了，总是他送她回家，大家常开他们的玩笑。开的时间长了，两颗心越贴越近，一起上下班，一起吃饭，形影不离，算是真正地成了一对儿。

他总说她那时可漂亮了，杏眼桃腮，小白杨似的身材，没少收别人的情书。说到这儿，他就瞧着她笑，因为那些情书，她看也没看，全都丢给他了。他手巧，会织毛衣，他身上的毛衣样式总是最新的。她爱吃鱼，他就跟别人学着去水库里钓鱼捞鱼，专门做给她吃。他说，那时的鱼特别好吃，她总也没够。现在的鱼是人工饲养出来的，吃起来木木的，没什么味道。

D

二十三岁时他和她结了婚。两年之后，有了我。

因为生我的时候难产，又伤了风，她落下了腿疼腰痛的毛病。严重的时候，躺在床上起不来。这时，家务都要靠他，除了上班以外，他总要忙个不停，买菜做饭还要熬药给妈喝。那时我小，常常生病，他常常在半夜里背着发烧的我往镇上的卫生所里跑，白天还不能耽误上班。后来她的病好一些，他就会带着我和她去龙门石窟里玩儿，我记得那时特别羡慕别人在桥上放风筝。后来他给我也买了风筝，但还没来得及去放，家里又有了新的灾难。

我六岁，她得了脑部纤维瘤，手术后失忆，忘记一切。那段时间，他每天给她做鸡蛋面汤，给她鼻饲，清理大小便，擦洗身体，按摩，我常看到爸坐在凳子上或是趴在床边就睡着了。他问她，你知道我是谁吗？她摇头。他说，我是你的保姆呀。她说嗯。他把我推过来，你知道她是谁吗？她摇头。他说，你可要记住了，她是你的蓝精灵，她也是来照顾你的。她说好。

出院后，她就只有几岁孩子的智力水平，生活也不能自理。为了给她做手术，已经借了很多钱，她不能再工作，我们的生活就变得更加窘迫。可他从来没有抱怨过，总是用一种特别耐心的态度来回答她不断问出的傻问题。

E

看着他苦，外婆曾经动过让他离婚的打算。他不同意，跟外婆说，从结婚的那天开始，他就没打算和她分开过。现在她病了，照顾她是他的责任。一家三口在一起，才是一个完整的家。

她的病一直没有什么起色，厉害的时候，常常坐着就尿了一裤子，他给她换衣裳，她还打着不让。有时候我都生气了，可他不气，他说，她是病人，要多体谅，她也不想这样的。

为了帮她恢复记忆，工作以外的时间，他全力陪她练习。不厌其烦地教她记他和我的名字，记住了就奖励一颗糖。他问她，咱们家几口人呀？她答不出，他就一会儿伸两根指头一会儿伸三根指头地考她，考她识数。

我常常注视着他像教小学生一样地教她认识家里的一切：这个是电视，那个是沙发，那个是书柜……在他的启蒙教育下，她像个孩子一样重新认识这个家里的物件，终于能说清楚话和行走了，可以涮个碗，擦个桌子，并且能看懂电视了，非常喜欢看动画片。

F

一次，我们不在家的时候，她偷偷打开门走出去了，急得家里人满大街地找。那晚下着雨，他满脸疲惫湿淋淋地从外面回来，心事重重，我倒了一杯水，他咕咕咚咚一饮而尽，突然抱着我痛哭起来，声嘶力竭，星星，你妈丢了，天这么黑，真怕她找不到回家的路了。

那是我第一次看见他掉泪，那晚他破例抽了一晚的烟。第二天早上，她被派出所的人送了回来，原来，她想吃菠萝，就跟着卖菠萝的车子走，结果认不出路了。他特别高兴，一边拿热毛巾给她擦手擦脸，一边对我说，她一定是在家太寂寞了，也想去看世界呢。

G

为了防止意外再次出现，也为了表示自己的决心。他给她办了病退，自己也一次性地买断了工龄，他说，他现在可以有选择地进行工作，这样可以更好地照顾我们。

他开始尝试做各种自由职业，但因为家的拖累，总做不长，可他从不气馁。后来，他买了一辆三轮摩托车，开始干起了卖菜的生意。早起晚归的，但从不耽误做家务。有时候，天气好，他就带着她一起去市场，她还能剥根葱、择个菜什么的，但也只能坚持一会儿，就吵着让他买吃的。他不烦，他说，这是她变聪明的表现。

他其实也不是很会做生意的人，特别实在，所以也只是赚个生活费。每个月，他总会先去买一袋面、一袋米放进厨房，才会长舒一口气，轻松地笑上一笑。那天生意好，能吃一顿肉的时候就像是过节。可他总舍不得吃，把肉夹到我和她的碗里。虽然日子过得清贫，但他脸上总是总挂着笑容，从没在我面前叫过苦，只让我安心学习，在她捣乱的时候，也没吼过她一声。

每天晚上，我写作业的时候，他会拉着她的手出去散一会儿步，带她去商店里逛逛。她总是笑眯眯地回来，嘴里嚼着口香糖。她最爱吃米皮，隔上一段时间，他就会骑着车子跑很远的路，买回最好吃的米皮，坐在一边看着我们俩吃。

天气晴好的春天，他会带着我们在龙门山上的麦地里挖野菜，因为她最爱吃荠荠菜馅的饺子。秋天的时候，我们采来一束束的野菊，插在瓶子里，蒸菊花，摊开晾晒，喝放了冰糖的菊花茶，一切都是因为她喜欢。

H

有时候，我总觉得是自己的出生给家庭带来了不幸，我总说自己是一颗黑星星。但他不许我这样讲，他肯定我是一颗幸运星，还是家里的福星。

我问他，这么多年，你累吗？他笑言：人那有不累的，生来就是要还债的，我欠她的债比较多，所以要用一辈子来还。有一天，他从市场里回来倒头就睡，叫他吃饭也不理，高烧到四十多度，邻居叔叔帮忙把他送到了诊所。医生让他输水，但退了烧他就拔了针头去卖菜了，他说，发个烧没什么了不起，生吃个萝卜就好了。

I

好多年过去了，他就是我和她最温暖的退路，最坚强的堡垒。

他用钢铁侠一样的身躯，笑对风雨，以一种非常的耐心和坚实的臂膀，为我们撑起一片晴天。好在，我终于学业有成，选择在家附近工作，我很高兴终于有力量可以分担他身上的重担。

她仍然处于单纯混沌的状态，能做简单的家务，但仍然需要人照顾。随着年龄增长，还添了爱撒娇的毛病，该吃药的时候，会把药片藏起来或是扔掉。这个时候，别人的话她是不听的，她只要他去哄她才听话。他调侃说，你看她多好，永远也长不大。

前些时，他带她去复诊的时候，医生说，她真幸运，恢复得真好，没有他的精心照顾，得了脑瘤能生存这么长时间真的是奇迹。

这不是童话，但我知道，他真的是挚爱她一生的仆人。

J

多年以来，他的生活好似修行，有八个字用在他身上最合适：“痛而不言，笑而不语。”

我常常在他的背后注视他，这曾经是像树一样的男人，现在变得佝偻了些，比一般年龄的男人老态，风吹日晒的，皮肤也粗糙得很，特别是一双手，摸起来都刺得慌儿。没事儿的时候我给他抹润手油，那双如树皮般的大手常让我心酸掉泪，彼时，他会唱：“只有星星知道我的心。”那跑调的歌声总会让我破涕为笑。

张爱玲说：“我一直在寻找那种感觉，那种在寒冷日子里，牵起一双温暖的手，踏实向前走的感觉。从青春年少到步履蹒跚，从红颜到白发，在彼此默默注视中变老。”人生旅途上，岁月冷暖中，我最感恩的，是这世上的一切都在变，没有变的，始终是他对我们的爱，还有他朴实善良的笑容，他笑起来的时候，就像龙门山上升起的一轮月亮，光华万丈，照亮漫长的岁月，宠爱着别人，温暖了自己。

玫瑰，玫瑰，我爱你

玫瑰离婚了。这在街坊里是一个很有意味的新闻。

谁会想到呢，那么美丽、温柔的玫瑰，也会被小女孩打败。没有人能看出玫瑰的难过，她依旧自然而恬静地生活。

她准备在三岔路口开了一家花店，似乎有做不完的事让她没有时间悲伤。靠着街坊热心的帮忙，加上自己的辛勤努力，花店终于开起来了。路过的人们可以看到，街角三面敞亮的玻璃窗里，五彩缤纷，花香四溢，音乐轻盈，玫瑰的花店，多么温暖的名字啊！

花店刚开始起步，生意还很清淡。这边不是闹市，多数人也不浪漫，所以花的销量并不大，基本上做的都是回头客的生意，因为玫瑰扎的花，又香又美又便宜。

与花相伴，玫瑰觉得日子安然。

秦风是玫瑰店里的常客，也是玫瑰中学的同学。他其貌不扬，在机关里一做好多年，至今个人问题也没有解决。皇帝不急急死太监一群，但秦风却颇为淡定，他常说的一句话是：爱情是花，到该开的时候自然会开。

秦风来玫瑰店里的时候话也不多说，只是打个招呼，拿上一枝包扎好的红玫瑰就走。别人都说，他是为了追一个女孩痴狂，每天献上一枝玫瑰，真是傻模傻样的！

但玫瑰觉得秦风一点也不傻，经历婚姻失败以后，才看清楚，男人就应该像秦风这样才靠谱。

风里来雨里去，每天下班后准时来取花，已成为了秦风和玫瑰不言而喻的约定。有时他直接取走花，有时会看她认真地包扎好一枝香水玫瑰。玫瑰会问，今天她会动心吗？秦风笑道，不一定。玫瑰说，心诚则灵。秦风乐，多谢多谢，一定一定。

每次秦风走了，玫瑰看着他的背影想，这个不温不火的男人真好，被他爱的女人真幸福。这样想的时候，连她自己也觉得幸福起来了。

时光一晃一年就过去了。秦风依然拿走一枝又一枝的玫瑰，玫瑰都急了，说，不如你换个花店好啦，想必我的花打不动她的心。秦风笑答，把握时机，稍安勿躁。

越是这样，玫瑰反而倒觉得自己欠了他似的，每天特别细致地做那一枝玫瑰，等着他来拿。情人节快到了，玫瑰的生意开始繁忙起来。每天她都能接到许多情人节送花的订单，但她不会忘记替秦风准备好他的那枝玫瑰。

情人节那天，生意做到很晚，玫瑰很奇怪今天秦风为什么没来？难道是他不需要再送花了吗？但即使约会也需要玫瑰啊？

她看到玻璃窗外飘起了雪花，几乎不会再来客人了。玫瑰整理一下花店，准备打烊。临出门的时候，她注意到白天为秦风准备的那枝玫瑰孤零零地插在花瓶里，她情不自禁地把那朵玫瑰拿起来嗅，好清香啊！

多美的花啊！她觉得为什么不把这朵玫瑰送给自己呢？于是拿起那枝玫瑰关上店门。

走在雪地里，忽然看到秦风就站在她的不远处，手里拿着一大束的花纸等着她，他说，玫瑰，你知道吗？每天一枝玫瑰，只为了每天见你一次。

玫瑰怔怔地接过那束寂寞的花纸，无语凝噎，为那花纸里的相思无数。

那飘飞的雪，在她含泪的眼里，像是被谁施了魔法，变成了绽放在手中的千万朵玫瑰。原来尘世的屋檐下，有多少风花雪月的缠绵，万家灯火里就有多少幸福和温暖。

那年夏天的白衬衫

1

那年我十一岁，小学五年级。

爸爸在部队，妈妈工作忙，文化水平低，还要带小弟弟，也不怎么管我。我乐得自由自在，不懂好好学习，整天混在一帮男生中间，短发短裤，跟个假小子一样。

然后我就沾染上一些坏习惯，比如上课说话做小动作，作业不及时完成，于是我总是被老师单独罚站到走道里。被罚的男生多，女生鲜见。但罚的次数多了脸皮也就厚了起来，站也没站相，东张西望，嬉皮笑脸，总是被走过我身边的老师用目光拧一下，再拧一下。我泰然自若，只当没看见。

有时候，罚站的时间实在无聊，我就蹲在地上，捡个粉笔头乱写乱画，下课了再拿拖布擦掉。有一天，室内书声朗朗，我仍旧在教室外专心创作的时候，路过的她停了下来，蹲下来仔细地看我画画。

同学，你画得很有意思。她指着我画的熊猫吃竹子说。

我停下了笔，脸红了，我怎么反倒不好意思起来呢。

以后，有时间的话跟着我学画画吧。她微笑着拍拍我的头发，飘然而去。

她的身影真轻盈，她的笑容让人如沐春风。

2

让我惊讶的是，她真的成了我们的图画老师，她姓秦，叫怡然。

她年轻，美丽，讲一口流利动听的普通话，声音清脆而甜美，画得一手好画。同学们都喜欢她，我当然也不例外，在她的课上，我从不捣乱，我认真地追随着她的指导，我的图画本上，总是一个一个醒目的“优”。

秦老师家在外地，平时就住在学校旁边的筒子楼里。

初次去她家是跟一帮同学一起，一间很小的屋子，却非常整洁，一只书柜塞满了书却码放得规矩而整齐，墙头挂着她的画和一把吉它，格子床单，窗边的桌玻璃下压着她的照片，窗台上放着一盆香茉莉。

窗外是一棵老槐树，青翠欲滴，当我站在那个窗口的时候，心里特别愉快，忽然想自己快点长大，也有这样的一个温馨的小窝。

3

当然，我的坏脾气并不因秦老师而有所改变。有一次，我跟隔壁班的一个女生打架，扯破了她的裙子，老师让我叫家长。

下了学我不敢回家，我猫在学校的小花园里，无法面对已经很辛苦的妈妈。但是天渐渐地黑了，我无处可去，于是就去找秦老师。老师也不在。我就在楼前的黑暗里傻等着。等到她终于回来，我闪身出来把她吓了一跳，我鼓起勇气跟她坦白了我的事情。

她刚刚洗过澡，二话没说，转身带我在街边吃了一碗米皮，喝了一瓶汽水。然后她指出我的错误，并让我保证以后做一个上进的文明的可爱的小姑娘。

她骑车送我回家，跟妈妈谈了一番话，没让我在场。但她走后，妈妈没有打我也没有骂我，只是跟我说，明天她会去学校处理这件事情，让我多跟秦老师学习和交流。于是，秦老师成了我心中的保护神，于是我从此爱上了画画。

如果我想做一件事情的话，我一定就能做好。于是我成了班级里的板报骨干，我的粉笔下盛开出朵朵鲜花，跳跃出各种生动的小动物。学校有个绘画展出角，我的作品总被展出，还有别班的同学来打听我的名字呢。

于是常常被批评的我现在成了被表扬的对象。一切似乎朝着好的方向发展了起来，秦老师的小屋子对我就更充满了吸引力。

4

双休的时候，我常常去找秦老师。有时她在，有时不在。她在的时候，我就听她弹吉它，和她一起画画。有时候，她看书，我就从书架上抽出一本和她一起看，觉得有喜欢的段落，就念给她听。有时候，她喝花茶，我就陪着她喝，从此喜欢上茉莉花茶的味道，那清香的味觉，让我感受到生活的诗意和美好。

吃饭的时候，她也不让我走，她会麻利地做一锅香喷喷的面条或是焖米饭，和我一起吃，边吃还边讲一些文史故事给我听。

有一次，妈妈等不到我，就找到了秦老师这里，看见我正趴在小桌子上狼吞虎咽地吃蒜面条呢，妈妈笑了，从手中的饭盒里倒出一盆饺子来，我和秦老师争抢着吃了个干干净净，开心极了。

5

秦老师对我而言，既是老师也像是姐姐，我可以完全地向她敞开心扉，让我有一种亲近和依赖感。这也可能跟我缺少关爱的生活有关。

秦老师对我，既有师长的严厉也有姐姐的爱心，她一点点地告诉我人生的道理并指导我学习，开始正规地教我学习一些绘画的理论知识。

她教我素描，一点一点地纠正我的用笔姿势，并告诉我如何造型，如何画明暗，教会我如何用线条准确表现物体。

她从不计较我使用她的笔和纸，她甚至给了我一把她房间的钥匙，方便我随时去她的小屋修习。

暑期里，她骑着车子载着我，穿过大街小巷的拥挤人流，去买笔和颜料。我坐在她的车后，上坡时她奋力甩动着马尾，我听着她的沉重呼吸，看到她脸侧的汗珠，我知道，有一个神圣的名称叫老师。我跳下车座，推着她，向推举着心中的一轮升起的太阳。

后来，她也教我画水粉，一丝不苟地教，水粉当时在学校里是没有课时的。我喜欢和她呆在一起作画，屋子里静极了，我的心也静极了，我喜欢上了这种安静，原来画里是如此静好的世界。

她告诉我，市里面组织了一次绘画比赛，她想让我去感受一下参赛的氛围。

有一个星期的时间，我为了不知道要画什么而苦恼。于是她带着我去公园，陪我坐碰碰车、看动物，找灵感，那时，正是牡丹花开的季节，满园春色惹人醉，天香国色的牡丹深深迷醉了我。

那时我决定，就画游园赏花。结果画起来，如有神助，效果良好。

6

我的作品真的得了市里的二等奖，秦老师告诉我的时候，我们激动得又蹦又尖叫。

为了登台领奖，我又为了不知穿什么去领奖而烦恼。老师从她的衣柜里拿出一件白衬衫，这个行不？没想到，老师的雪白的衬衫穿在我的身上也真合适，配上一条深蓝的裤子和红领巾，我满意地笑了，对着镜子里的自己。

领奖那天，很热。我和获奖的学生依次站在奖台边，等发奖的领导讲话。

秦老师和妈妈就站在人群里，当我穿着白衬衫无比自豪地从颁奖人手里接过证书，向台下鞠躬的时候，我在心里默默向秦老师感恩。

我成了学校里的名人，总有男老师偷偷地让我带信给秦老师，老师总是边看信边微笑，却总也不去约会。我问她，那些老师有什么不好？她总说，你还小，你懂得什么？爱情，是讲究缘分的。

彼时，我真的不懂爱情。但我懂得秦老师的心，温暖而天真。与她作伴，我感受到了自我的价值，也感受到了学习的乐趣，还有自己渴望蓬勃成长的心灵。

7

六年级的寒假，秦老师回老家过年去了。

没有她的日子很无聊，我一个人安静地看书、画画，只是望着窗外的时候，有点小寂寞。我悄悄地拿走了一张她在玻璃下的照片，照片上的她，正在写生，长发垂肩，清秀脸庞，很专注的样子。那时我忽然想把短发留起来，我想我长大了，也变成她的样子。

开了学，我仍然没有等到秦老师。我问别的老师，她们总是支支吾吾，说不清楚。然而我还是从同学们的流言里感到一种不好的预感。我心里特别烦躁，做什么也打不起精神来。当我再次去秦老师的宿舍时，她的宿舍竟然空空荡荡，一无所有，好像老师从来也没有在这里生活过一样。一样的窗口，我对着仅存的那盆茉莉，抑制不住地号啕大哭，有种失重的感觉。

后来，我终于知道，秦老师永远也回不来了，她永远消失在归校的路途上，没来及留一句话。我甚至没能赶上参加老师的追悼会，我只是对着她唯一的照片哭了又哭。那张获奖的画作永远地留在了我的墙上，每当我看到它，就想起老师那亲切可爱的模样。后来，我有了一个笔名，苏小秦。

还有那件白衬衫，秦老师送给我唯一的礼物。现在想来，那衬衫定是老师专门买来送我的，因为我和秦老师穿衣根本不是一个码。只用了那么一次，我再也不舍得穿。我将永远珍藏它，像保护一个神圣的秘密。它在我的衣柜里，春夏秋冬，依然是那么雪白，却似乎有着贴近生命的温度。

8

多年以后，当我也成为一名老师，我才知道，烟雨红尘，遇到过她，曾经的自己是多么幸运。

而画画，成了我的真永远，也成了我思念一个人的方式。我用画来表达我的热爱，我在画里倾诉自我，找寻老师的背影。我相信总有一双眼睛，在注视着我。

每当我画累了，就在窗口喝杯茶。案头是她的照片，我倒两杯，一杯我喝，一杯留给她。现在的茶种类有很多，不知道她会不会还是爱茉莉花呢？

我留了长发，并一直替她养一盆茉莉，终于明白她和茉莉有着一样的芬芳。我渐渐明白，没有人可以一直留在你的身边，陪你哭笑，陪你等待，人生就是一个不断失去的过程，当你拥有的时候，要珍惜，当她离开的时候，不用追。

从那时开始，我学会了如何去爱，曾经相遇相知过，同路同行过，永远珍视和懂得对方，才是人世间最最珍贵的。

十三朵玫瑰

他一直喜欢她，从什么时候开始连他自己也难以记起，他总认为也许是在第一次见到她的时候。那是什么时候，了不起只有四五岁。他惊叹自己的这份感情如海般波澜壮阔，却只在他一个人的内心汹涌，有时候他也很难相信自己可以这么执著地喜欢一个人这么长时间，却依然无怨无悔。

她一直都不知道。他和她青梅竹马许多年，早已成了她心中的哥哥和朋友。每次她受了欺侮或是心里不痛快，总会给他打电话，他会替她出头报仇或是逗她开心。他们就像真正的兄妹那样执拗地关心对方，然后开始慢慢长大。

直到有一天，她告诉他她喜欢他的一个同学。还是他出钱请大家去看的电影，其实他心情很糟，那个印度出产的爱情影片高潮迭起，笑料不断，然而众人皆笑独他不笑。从影院里出来，她和他的同学手牵着手，没人注意到他的落落寡欢。从此，他讨厌印度影片。

她总把自己身边的女朋友介绍给他，他不是挑肥拣瘦，就是敷衍了事，她遂不再管。

然后，他们上了大学，分隔两地。只是从这时起，每逢她生日的时候，她总能准时收到他让人代送的十三朵玫瑰。她从来没有特别认真地看过那花，只是回电话给他说声谢谢，然后把花随手插在花瓶里，任它寂寞萎谢。因为，那时总有人在等着她出去 happy，生日里她总是会收到更为特别的礼物。

毕业了，他们又相聚在同一个城市。她带着男友和他一起吃饭，她才发现他现在变得好帅好成熟好有男子气。他们依然要好。她依然失恋了给他打电话，饿的时候让他请客吃饭，闷的时候让他陪在电话那端聊天。在她需要的时候，他也从来没让她失望过，好像他总是随时为她撑开的一把伞，把外面的风雨远远隔开。

她曾经问过他，到底喜欢那种类型的女孩子。他一脸坏笑，像你这样的。她刮他的鼻子，羞他的脸，说道，是啊，许是我们认识时间太长了，为什么我们就是不来电呢？俩个人笑成一团。

她二十五岁生日的那天，是寂寞的，寂寞的心情，寂寞地下着雨，一个人好像被世界所遗忘。因为经历分手，下了班，也没有约会，只有伤感的音乐围绕着她。无聊至极，蜷在床上睡至深夜，迷糊中听到敲门声，疑惑着打开门，惊喜地看到门口静静地放着一捧湿漉漉的玫瑰。那玫瑰像带着露珠一样闪着光，粉色的，依然十三朵。

依然是他。彼时，她好感动。在她怀抱玫瑰静嗅花香的时候，她感受到体贴与温情。为什么总是十三朵呢？她从来没有问过他。她轻轻叹气，觉得十三实在不是一个好数字。

第二天，她接到了一个电话，就在昨天晚上，他外出遭遇车祸，当场死亡。

出事地点就在她和他家之间。幸存的出租车司机说，在那个下着雨的夜里，他坐车跑了好几个花店买这种粉色的玫瑰。司机问他，为什么不白天送呢？他说，因为有人说过，夜色中的玫瑰芬芳如水。司机说，那时我还笑他是情种，送完花，他并不急着走，而是坐在车里望着她的窗口。他正是在之后返途时出事的。

她听到这番话的时候，与他已然隔世相望。在遗体告别时，她手捧菊花泣不成声。她望着他栩栩如生的面孔不能相信他竟然会以这种方式离开她，从此，永远，天上人间。

后来，为了纪念他，她独爱玫瑰。偶然，路过一家花店，不由自主地走进去，大捧的粉色玫瑰鲜艳欲滴，动人心弦。彼时，她被花店墙上炫彩的“花语”背景所吸引。她怔住了，须臾，她心如刀割，泪如雨下。

才发现，墙上面十三朵玫瑰的花语是：你是我暗恋中的人。

有些爱不需要重来

也许生命中每一次的相逢真的是久别重逢。她和他是在一次老同学聚会时重逢的，他望见她的第一眼，心情就像是惊涛裂岸乱石穿空，那种久违的悸动再难平静。当她的目光迎着他飘过来时，他神不守舍地想起了从前。

彼时，她是他的同桌。每当他在高中的课堂上昏昏欲睡，她会悄悄地扯扯他的衣袖；他有不会的习题她会耐心地给他讲解；他和别的同学发生矛盾，她总会挺身站出来调解。渐渐地，她变成了他心中的女神，他在日记里悄悄记下她的名字，开始为她写诗。后来他和她都考上了大学，生命里第一次朦胧的爱还来不及表白，匆忙之间就失去了联系。后来想起高中，他第一个想起的就是她，他的青春岁月可以安好，是因有她在。

聚会是在青山绿水的风景区，还是第一次和她爬山，他特别兴奋地替她背着包，滔滔不绝地叙着旧。此时他才知道，她过得实在差强人意，先生跟她离了婚，女儿是个聋哑孩子，她过得很辛苦，这次聚会能出来，也属难得。

回来后，她落寞的神情就一直在他眼前晃，他真的好想为她做点什么。他于是发短信给她，有什么需要帮助的就给他打电话，于是他们有了更多的互动。她的孩子病了，他帮忙联系医院；她工作有任务，他帮忙跑关系；她出差回来，他开车去接她。他很快乐地做着这一切，他是那么想照顾她。当有一天，她把头靠在他肩上的时候，他觉得幸福极了，原来他还可以像当初一样去爱，他实在是喜爱这种感觉。

他变得繁忙起来，接电话变得小心翼翼，不断删除短信，微信整天在线，回家吃饭越来越少，陪儿子的时间锐减。他沉浸在迟来的爱情里，追逐着年轻时的梦，小心珍藏着内心的秘密。

那天，他陪着她坐在快餐店，边吃边看她的女儿在游乐区玩儿。他却忘了，那天是儿子的生日，妻子恰好也带着儿子去了那家店，其实一眼就看见了他们，但只是怔了那么一下，就返身出了门，无语垂泪。

他开始觉得妻子变了，不再爱说爱笑了，总是愁眉苦脸的样子。有一天晚上开着车回家，看到妻子神色憔悴地坐在小区外的长椅上，那时风刮得特别大，一头乱发的妻子忽然让他感到心痛。他有多久，没有陪她散步了呢？

妻子终于向他摊了牌，向左走向右走，他必须做个抉择。妻子伤心欲绝的眼神让他想起那次遇到她的时候，难道他要把妻子变成另一个她吗？

爱不能分享，最好还是不要惊扰彼此的世界，妨碍彼此的生活。他终于和她平静地分了手，虽然分手不等于忘记。这个世界上，人生总是在不断错过，不是你想怎样便能怎样。青春总会逝去，失落的那部分再不能回来，人生的真味不能缺少遗憾。

有些爱，是不需要重来的，否则，就成了伤害。

薄荷香水的味道

1

那是一个春风沉醉的夜晚，在喝了几杯啤酒以后的兴奋里，视频里的那个名叫“小青”的女孩美得让我眼花瞭乱，惊为天人。当时聊了点什么我都记不得了，只是感觉非常投缘，心情超爽。在后来几天面对着电脑工作的时间里，眼前不由自主晃动的总是那张明媚如花的笑脸。

也许是天意让她加了我为好友，多次毫无介蒂的交谈让我视她为红粉知己。鬼使神差的，我真的约见了她，她比视频里还要明媚动人。我们首次约会的地点是一家韩式餐厅，当她一头青丝裙袂飞扬地走到我面前时，扑面而来的是一股浸人心脾的清凉薄荷味。

我笑道，美女，你不会是真的是《白蛇传》里的小青吧？

她微眯着眼睛，嘟着嘴字正腔圆跟我说的第一句话是：难道你是传说中的许仙？……

2

我们逐渐联系得频繁起来，除了网上的约会，她有时会发给我一些有趣的短信，或者让我陪她逛街，泡吧或者吃饭。她语声温柔地称我许仙，她说这个名字只许她一个人叫。

她的主动让我浮想联翩，我竟然开始幻想着和她有更亲密的接触，我知道我这不应该，因为我已经有了未婚妻——苏歌。她是我用了三年时间才追到的才女，我提醒自己要珍惜。但时常又幻想着或许能和小青保持那种所谓朋友的暧昧关系。

跟朋友们喝酒的时候，我总是不能控制漫无边际地想着，小青会在做什么呢？朋友崔义看着神色恍惚的我说，小子，动什么，别动感情，别把自己整得跟个情圣一样。当初追苏歌追得跟个孙子一样，现在又意乱情迷地像个傻子。我点着头喝着蓝带，但脑子里依然是小青，就如同吸毒后迷恋着一种刺激的幻觉。

在一间练歌房里，我和小青对唱一首过时的情歌，四目相对，秋波闪烁，我情不自禁地拥抱了她。有那么一会儿，她无比柔顺地依偎在我的胸口，在熏然欲醉的薄荷气息里许久都不说话。出来的时候，已经很晚了，风很凉，夜很黑，我拉着她的手沉默地走了很远，分手的时候，她做了个打电话的手势。

我笑着做 OK 的手势，心里却千滋百味。

3

几天后，我和苏歌去“蒙娜丽莎”拍婚纱照，走进摄影棚的时候，竟然见到了小青。很嘲笑，这个世界真的就那么小，她竟然是摄影师助理。

情形对我而言似乎很尴尬，她看起来却若无其事的样子，仿佛从来就没能见过我似的平静。她用手帮苏歌拉纱裙，指挥我们摆造型，她的目光总是匆匆地扫过我的脸，不做须臾停留。她说，先生，头偏左一点，肩再低一点。她说，新娘笑一下，亲热一点。我很紧张地注视她，即使她帮我整理领结的时候，我们的目光也没有相遇，挺冷的天，我却汗流浃背。

苏歌帮我擦，老公，再坚持一会儿就好了。

最后，她竟然还让我们穿着许仙和白娘子的服装拍了古装照。临走的时候，她送到门边，眯着眼睛微笑着说，许仙，再见。

4

我跟朋友崔义唠叨这事的时候，他嘴里的啤酒喷了出来，然后笑得跟五百只鸭子一样。他说，该，现世报应，这是花心的代价。我苦笑，闷头喝酒。然后电话响了，没想到是小青。她语声幽幽地说，骗子，我想你了。我道，你在哪呢？她说，我正寻思着从哪座楼上跳下去呢。我急了，小青，别乱来！你等着，我去找你。

看到小青的时候，她正坐在风地里拿着一瓶清酒喝着，一张梨花带雨的脸上荡漾着无可辨驳的哀伤。情不自禁伸出手臂搂着她，感到她身体在风中冰得彻骨，她哭倒在我的怀里，长发里飘逸而出的薄荷味让我心神俱碎。

那一晚，我们在一起，她一头青丝枕着我手臂安睡得样子像一只小猫。

当我们谈笑风生地从旅馆里走出的时候，我看到了马路对面树荫下一张冷若冰霜的脸。天啊，真是见鬼，苏歌竟会出现在这里！我像是一个从蜜缸里出来又掉进了猎人陷阱的狐狸，无计可施，无处可逃。

苏歌冷笑着望着我的围着小青腰肢的手臂，眼神轻蔑。被两个女人注视的感觉让我无所适从，无言以对。那个上午时光我永世难忘，苏歌以三个响亮的耳光结束了我们的关系，而小青带着嘲笑的眼光翩然而去，留下一个完美的窈窕背影。

5

想要挽回苏歌的心，我知道是根本不可能的事。单亲家庭的她对男人天生就有一种不信任感。记得她把身体给我的时候曾说，我给了你，你绝不能背叛我，否则我杀了你。我想她现在不会杀了我，因为聪明的她会发现杀了我根本不值得。

一周后，我收到了苏歌送回的婚纱照，每一张精心装裱的照片上都只有我半个人傻模傻样地露着笑脸，最后一张里许仙也没有了白娘子。

我以为我至少还有小青的爱情。然而，在那一夜之后，她宛若人间蒸发了一样，我再也没能联络到她。对于她，实际上连真名也不清楚。找到婚纱影楼，摄影师却说她已经辞职不做了。

我怅然若失，常常在人流最拥挤的路段徘徊一整天，希望能在人群中发现她的倩影。我也会在午夜人静的时候，对着她黑着的QQ图像抽一支烟，我把我的每一点痛和快乐以记日记的方式给她留言，希望她能看见，然而从来没有收到任何回复。

6

半年后，当我还在人群中寻找小青的时候，我收到了苏歌和崔义的结婚请柬。大红请柬上的金粉玫瑰让我情何以堪。这时候再说后悔好似有些肤浅，我终于发现，并不止是我一个人学会了背叛。原来爱情可以这么善变。我送了一份结婚礼物给他们，喜酒我没有去喝。

穿着婚纱的苏歌美得像个天使，她挽着崔义的手臂笑容甜美。我远远望着默默祈祷愿她一生幸福，那个美丽的身影曾经是我的梦想，当梦想终于照进现实，却发现自己的梦已经支离破碎，无处可寻。

以后的午夜里喝酒不再有人可以倾诉心声，周末的时候无人可以相伴左右。我沉沦在孤独的黑暗里，凝望着每一个无比清醒的黎明。小青，小青……像是有风吹动我的心弦，我听得见我的心声在空荡的房间里飘，我亮着的QQ面板上却无人回应。

一年后，在我几乎快要想不起小青的真实模样时。她竟然那么真实地又出现在了我的面前。那是在一个卖场里，也是一阵扫过身旁的薄荷香水味缠绕了我，我看到她挽着一个男人的手臂在看鞋子，很亲热的样子。她依然很美，白皙，高挑，青丝如缕，却美得让我觉得有些妖邪之气。

我把车停在路对面，等着他们出来。没有多久，他们出来了，我很诧异，那个男人竟然是崔义。

7

整个事件里仿佛只有我一个人是傻瓜。其实所有的人都知道，小青是不会爱上许仙的，白素贞也终要离开他。不久，我收到了来自小青的留言：许仙，你好吗？那天，其实我看见你了，但我没有告诉崔义。我知道你找我很久了，别再找了，你太傻了，不需要那么执著，回味一段感情不是更有意思吗？我常常被你写的留言感动，觉得爱情有时候真的很美好。但很遗憾，我不再相信爱情。还有，也许你已经猜到了。是崔义让我诱惑了你，因为他喜欢苏歌已经很久了，不在乎用什么手段得到她。而我也得到了他许给我的一个我心仪已久的条件。我想我说得这么明白，不会让你做出傻事情吧。其实，爱情远没有想像得那么重要。干嘛要为了一个海市蜃楼去丢失原有的阵地呢？

忘了我吧，别恨我。最后是一个鲜红的唇印。

这便是我和小青的最后联络。我醒了，是幻觉终归要醒。

打开音响，一个忧伤的女声在唱着：你身上有她的香水味，是你赐给的自卑，你要的爱太完美，我永远都学不会……在那飘来荡去的音乐里，我深深嗅到了来自薄荷香水的味道，是那种贯彻肺腑的深寒深冷。我从没有后悔爱过她，但我要从此彻底忘记她的样子，埋藏掉我们之间的所有秘密。

8

偶而没事的时候，我还会约崔义喝酒，但不再喝醉。

那些悲伤的快乐的闲适的或者疼痛的时光总会过去，这也许就是我的人生体验。我不再跟他谈苏歌，谈小青，谈论有关爱情的一切事情。因为往事如风怎可追，错了的事情已然无法补救，恰似漫漫长夜中错饮了一杯苦酒，其中滋味只能独自默默承受。

卷四　江湖夜雨

因为你不是陶渊明，你既无老陶的外因，也无老陶的内在，你只是在做一场并不高明的模仿秀。你不能闲步畎亩中，看垂柳飘风，新秧翻浪；亦不能杖藜蹑履，荷锄朝暮间，听牧童短笛。

因为你不是陶渊明

朋友近来因升职无望，整日无精打采，心情甚是不爽，可能朝九晚五得焦头烂额，过惯了尔虞我诈的职业生活，大有看破红尘俗世万念俱灰之意，哭着喊着要退出咸淡江湖，跳出圈外看世界，要去选一有山有水的地方过陶渊明的隐居生活。

以为他不过是情绪化。没想到，他很干脆地请了假，准备去山里小试牛刀。别说，一身装备还挺精良，看着不像去当陶渊明，倒像去当徐霞客。看他决绝的样子，张牙舞爪的劲，似乎真是着了心魔。一位朋友说，附近一座荒山上有位道长，据说特有道行，不如先领你去审审，看看你有无修心炼胆的潜质。

于是壮士长歌行，我们陪他身体力行地登上了那座山。遗憾却没有访到那位道士，唯余一座小小道观，几棵榕树青葱欲滴。于是静下心来，坐在悬崖边的巨石上，吹了半天的风。那时，秋草肥美，雏菊朵朵，和风柔顺，体味着“结庐在人境，而无车马喧”，直呼着“少无适俗韵，性本爱丘山”，看满天火烧云烧起来的时候，朋友忽然激动地说，他打算不回去了，决定住下来，先在这里尝试一下陶渊明恬静的田园生活。

他自信满满地跟我们挥别。以为他至少要在山上坚持个把月才能显示出他的特立独行。结果让人大跌眼镜的是，刚半个月，他就风尘仆仆地出现在我们面前。头发蓬乱，身上有味儿，要了一桌子美食，胡吃海塞的样子，就像是甲方乙方里那个想过苦生活最后趴在土窑上痴痴等人来接的老板。

我们笑得肚子痛：现在知道你不是陶渊明吧？你心不静，亦无诗情，你的田园只在一念之间。况且，你还没有像陶渊明一样日出而作，日落而息，没有五个嗷嗷的孩子，没有常常饿肚子。虽然你住得比陶渊明好，吃得比陶渊明好，境界却比陶渊明差三万英尺的高度。

他对我们的冷嘲热讽置若罔闻，吃到打嗝，抹抹嘴巴郑重宣布：结束隐居生活，重出江湖，正式回归尘世。然后他讲：那山上的时光，就是一个人在跟时间对抗，跟孤独为伍，与明月清风为伴，然而星空寂寥，无人对话。每棵草，每朵花，每个路过的人，都在提醒着我的孤单。如果没有强大的意志力，是会得忧郁症的。我没有啤酒，没有面包，喝的是雨水，连野兔都会抓了。最要紧的是，女友不再发来短信，哥们失去联络，连面目可憎的同事在回忆里也变得可敬可爱。经历了山中岁月，才知道烦恼的尘世有多开心，有团队的日子多安全。终于领悟了听风听雨是多寂寞，知道了喝酒多痛快，吃快餐多香辣，明白上网多精彩，懂得有朋友相伴多愉快，了解工作没有那么讨厌，理解上司不是那么无情，原来这世界竟还有这么多这么多的不舍。

最后他的结论是：为什么要坚持做陶渊明呢，还是面对现实先做好自己算了。他准备以昂扬的斗志再次投入滚滚红尘中，好的坏的都收下，粉身碎骨也不怕，努力向上，继续生活。

他的经历足以说明：因为你不是陶渊明，你既无老陶的外因，也无老陶的内在，你只是在做一场并不高明的模仿秀。你不能闲步畎亩中，看垂柳飘风，新秧翻浪；亦不能杖藜蹑屐，荷锄朝暮间，听牧童短笛。尽管你有一颗想改变的心，但你并不真正懂得陶渊明的生活，没有做好准备，所以你不能坚持。世人只知道陶渊明的诗情画意，那里知晓他的痛苦纠结。

不过人生，就在折腾，就在追寻，即使失败，也无遗憾。就像电影《东邪西毒》中西毒欧阳峰的台词：每个人见到一座山，就想知道山后面是什么。我很想告诉他，可能翻过山后面，你会发现没什么特别。回望之下，可能会觉得这一边更好。

餐桌上的文化

中华几千年的饮食文化是历史悠久，渊源流长。远的不说，单是康熙年间就举办了四次千叟宴，就是很有人文历史意义的盛大御宴，彰显了太平盛世的繁华气象和对老人的关怀与尊敬。那是君臣同乐的宴会。

后来，乾隆年间满汉全席的出现，刷新了饮食文化的新纪元。菜式一百零八种（南菜五十四道，北菜五十四道），咸甜相宜，荤素搭配，山珍海味，无所不有，分三天才可以吃完，可以算是餐桌文化的最高境界和泰山北斗了。

餐桌真的是不可或缺的一个生活必需品，具有极高价值的实用性，似乎永远少不了政治和生意。古时宴饮，笙歌燕舞之时，还能暗藏玄机，是为“鸿门宴”。明太祖赵匡胤也能在把酒言欢之际，杯酒释兵权，以解藩镇割据之危。现在，杯斛交错，酒酣耳热之际，一笔生意也许就谈成了。由此可见餐桌的历害，能掌握生死，搞定生意，是绝不能等闲视之的。

当下的餐桌文化有一种“吃鱼文化”：鱼眼给领导，叫高看一眼；鱼梁给贵客，叫中流砥柱；鱼嘴给好友，叫唇齿相依；鱼尾给下属，叫委以重任；鱼鳍给后辈，叫展翅高飞；鱼肚给新识，叫推心置腹；鱼臀给失意者，叫定有后福；鱼肉随意吃，叫年年有余。这是一种高雅的吃鱼文化。只是这种文化需要一种渗透，要使吃鱼的人有一定的默契，才可达到一种共识。

也有很恶心的餐桌文化，谓之“三叫”。据说是用粉嫩嫩的初生小老鼠做的菜，因为这菜端上来时，盘里的老鼠要叫三次。第一次是盘子上桌时，发出“吱、吱”的叫声；第二次是食客用筷子夹时，也发出这样的叫声；第三次是食客送鼠入口时也发出叫声，故称“三叫菜”。据说此菜还巨贵，一般人尚不得食之。奇怪哉，以前穷凶饿极时不得已而为之的食物倒真成了气候。老鼠祖宗不知地下有知，是当哭还是当笑。

且还有人吃活驴，不知那食客在吃驴肉的时候，是否看到了驴的鲜血和眼泪。对一个活着的动物千刀万剐绝不应该出现在一个文明的社会。茹毛饮血的人和动物有何分别。难道要回归原生态就只有这一条残忍到底的出路吗？再者，为搏眼球效应还有层出不穷的“人乳宴”、“女体宴”、“胎盘宴”。看来现代社会也要闹出人吃人的悲剧才肯罢休。那些为了丰厚回报躺在餐桌上或拿着筷子面对着活色生香的餐桌的食者皆是社会的怪胎，把餐饮文化推向丑陋可憎的异端，使餐饮文化成了一种变态的美食文化。为了银子，可能那些能人还能想出更多可怕可恨的花招。但愿餐桌上的文化能向更高雅、更文明、更环保的方向去。朋友啊，我也慎重地劝告各位，如今，跟人出席饭局，千万注意，不要坐错了位子，去错了馆子。否则就可能会失了面子，还丢了银子。

名人茶趣

茶是南方之嘉木，对于饮茶，文人雅士不图止渴、消食、提神，而在于用一个情境达到精神的超凡脱俗，在于闲情雅致之后的顿悟，思想被茶叶浸染，内心被茶水温暖。茶人之意终不在茶，在乎山水之间，在乎风月之间，在于诗文之间，返璞归真，希望有所发现，有所寄托，有所忘怀。

唐代诗人卢仝一生爱茶，吃茶之余写茶诗，他著名的咏茶诗《走笔谢孟谏议寄新茶》写道："……一碗喉吻润，二碗破孤闷，三碗搜枯肠，惟有文字五千卷。四碗发轻汗，平生不平事，尽向毛空散。五碗肌骨清，六碗通仙灵。七碗吃不得也，唯觉两腋习习清风生！蓬莱山，在何处？玉川子乘此清风欲归去。……"人都说酒后千言洋洋洒洒，原来茶亦会醉人的，此诗被后人称为"七碗诗"。

名士苏轼亦痴茶爱茶，在他一生中长期的地方官和贬谪生涯中，他尝遍各地名茶，对煮茶的水、煮水的器具和饮茶用具，都十分讲究。他在黄州之时，因为经济拮据，生活困顿，还曾经在一片荒地上亲自种植过茶树，自给自足。沐山风，用山泉，东坡茶的味道，在清浅的绿色里被唤醒，那是前世今生的重逢，和诗酒一道成长的，其味可知。

他在杭州任通判时，有一日，身有不适，以病告假，独游湖上净慈、南屏、惠昭、小昭庆诸寺，是晚又到孤山去谒惠勤禅师。这天他先后品尝了七碗茶，颇觉身体轻爽，病已不治而愈，便作了一首诗："示病维摩元不病，在家灵运已忘家。何须魏帝一丸药，且尽卢仝七碗茶。"足以表达他对茶之深喜挚爱。

僧侣之间是用茶气来讲经布道，参禅悟道。朋友之间则是品茶怡情，饮茶叙谊。而爱人之间也不缺少茶趣。一代女词人李清照对茶文化的贡献不让须眉。他和丈夫赵明诚曾于闺中创"茶令"，使茶道更为文学化、高雅化。她在《金石录》后序中，记叙了她与赵明诚品茶行令助学的趣事佳话："余性偶强记，每饭罢，坐归来堂烹茶，指堆积书史，言某事在某书某卷第几页第几行，以中否角胜负，为饮茶先后。中即举杯大笑，至茶倾覆怀中，反不得饮而起。甘心老是乡矣！故虽处忧患困穷，而志不屈。"这是李清照与赵明诚屏居青州专心治学的时期。

夫妻俩每得到一本好书，即共同校勘，重新整理。得到书画、彝鼎等文物，一起把玩赏析。李清照博闻强记、才思敏捷，颇为自负，于是忽发奇想，推行一种与酒令之行大相径庭的茶令，即互考经中典故，赢者可先饮茶一杯，输则后饮茶。其时，是李清照一生中最幸福的一段时光，赌书泼茶，为茶文化添上了明亮的一笔。

茶是有生命的，每一杯茶都是茶的魂魄在水中释放，你能看到草木氤氲化育成长，那是天地的精华之气，可以荡涤尘垢，扫除心魔。林语堂先生曾说："以一个冷静的头脑去看忙乱世界的人"才能体会出"淡茶的美妙气味"，所以吃茶吃的不在于茶，而在于心。

饮茶在某个时段并不是为了解渴，而是一种雅俗共赏的消闲，是为了精神上的清理，在品味中反思，在沉思中顿悟，进入一种无我的境界：当茶香飘处禅音绕时，举世皆浊我独清，众人皆醉我独醒。似乎一啜仙山灵芽，就会脱胎换骨，飘然若仙了。

深沉普洱

快节奏高压力的现代生活中，茶余饭后饮茶成了大众最喜爱的活动。在法国人眼里，茶是“最温柔、最浪漫、最富有诗意的饮品”，饮茶营造的是意念的宁静，精神的淡泊，品性的清雅，讲究的是心神合一的情境，是顿悟人生的一种态度。

一位朋友，偶见消瘦很多，问她有何妙方。她举起纤纤素手道来：“喝普洱茶呀，从早喝到晚，想不瘦都难。”因了她这句话，也为了好身材，冬日以来多喝普洱，喝着喝着真喝出了几分真味，喝出几分真喜欢来。它不是绿茶样的小清新，它是智慧和深沉并重的熟女感觉，有着深藏不露的美好内在，品起，醇厚回甜，深藏了阳光的温暖和时光的滋润，历久而弥新，可反复冲泡，滋味方由浓转淡。

从喜欢到关注，才发现普洱茶也算是茶中的异数。它是黑茶的一种，是在云南大叶茶基础上培育出的一个新茶种。在古代，常作为药用，醒酒第一，消食化疾。一般分为生饼和熟饼，生饼是暗绿色的，指未经发酵的茶饼，熟饼近乎黑色，通常都经过了五年以上的发酵时间。普洱茶以陈为贵，这一点和酒相似，是具有收藏价值的茶品。它通过茶马古道输送到国内外，马帮们将茶叶蒸后压紧在竹篓内，用竹笋叶打包，茶叶在漫长的运输过程中渐渐发酵后，经过冲泡，才有甘、滑、醇、柔、稠的口味，去油解腻，清胃生津。

冲泡普洱茶也是有讲究的，对于普洱紧压茶饼来说，开茶也是一门学问。开茶要用普洱茶刀，从茶饼的边缘和侧面刺入，然后轻撬，一层层把茶叶剥下来，而不是砍，不是切，更不是剁，那样搞不好就可能会“两败俱伤”。对泡茶器皿来说，宜兴紫砂壶最佳，可以较好地唤醒茶叶及浸出茶容物。而泡茶用水，无论是用矿泉水还是雨雪之水，殊途同归，都是为了更深远甘香的茶味。

在寒冷冬日，隔窗有雪的时候，三五友人，用茶刀剥出茶叶，以滚水泡出一壶暖暖的普洱，茶香弥漫，友人的温言软语，和着一曲古筝，观那红浓明亮的汤色，品那平和甘醇的滋味，让胃在冬日好好地泡上一泡，让心也在冬日好好地暖上一暖，让精神似那茶叶在水中舒展。尽可体味一下“禅茶一味”的恬淡，体味一下茶道清静恬澹的深味。

情到深处，在这个冬日，我准备也去寻一陶缸，买几块普洱生饼和熟饼，参杂存放，压上棉布和木板，让冬日和普洱一起发酵，让浓郁茶气在室内弥漫，嗅出茶之深沉。

王家卫的江湖

王牌导演王家卫的影片部部都是横看成岭侧成峰，处处展示出他浓郁的个人气息，电影就是他所向披靡的战场，也是他标新立异的秀场。

就像一个伟大的厨师不仅会炒菜，而且会自己选择食料，甚至自己去种菜。王家卫正是这样级别的电影厨师。根据他的需要，各种食材信手拈来，用他的独门绝技，将江湖故事、痴情蜜爱、唯美人物、时尚品味、浪漫情感、文艺台词极美味地煎炒烹炸，出炉前再撒上秘方配料，方能成为“墨镜王”的独家私房菜。只是每道菜都不知要等多久，何时才能入口，但香味早已弥漫十里，引得人伸长了脖子等。

对王家卫的拥趸而言，我们期待的《一代宗师》就是这样精致绝伦的一道菜。我们不需要看一个多么腥风血雨的江湖，我们不需期待它有多么高潮迭起、柳暗花明的故事情节，我们也不需要一个一招致胜的功夫之王，我们只需要静静跟着王家卫的情绪，和着电影的节奏，来品味民国武林的文艺江湖，感受影像带的视觉快感。

《一代宗师》这部影片的节奏是慢的，镜头是美的，人物是形象各异的，故事情节并不高潮迭起，却依然诗意缠绵，暗香盈袖。在故事层面，王家卫倾向于在简单事物中的细微之处寻找戏剧矛盾，这是精工出细活的结果；而且反复雕琢使得这部电影的每个镜头都几近完美，特别是不同人物的招牌表情、招式、特定场景、混搭台词，都无与伦比。在这民国的乱世江湖中，梁朝伟是眼光冷峻招式凌厉的西式叶问，八卦拳高手章子怡冷艳柔韧，出手形意结合，感情戏处理自然到位，表现都很精彩脱俗。特别是叶问与宫二先生交手的那场戏，浓墨重彩，极其罕见地用武打动作来表达情感、性格，过招拆招，无招胜有招。

就像影片里那句台词：世间所有的相遇，都是久别重逢。叶里藏花一度，梦里踏雪几回。经过《阿飞正传》、《东邪西毒》、《花样年华》、《春光乍泄》的影视绝美大餐，对于《一代宗师》，我们也像期待王家卫的个人秀一样，也是久别的重逢，也是视觉的艳遇。我们需要看到的是镜头里不一样的梁朝伟、章子怡，不一样的武侠精神和乱世江湖，我们也是在王家卫的文艺思路如何统领潮流，怎样在时光里水袖漫卷，用风格化的电影语言来讲他的思想、他的故事、他的优雅武侠世界。

我们喜爱“墨镜王”在电影里的自我精神和故布疑阵，我们喜欢他电影里传递出的闷骚文艺气息。也正因此，我们不一定要去真正理解他，却一定要从仰视的角度来欣赏他，然后，让我们无法拒绝的是，与他的影片相逢，极像遭遇一次柏拉图式的精神恋爱，你轻易被迷惑，你离它那么近，你终于意乱情迷，但却无法真正拥有。你只能默默感受，这乱世里的武侠精神，你只能回眸，那一段不堪回首的历史。

有些男人是坚果

前几天出去旅行。带团的导游看起来又黑又矮，其貌不扬。想着，看来导游这职业不用再打青春牌啦，这模样儿的也能出道啦。

其实不然，事实证明，以貌鉴人是我眼光短浅。

漫长的旅途，十几个小时的寂寞时光，几乎是他的个人表演秀。吹拉弹唱、冷幽默、小笑话随手拈来，即兴发挥，再到诗歌、政治、军事、娱乐，犹如探囊取物一般轻松，并且精彩纷呈，滔滔不绝。好似他就是一本百科全书，或是一内存强大的电脑。时间在他的主持下如白驹过隙，剩下的是一路东倒西歪的笑声。

旅途上他毫不偷懒，陪着我们爬山，抢着替女士背行李。时不时地走在后面，给走不动的人打气。挑选景点给大家拍照，做最详细而有趣的讲解。吃住行程安排得也颇妥当，给身体不适的游客调换房间，能及时听取我们的意见，在饮食方面做一些小的调整，尽可能地达到大家的满意。

似乎带旅客导购是难以避免的项目，但他不同，帮着我们跟当地人搞价，谈不拢即率众离去。他还私下告知我们如何购物，怎样识别真假，提防假冒伪劣，所以我们在购物上也是愉快而成功的。私下暗叹，都觉他做导游似乎真是大材小用，前途未可限量啊！

看他是如此敬业，并且性格可爱。归途上，我们笑言一定要介绍女朋友给他。他甜蜜地一笑，说像他这样的男生还能剩下吗？于是大方地把手机上的女友照片给我们看。哇！还真是大美女一枚！我们惊叹了一番后，笑言：这是不是传说中的鲜花插到了XX上啦！他瞪着他的小眼睛，底气十足地回答道：NO，我是传说中的人见人爱的坚果男！

可不是吗？有些男人真的是坚果，外表粗糙不堪，品相不佳，然而最朴实无华的外表下竟会隐藏着最美味绝伦营养丰富的果肉。年轻的时候，很多女人都会在树林里随地拾到这样的坚果，有的人随手丢弃了，有的人珍藏了它，或许，从此，那坚果成了幸福的种子。

大提琴的眼泪

某一日，开始爱上大提琴的声音，因为爱上一个特别的女人。

她是天才大提琴家杰奎琳·杜普蕾。我从《狂恋大提琴》这部电影了解她的经历，影片里的女主角和大提琴的故事把我深深打动。它的中文译名叫做《她比烟花寂寞》，此名不直白却更加切中主题，这寂寞于杰奎琳是与生俱来，上天又赐给她一把大提琴，相得益彰，刚刚好。

繁星闪烁、树影晃动的秋日夜晚，黑着灯，独自在屋内静听一曲杜普蕾诠释的大提琴曲，那寂寞、低沉又激情婉转的琴音，似乎顺着昔日她的指尖在空气里轻轻地流转回荡，释放出摄人心魄的力量，整个世界都虚空安静下来，那琴声里有一种令人无法抗拒的魔力，充满内涵和感染力，似乎星空在低语，云朵在飞逝，一颗心没有方向地飘飘摇摇，悲而不伤，意乱神迷之间如同置身于异度空间，忽如其来的心灵丝丝悸动，生命的虚空感深入血脉之中。

杰奎琳·杜普蕾用生命里最本真的艺术感觉，随心所欲地用大提琴表达她的执著和痴狂，尽情挥发上天给她的才华，五岁即初展过人禀赋，十六岁开始职业生涯，才华与年龄的落差倾倒众生，顿时风华绝代，舞台上的魅力一时无二。

她深爱着大提琴，倾尽全力来演绎，以达到人琴合一的境界。听说匈牙利大提琴家史塔克有次乘车，听见广播里正播放大提琴曲，便问旁人是谁演奏的？旁人说是杰奎琳·杜普蕾。史塔克说：“像这样演奏，她肯定活不长久。”真的是一语成谶。

如同音乐进入最高潮最美妙的一段，却戛然而止那样，这朵绽放在大提琴上的玫瑰，仅拥有十年最绚丽的职业生涯，妙龄之际，被确诊罹患多发性硬化症，遂以无限眷恋的姿态作别舞台，缠绵病榻十余载，卒于盛年（43岁）。她的艺术人生如彗星般的短暂，却幸好她爱过恨过技惊四座过，这十年间她所达成的音乐成就，已经足够令她不朽。直到现在，由她诠释的艾尔加 E 小调协奏曲无人能出其右，据说马友友的演出稍许企及她的境界，却仍不能青出于蓝。

这便是一个女人和大提琴的深情故事，她的生命与大提琴有着不解之缘。她一生中拥有三把名琴，其中一把是现代制作师的作品，两把则是史特拉第瓦里古琴，其中大卫朵夫如今则为马友友所有。马友友曾经说过：“这把大卫朵夫对我而言，它是我演奏过最好的乐器，我真的相信这把琴是有灵魂的，而且也具有想像力。”

佳人已逝，而音乐永存。请不要在阴天的时候听杰奎琳·杜普蕾的大提琴，那忧伤的音乐会让你的心里和整个世界下起细雨，清洗着一切，迷离着一切，你分明看得见，那是杰奎琳的眼泪在音乐里飞……

机器情人

单位里的一个姐姐，独身带着一个孩子，本来是内向而沉闷寡言的，然而最近却突然变得活泼漂亮起来，整天容光焕发，犹似青春重来，让人为之眼前一亮。究其原因，不过是买了台电脑，学会了网游，增长了见识，并且因为网络交到了合意的男友，用她的话说，电脑是可以改变生活的，让她开始变得快乐而开朗。

某次训孩子考试考得不好，孩子挺委屈。老公瞪着眼睛对我说："还说孩子，你看你像个当妈的样子吗？整天玩电脑，偷偷菜，聊聊天。孩子跟着你能学好吗？"我无语。是的，只要有空，我就把深情的目光望向它，不能自控地坐过去，当显示屏亮起来的时候，才很安心。不知多少次玩着电脑，忘记了做饭，忘记了刷碗，忘记了给儿子检查作业，忘记回去看望年老的双亲。坚定地守在它身旁，乐呵呵地斗着地主，聊着没边没际的无聊的天。任大把的时间就在电脑前面虚度，而自己竟然无知无觉。

同学也是一宅男。他老婆说，电脑是他的小三。不要低估这二奶的影响力，实际上二奶还无动于衷呢，大奶那儿已经天翻地覆。他老婆说，你爱它也算了，但不能总坐它跟前呀。咱跟它长得不同，也得活动呀，这样才能长寿。他说道，你看见乌龟没，不爱动吧，长寿得很。气得他老婆直翻白眼。时间长了，二奶的地位愈加牢固，正太也不得不偃旗息鼓。这是小三战胜正太的常见例子。

有了电脑以后的生活似乎真的很精彩。它相当于一个微型家庭影院，周末缩在被子里，一杯红酒配电影，说不出的惬意；它是一部不需买碟的音响，可以在你需要的任何时间里，把你最爱的伤感的或是摇滚的音乐无限温柔地撒满屋中的每个角落；它是一部性能超强的游戏机，可以实现你任何过关或者冒险刺激的欲望。它是一个虚拟人群的聚会，却依然可以赶走寂寞，交到真心的朋友。网络的功能如此强大，简直如同发掘不尽的宝藏。有朋友因为开网店而赚到了人生的第一桶金，有朋友因为网络而恋爱结婚，有人因网络红了，有人却出了丑……

爱电脑的人把电脑当成了情人。因此催生出了一夜情，宅男宅女，黑客一族，换客一族。这个情人倒也心狠手辣，男女通杀，连小孩子也不放过。不管外面的世界再精彩，你只要给小朋友电脑，说你玩去吧，他是宁愿不肯出门，雷打不动只据守一角的。看着他小小的脑袋神采奕奕地盯着电脑，熟练地玩着偷菜和小游戏的样子，只能是一声接一声地叹息。更不要提那些年纪轻轻的少男少女，游荡在街头，献身于网吧，彻夜不归，成了聋子和瞎子，狠心无视父母哭红的眼睛。因而才有了那句鼎鼎大名相当感人的话：贾君鹏，你妈喊你回家吃饭。然而贾君鹏是谁，现在也无从知晓，恐怕有千千万个贾君鹏，千千万万个这样伤心的妈妈。

现在这个没有生命体征的大众情人更加变本加厉地攻城掠地。那是另一种很温暖痴狂的爱。经常可以见到俊朗的帅哥早出晚归身上背着笔记本，步履轻快，时尚摩登，心甘情愿。想来日子久了，真的是女友可以不要，但情人是不能不背不理的。

有了电脑这个情人，你得在安排好老婆孩子之后，抽时间去照顾她，陪伴她，为它付出金钱和时间，然而你从它那里又得到许多快乐，使你深陷其中，不能自拔。维护得好的话，这个情人也不会辜负和无视你的深情，不会背叛和离开你，它总在一个由你选择的地方，那么静静而可爱地等待着你的开启，然后给你一个绝对变幻莫测的辽阔世界，使你满心欢喜。

但请你记住，它只是一个机器情人，随时会中毒死机，不会用心去爱你。

迷雾与仙境

这个初冬，或者是去年的这个时候，我为了发现头顶的蓝天而惊喜。然而，这多么不正常，曾几何时，秋高气爽和碧空如洗从凡俗日子怎么就能变成了一种追寻！这种寻找，让曾经变得美好。

儿子睡前跟我讲：“妈妈，十二点的时候记得叫我，老师说今天晚上有流星雨呢。”我有点犹豫，却只能微笑着拍拍他的头让他睡下。然后站在窗口，看着那没有一丝星光、雾霾深重的天空，我不知该怎样让儿子相信，看不到星星的夜晚如何看那一片浪漫华丽的流星雨。

单位的同事参加禁烧活动回来，给我看他拍的照片，金黄的银杏林之上是一片通透干净的蓝，那样醒目和怡然，忽然觉得，那片蓝竟然离自己那么遥远，难以企及。怪不得去山里的人是越来越多，那是寻一方净土，一片蓝天。

一个神贴这样写污染：“帝都风光，千里尘封，万里灰飘。望古城内外，浓雾莽莽。高楼上下，阴霾滔滔。车舞长蛇，烟囱万象，欲与毒气试比高。双休日，看口鼻严裹，宅卧求饶……”的确，城市大气污染的情形已经不容小觑，现在，我们相当深刻地记得并理解了 PM2.5 的定义。曾经，我认为雾是很美好的一种现象，很朦胧很飘渺，但当粉尘演变成霾尘的时候，才知道，那雾霾一点也不好玩儿，空气杀手很可怕。现在大家都在畅谈中国梦，我有一个中国梦便是有生之年，城市里不再高楼林立，让楼的高度不再攀比，出门即是鸟语花香的小公园，体育馆、图书馆比比皆是，城市里不再堵车，公车上都有座位，街上的行人淡定从容，天上则是永恒的蓝天白云。

安妮宝贝曾写道，当一个女子在看天空的时候,她并不想寻找什么，她只是寂寞。我想，最好还是让这女人看到一片蓝天，否则，一片雾霾会让她更寂寞。我们需要蓝天，因为我们不能永远在去香格里拉和西双版纳的路上，心有多远，未必便真能走得到多远。我们大量的时间仍然是消耗在居住地和工作地的范围之内。有时繁忙到只剩下窗口的那点风景，我们是多么不愿意，站在窗口小憩的时候，迎面而来的，是一片风沙。

许多年前，当我们的山水还是青凌凌的水来蓝莹莹的天的时候，我们一穷二白，如今当我们富起来的时候，却是黄澄澄的水来灰蒙蒙的天，难道物质和环境注定是不能兼容吗？

想起那次，看山看水看红叶归来，远远地进入市区，只觉得蓝天渐渐被迷雾吞噬，远处，雾霾正杀气腾腾地等着你过来，想起王菲的两字形容：仙境。这种情形倘若放在吴承恩的《西游记》里，孙悟空定睛一瞧，台词一定是:师父，前方妖气甚重，小心妖怪！如果是周星驰版本的，一定会是:师父，进城了，千万记得带上口罩！

品味温泉

想起泉，总在竹林深处，一泓清流，汩汩而动，冰凉通透。在不可知的地层，在岁月中积聚着能量，又不知于何时超脱，以一种从容不迫的速度，把清雅的自己呈现给众生。

温泉更是泉中的精华，是与时间这条河流最为稳妥的对峙。提起中国的温泉文化，最耳熟能详的便是“华清池”。想当年，美人在池中，而君王于屏风后，情意缱绻，演绎了一段缠绵悱恻的爱情故事。一个是千古帝王，一个是芳华绝代，这爱情，因温泉而留芳，有“海棠池”为证。千古风流的《长恨歌》写道：“春寒赐浴华清池，温泉水滑洗凝脂。侍儿扶起娇无力，始是新承恩泽时。”想那羞花闭月的杨贵妃，在温泉仙气的缭绕下定是愈发妩媚迷人。到如今，那“海棠池”寂寞多年，历经风霜，红颜不复。好在现代的每个女性，都可以在华清池的浴场里感受一下当年贵妃才能享受的奢华生活。

在中国的西域高原，也有丰富的地热资源。融融热流的羊八井蒸汽田就在白雪皑皑的群山环抱之中。据说羊八井最美的时候是清晨，白色蒸气从湖面冒起，四下弥漫，青山绿水之间，恍如人间仙境。最让人倾倒的是那里的温泉竟然可以煮鸡蛋，听人讲煮出的藏鸡蛋清香扑鼻，蛋白像酸奶一样嫩滑，而蛋黄已经熟透，其美味可想而知。

曾经看过一组图片，印象极深。是日本雪猴在冰天雪地中浸泡温泉的可爱模样，漫天飞雪之中，它们相互依偎，惬意地或闭目养神，或替对方梳理毛发抓虱子，幸福地享受着温泉的热气蒸腾。据说雪猴要泡温泉保温取暖，才能度过漫漫寒冬。但思想它们在呼啸山林、纵情雪山之后，还有这么舒服的一次沐浴，就不禁让人心驰神往，如果能与它们共浴，那真算是一种人与野生动物相处的又一重境界。

川端康成的《伊豆舞女》里面，二十岁的我在伊豆旅途里邂逅了舞女薰子，朦胧的爱恋因此而起。薰子只有十四岁，情窦初开，温柔而美丽。小说中优美地描写了薰子在温泉浴场一丝不挂伸展着身体向青年挥手的情景，其遣词造句朴素简洁，一点也没有色情之感，却起了正相反的作用。似乎人的心灵也被温泉所洁净了一样，恋情显得愈加空灵美好，清新如昨。也许初恋永远是人生漫长道路上温暖的泉，遇见在田野之侧，却停驻在生命深处，流动不息。

记得有一次看蔡澜的美食节目，谈到有一年冬天，他同李嘉欣在北海道一边泡温泉，一边喝酒赏雪景，然后忽然有一碟三文鱼刺生从温泉中升起，彼时，可谓美人在侧，美食当前，人世间最令人心怡的莫过于此。据说，如果温度适合，温泉的确是可以做涮菜并且煮汤圆的，想想把汤圆丢在温泉中，过一会儿，自己漂上来的情景就叫人浮想联翩。

温泉文化，源远流长的文化，亦是温暖而安静的文化，此中，庙堂文化为一脉，江湖文化为一脉，交错缠绕，各有渊源，而文人骚客又穿插其中，推波助澜，更彰显其神秘。同时，泡温泉也是时尚又健康的生活方式。凛冽寒冬，三五知己，泡在暖意十足的温泉里，池边泡一壶香茗，赏落雪纷纷，真是一种极致的享受，超脱出红尘，有种恍如隔世的幸福感。袅袅轻烟里，倾听温泉水声，感受悠悠时光，此情此景，人生夫复何求？

没错，如今讲究泡的，早已不仅仅是温泉，而是心境。

卷五 美食诱惑

人生应该是这样的，走过很多路，看过很多云，喝过很多种酒，吃过很多美食，才够有意义。

热爱美食吧，像热爱生命一样。爱上烹调，像爱上爱情一样。让舌尖上的那点诱惑成为我们骄傲的幸福指数，永不停止对美食的探索和领悟，制造和享受美食的赐予，让这个世界，因为有了美食，会有一点点不同。

舌尖上的诱惑

物质时代，除了爱情，没有谁能抵挡住美食的诱惑。人类吃的本能创造出了源远流长的饮食文化，在不断寻找美食的过程中，有了酸甜苦辣咸的五味调合。口腹之欲永远不会使人满足，寻找美食和制造美食已然成为生活的主流。

遥想当年，苏东坡被贬之时，也不忘自制私房菜与友人分享；就像徐志摩每到秋天都要在西湖赏完桂花，踱到小店吃一碗桂花煮栗子；就像汪曾祺，写出美文的同时，土豆萝卜在他的烹调下也能变得与众不同，美味绝伦。

四季轮回中，不同的美味带给我们不同的视觉享受和味觉惊喜。有人觉得自己与美食无缘，吃的不过是家常便饭而已。这种观念有些狭隘，美食不只是鲍参翅肚、山珍海味，不只是私人会所星级酒店才有，也无须煎炒油炸炖，而只是烟火厨房里的一锅薄皮饺子，在旅行途中的一碗米粉，深山农家的野菜饼，水乡深处的一条清蒸鱼，或是落雪时分香甜的烤红薯。因着记忆里的味觉缠绵，也可以成为无上的人间美味。

所谓美食要看是什么食材，为谁而做，跟谁分享，与地点、时间、心情有关，吃出色香味，与食者的生命经验、情绪记忆有着混沌而又隐秘的联系。

清人郑板桥当年，在给弟弟的信中写道："天寒冰冻时，穷亲戚朋友到门，先泡一大碗炒米送手中，佐以酱姜一小碟，最是暖老温贫之具。暇日咽碎米饼，煮糊涂粥，双手捧碗，缩颈而啜之，霜晨雪早，得此周身俱暖。"他从冬日的一碗泡炒米、一碟酱姜，闲暇时吃的碎米饼和糊涂粥里，都能感受到美食带来的愉悦与满足。由此可见，对纤细微妙的味道的捕捉和叙述，平淡无奇的食物也拥有打动人心的力量。

我们可以像蔡澜和他的夫人那样热爱美食，偷得浮生半日闲，买菜洗手做美食，制作时的从容，等待的过程，品尝时的开心和满足，都将食物与环境、心理充分融合，进而达到一种调合的状态，创造出一种属于自己家的味道。

热爱美食吧，像热爱生命一样。爱上烹调，像爱上爱情一样。让舌尖上的那点诱惑成为我们骄傲的幸福指数，永不停止对美食的探索和领悟，制造和享受美食的赐予，让这个世界，因为有了美食，会有一点点不同。人生应该是这样的，走过很多路，看过很多云，喝过很多种酒，吃过很多美食，才够有意义，才是真正懂得生活美的寻味和知味者。

悬崖上的肥鱼汤

微信有云：许多时候，信步去看一场花事，渡船去赏一湖春水，从一座城到一个镇，一路风尘。我们也是这样的心情，坐船渡水，专为寻访那传说中的肥鱼汤。

这肥鱼汤馆叫做放翁酒家，据说因南宋诗人陆游曾到此饮酒品茶作诗而得名。酒店依山环洞而建，位于宜昌三峡人家风景区的桥边悬崖之上，走上栈道，曲径通幽，将岩洞进行改装成特色中式餐厅，坐在峭壁之上的观景台上，凭栏远眺，俯瞰之下，峰峦叠翠，吊桥人家，一睹峡口风光之雄奇。眼前是峡谷长江奔流去，两岸青山相对出，传统的三峡吊脚楼点缀于山水之间，久违的古帆船、乌篷船安静地泊在三峡人家门前，体会到巴风楚韵之不同，峡江今昔之非凡。

身侧的悬崖之上怒放着三角梅，对面的山崖上设有六十多米高的蹦极台，总有勇敢者前赴后继地进行蹦极表演，倘是女生，山谷里就会回响着惊心动魄的阵阵尖叫。就是在尖叫声里，我们吃到了心仪已久的肥鱼汤。这一锅肥鱼汤，热气腾腾，白若琼浆，好似用牛奶煮成，拿汤匙品一口，其汤甘如玉液，其味清淡甘醇。再吃鱼肉，肉质细嫩，入口即化，润泽爽口，口腔之内极有回味，使人心神荡漾，从味觉到知觉都产生恬适之感。

一边品着长江肥鱼汤，吃着三峡土菜，喝着宜昌名酒，观看峡口风光，确是乐在其中。据说这肥鱼与刀鱼、鲥鱼、河豚并称为长江四大名鱼。肥鱼是长江洄游性鱼类，每逢春暖花开，肥鱼成群结队从长江中下游开始生殖洄游，只待上游的桃花春汛下来，他们互相拥挤、上溯到长江三峡西陵峡内产卵。此时鱼体内必须存贮大量脂肪，用于生殖过程中的能量消耗。洄游到宜昌江段时，体内脂肪含量达到最高点，个个都是膘肥体胖，因而鱼肉细嫩鲜美。

喝过许多种鱼汤，肥鱼汤犹为甘美，若把各类鱼汤也比做美人的话，那它必是杨贵妃型的，有丰腴华贵之美。然而，杨贵妃一笑倾人城，肥鱼则是一食而难再逢。

在花枝招展的年华里，与美食的相逢不需要任何约定，一亲芳泽也算是永恒吧。人在旅途，生命中总会有各种体验，只是美食情缘也分缘深缘浅，那么美味的鱼汤，以及吃鱼汤时的风景，当我们不可以再拥有的时候，就一定让自己美好的记忆穿越岁月的风尘，让你重新对生命有另一种顿悟。肥鱼于我，终是有缘相遇，而无缘相拥了。谁知道滚滚长江东逝水，究竟还有几多情愁，几多美味呢？

豆花泡馍

走过一个地方，就会留下许多念想，总会有某种食物让你香尘已远犹回味，好像怀念着萍水相逢的陌路知己，从此天长水远，此情难再，却后来，在某个特殊的熟悉的情境里，却上心头，意难忘。

在无数晨曦微露的清晨，在饥肠辘辘却毫无胃口的早上，我是多么需要一碗泡馍的亲近。这便是我对于豆花泡馍的相思。

豆花泡馍是陕西凤翔的传统名小吃，是以豆浆为底，舀入豆腐脑，泡入切成薄片的“锅盔”，再佐以特别腌制的咸菜和花生米若干，再淋上一勺鲜红的辣子油，就是一碗黄中有白、白上飘红的美味佳肴了。上好的豆花泡馍，入口这豆花要嫩、豆浆要香、辣子油要汪，“锅盔”要外脆内韧，那种咸辣清香，鲜嫩爽滑，一吃难忘。

据说大文豪苏东坡在品尝了豆花泡馍后，对这种将南北风味巧妙融合为一体的百姓日常饮食连呼惊奇，竟不知道用何种语言来形容，只好套用当地俗语说：东湖柳，姑娘手，金玉琼浆难舍口，妙景，巧人，佳味，实乃三绝也！“金玉琼浆”说的就是豆花泡馍，“金”说的是金黄的馍片，“玉”指的就是豆花，“琼浆”是对豆浆的美誉。

豆花泡馍之所以历史悠久，在于食材的选择上也很有讲究，豆子一定是精选过的，浸泡以后，打浆、滤渣、煮滚，熬浆要用微火，不能溢锅，豆腐脑才能点得恰到好处的嫩，“锅盔”要切得厚薄适中，太厚的话，豆浆泡不透，味进不去，太薄的话，等吃到后面就碎了。

早餐吃这种食品,豆浆富含蛋白质，豆腐脑又十分有利于胃的消化，“锅盔”顶饿。对于胃而言，实在是一种暖身养颜安心的食物。

清晨的宝鸡街道上，几乎隔不了多远就有一家豆花泡馍摊，因为煮制并不占用场地，比洛阳的豆腐汤馆要多得多。每个摊子上都有老少各色人等在就餐，一碗碗端上来，让人馋涎欲滴。

那些日子里，对于早餐的选择我从未改变，一改我素日朝三暮四的习惯，因为我的胃已经被它所征服，一见倾心还痴心不改了。

因而，美食真不关风味，只关口味，红尘之中，只是遗憾，这种美食还是地方风味的好，懂得做好，也不适宜在家里捣腾，反过来想，曾与豆花泡馍相遇相知过，此心足矣。

莲子百合红豆沙

莲子百合红豆沙，一道正宗的广式餐后糖水。初见到它，是一场极为平常的相遇。那时，在广州的酒店里，很年轻，吃嘛嘛香，最后却独独记住了这一道甜点。一盆汤水，像粥一样稠而无米，像红糖水一样的色泽，但其间美味何止几倍于它。入口的香糯，持久的甜美，深情款款地把我彻底诱惑，整颗心美到不能思想。

流年似水，多少年后那味觉依然让我心动。这个夏季，若不是心中也有贮藏已久的盼望，怎会有今时像模像样地洗手做羹汤呢。

这糖水，配料讲究。红豆，清心养神，百合，润肺益气，莲子，养颜清火的上品。还要有陈皮这配角，才能调得出上佳的味道。这锅糖水正似上演着三英战吕布，这陈皮便是倒霉的吕布，纵然他英勇盖世，然而绿叶倒是当定了，谁让它不是主角呢。

初时，把红豆、莲子、百合、陈皮浸泡一个小时左右，等红豆逐渐饱满，捞出，重新放入水中煮开，然后用小火慢慢煮上两个小时。等待的过程似曾相识，像在谈一场旷日持久的恋爱，不可谓不漫长。在最美好的时光里，相互了解，碰撞，磨合，融入。时机到了，大火继续滚半个小时，当红豆、莲子、百合终于不再矜持，纷纷妥协，在水中涨裂、消弥，真到了你中有我、我中有你的地步，才可撒入许多冰糖，盛到碗里，真算是花好月圆，终成正果。

这道糖水，说起来简单，最讲究的是功夫。火候掌握绝对不能错位。否则，红豆会不烂，莲子也会发苦。做得到位，惊鸿一瞥，它红红黏黏稠稠润润，热吃绵软，温暖，入口即化，红豆沙细嚼之下有清香的陈皮味，像是热恋时的味觉，口腔里四处充斥着甜蜜。冰食，它又像极了红粉知己，淡定、睿智，什么烦杂心事，都有了倾诉的地方。在炎热之夏，体验冰火两重天的味觉，让情绪 high 起来，还有什么不能解脱的？

据说糖水也是有境界的。奢侈、甜腻是必须的，想做好它，还一定要学会等待。在煮它的时候，你轻轻搅拌的时刻，要有“月上柳梢头，人约黄昏后”的心境，如果你能潮一点，还要对着锅子，对着汤水，说上几句让它痛快的话（这是世界顶级厨师的密方，据说汤也是有感情的），那么它的味道定能如你想像的一般无二。

莲子百合红豆沙的秘密，在于温婉可人的样子，甜蜜动人的味道，营养丰富的内涵。艳丽于外，清甜于内，教人爱上了就再不能释怀。

仔细想来，这碗明朗温馨的糖水恰似一个女人的成长历程，百合是清纯季，红豆是熟女季，而莲子是已婚季，融合女人的三个阶段，所以这碗糖水里同时盛有女人的天真、妩媚和质朴。因而在夏季，女人懂得做它，外调内养，美在自身，在一碗糖水的清甜里，体味出生活的多情和浪漫。

三文鱼的真味

艳阳高照，碧波万顷，来到洛宁卢氏故县水库，只为了看一眼那驻守千年的银杏，一尝那淡水三文鱼的真味。年少时在南方，吃过的鱼片粥、清蒸石斑、豉汁浸鱼嘴，让我想起来就很有回味。其实平日，水煮鱼片和酸菜鱼我也是很喜欢的，但我不是巧手煮妇，即使做了也常常有一种腥味，难以消除。生鱼片对我而言就更是一种传说了，见过却未尝过，对于生食的文化从未想过去体验。

故县的三文鱼最早是在同学的家里吃到过，那是塑料包装密封着的冷冻厚鱼片，同学把它做成美味的煎鱼片，外焦里嫩，鲜香可人。那时我就心存疑惑，中原有三文鱼？那不是海里的生物吗？

美食大家蔡澜说：“初学吃生鱼的人，多从三文鱼入口。”故县的三文鱼虽非他笔下的三文鱼那么正宗，来自深海，但在中原能吃到淡水三文鱼，仍体现着故县人的智慧。故县的水库清清静静，三文鱼身处万亩水库的深处自在游弋，无污染的山系，清甜的水质，纯天然的绿色区域，青山秀水深处的三文鱼才会肥美诱人。

在炎炎夏日里，在千年银杏树下驻足神游之后，坐在故县的饭店里，高谈阔论之间，急待着传说中的三文鱼横空出世。

原来是这样的，雪白的盘子，肉色橙红，一刀一刀切得极薄，是冰凉的、生鲜的，肉质细嫩鲜美，轻轻夹起一片，蘸了绿色芥末酱，入口即化的绵软中又伴着浓烈的刺激，呛得人泪光闪闪，却不记得鱼片的味道，第二口的时候就有了经验，懂得了浓淡适宜的搭配，其实无它，不过是为了那没有油烟浸渍的新鲜口感，像是积雪在口中融化，配上啤酒一杯，美味非常，令人印象深刻。

原来，爱上鱼就是这么简单，悠闲生活不该没有鱼，有鱼就有好时光。到故县去吃一条三文鱼吧，味道浓烈肉质鲜嫩爽滑的三文鱼，感受生猛海鲜的味觉体验。

故县的三文鱼没有深海鱼的清高，没有池塘鱼的顾影自怜，也没有湖鱼的故作天真，它只秉一脉真味，简朴中见天然。体会三文鱼的美味滋味，即使无素琴在侧，亦能怡情自乐。一条鱼的清福，虽不是唾手可得，但呼朋唤友，去寻一条鱼的真味，抛开浮躁的心绪，保持心思的澄澈，也不失为一件雅事。

如果你吃了它，你流下了泪，你就知道三文鱼的真味，是滚滚红尘中的人们，在紧张生活之后，突如其来的一点刺激和释放，轻松和惬意，滋养出人体的清新光芒，体验大自然的丰厚馈赠。

归来，偶然看到同伴发在空间里的照片，那是游船在水库的那一片海蓝里乘风破浪，忽然想起那一天的热和冷冷的三文鱼，清凉爽口的味道，入口即化的口感，一如那美好却青涩的青春，天真滋味，长相思，不相忘。

佛跳墙的诱惑

我跟许多人提起过佛跳墙的美味，但多遭睥睨。他们根本不晓得佛跳墙是一道菜，还是至尊极品、独步天下的菜肴。在所有南来北往的菜式中，佛跳墙绝对是一个例外，无论是其名还是其内在，都极讲究绝不偏颇。

佛跳墙原名福寿全。由光绪年间的一位福州官员所创，后被衙厨郑春发学成后加以改进，到开设“聚春园”菜馆时，以此菜轰动榕城。有一次，一批文人墨客来品尝此菜，当福寿全上席启坛时，荤香四溢，一秀才心醉神迷，触发诗兴，吟道：“坛启荤香飘四邻，佛闻弃禅跳墙来。”从此福寿全改名为佛跳墙，此名绝妙。

初识佛跳墙，19岁，在广东四星级的酒店里。对名菜司空见惯，然而对于佛跳墙我却极为推崇向往。原因在于此菜巨贵，所以点者极少，即使点了，也极少见。也仅有那么两次，我在旁边帮手，神秘坛子一开盖，香味四溢，那种香气之诱人实在无可比拟，客人大快朵颐之后，往往赞不绝口，连汤带肉，吃得痛快淋漓。

那时候就想，有朝一日，能吃到佛跳墙这道菜，今生也算没有到人世白走一遭。

据厨师讲，做佛跳墙是用绍兴酒坛洗净，加入清水一斤，放在微火上烧热，倒净坛中水，坛底放一个小竹箅，先将煮过的鸡、鸭、羊、肘、猪蹄尖、鸭肫、猪肚块及花冬菇、冬笋块放入，再把鲍鱼、鱼翅、火腿片、干贝用纱布包成长方形，摆在鸡、鸭等料上，然后倒入煮鸡、鸭等料的汤汁，用荷叶在坛口封盖着，并扣压上一只小碗。装好后，将酒坛置于木炭炉上，用小火煨两小时后启盖，速将刺参、蹄筋、鱼唇、鱼肚放入坛内，即刻封好坛口，再煨一小时取出，上菜时，将坛中菜倒在大盆内，纱布包打开，鸽蛋放在最上面。方成此菜。

厨师的王道就是把各种食物的美味发挥到极致，就像这道菜，精细备料几十种，准备的功夫远大于烧制的功夫，这暗合人生的道理，所谓厚积而薄发。

然而我也终于没有错过，最渴望的美味，在十几年后终于可以一亲芳泽。

那是一位日本的同学返洛，有成功之士宴请，规格在我看来是最高的，可谓奢华。当中最引人注目的便是佛跳墙，本来以为，本地的菜馆也许不能做出南方的味道，其实不然，那厨师竟然是地道的南方人，手艺绝佳。此菜一出，打开盖，掀开荷叶，香飘四座，我们均是长吸一口气，那香气丝丝缕缕，令人倾倒；真的执箸而食，浓郁荤香，荤而不腻；各料互为渗透，味中有味；汤浓色褐，却厚而不腻，各色菜品入口软嫩柔润，味美绝伦。一桌人，根本没吃够味儿酒坛已空。就像一场恋爱，还没爱够便戛然而止，留足了回味的空间。

吃过了这道菜，终于明白佛前所焚之香是虔诚的香，而佛跳墙里浮动的是尘世烟火之香。此香与彼香交相辉映，是人间天上的二重境界，也正是雅俗文化的完美结合。

此后，每看香港的电视剧，说到佛跳墙的时候，我满口生津，似乎又想起那举世无双的味道。也许这世界上还有比它好上一百倍的味道，但我无缘结识，我只能把佛跳墙放入我的心底深处，像一坛酒，无期限封存，唯余相思无数。

燕菜的平凡和伟大

流年里无数艰难困苦的时刻，萝卜是最值得信任依赖的救命菜。它是菜里的平民，土生地长，随处可见不挑地方，青白两色，水润青涩的时候，是它最美味的时候，脆生生甜丝丝的，清热通气，可当水果。倘若剁碎了包饺子，不是一般的美味，就是清炒，也有非同一般的清气，若是跟排骨一起炖汤，就更别有一番风味了。

后来，是谁把萝卜做成了燕菜，这已无法考证，但千年的历史不可更改，它滋养和浸润着洛阳的饮食传统文化，见证着洛阳历史的变迁沉浮，不断变化和延续，终于在时光的沙漏里演变成洛阳饮食的精华，居然成了水席的首菜。关于燕菜的传说很多，从武则天到周总理的故事，无非是对燕菜的尊崇，而真正让它名扬天下的始终是味道。一道名菜，以普通的主材为主料，定会有许多味辅材来提味和衬托它，它的做法有多种，辅料添加可繁可简，也是浓妆淡抹两相宜，要看自己的口味和喜好。

燕菜的做法已经为大众所知，不过是精细地切丝，用绿豆粉拌匀，上笼蒸 5 分钟，使它除却水分之后，增加韧性，再晾凉入温水泡开，精选上好的高汤，加入海参丝、蹄筋丝、火腿丝、玉兰丝等，加盐、料酒、胡椒粉、醋，至汤沸，加入香油，再洒香菜和鸡蛋蒸糕切花瓣制成花型点缀，即成。

这道以萝卜为主菜的燕菜之所以受到大家的追捧，成为水席的头牌，还在于它正是印证了普通菜品平凡之中也有伟大之处，它有着朴素的内在，却呈现出繁华的表象，给人霸气的视觉，那是燕草如碧丝，秦桑低绿枝，色艳、菜香；它又是一道有温度的菜，煨了高汤的萝卜丝滑爽中带丝丝筋道，添加的辅料又融合出一种独特的味觉，汤味独特，酸辣适中，实在是汤鲜味美，暖心安胃，完美的结合。

燕菜的味道，全在萝卜，是禅学意义上的返璞归真，也是红尘之内的平平淡淡才是真。萝卜是菜中的隐者，真正的君子，做人也要像做萝卜，能高能低，富贵不相忘，贫贱两相依。所以燕菜的拥趸者年纪偏大，都是经过风雨历过沧桑的人，能在更深一重境界里品尝尘世的味道，他们往往会在家自制燕菜，在冬日的暖阳下，在落着叶的窗口，有条不紊地切丝，蒸晾，煮汤，烩菜，等着一家老小，其乐融融，吃菜喝汤，感恩平凡，并对大自然的伟大永远充满敬畏之情。

一碗热汤面的关怀

夜深了，万籁俱寂，一灯如豆。窗外飘着细雨，情绪黯然，辗转反侧，思想的疲乏只让人觉得若有所失，彼时，我只想拥有一碗热气四溢的汤面。

年少时，看金庸的小说，仗剑侠客往来穷谷大川，南郊野寺，写到在渡口或是山脚时，总是走进一个普通的铺子，吃一碗热汤面，然后再出现埋伏或是故事。所以面里总是有故事的。那时我就想，这侠客正是天涯羁旅，落魄神伤，这一碗热气腾腾的面该是多么温暖和美味，这落寞的侠客定会从一碗面里汲取到无形力量。

在电影《如果·爱》里面，林见东和孙纳因一碗热汤面而结缘。一个大雪之夜，林见东把一碗热汤面让给了饥肠辘辘的孙纳，成就了一段未果然而却刻骨铭心的爱情。我着迷于孙纳厚着脸皮吃林见东剩下的半碗面的样子，表面上没心没肺，实际上脆弱而敏感。正因此，林见东没有抵挡住这个小镇姑娘孙纳留给他的影响，孙纳借助他的温暖在前进中选择了背叛，两人的感情无疾而终。后来，林见东总是回想起那个夜晚，那个冬天因那碗面而深刻和心酸，纵然百转千回，擦肩而过，却在内心深处珍藏，未曾忘记。

一碗热汤面，实在没有什么技术含量。不过是水与几滴香油、葱花蒜苗、几根青菜、宽窄面条的合成品。如果有食材的话，还可随心所欲地放入番茄或是牛肉、排骨、鸡蛋。要想再做得好吃些，面要筋道，还要有高汤，炸葱油，再放些猪油。然而这些不重要，重要的是谁做，做给谁，为何而做，做时的状态和心情，都会影响到面的口感和味道。

看起来热气腾腾，朴素的样子，入口鲜香，祛寒利湿，有家乡的味道，入腹却熨帖暖心，吃完后大汗淋漓，所有不快烟消云散。

医学博士周希诚有一本书《一碗阳春面的回忆》，写的是一个真实的故事，讲述他家境贫寒的癌症病人一家七口共享一碗阳春面的故事。“阿姨，这碗阳春面，我跟弟弟只吃一半，剩下的可不可以包回去，给爸妈吃？”这碗阳春面里的味道五味陈杂，有感恩、分享、珍惜和深爱。一碗阳春面的精神，那是爱的教育，让我们懂得相聚和分离，懂得一家人共同奋斗的辛酸和温暖。

一碗面里有深意，那是最朴素的爱，汤面的主题永远是温暖。关怀一个人，从一碗美味的热汤面开始吧，他的体温再暖也抵不过你亲手送上的一碗面，那是对彼此最温馨的支持，也是最值得依靠的幸福！

真情大排档

许多年前，许多个夜晚，十点以后，坐在珠江边上的大排档上吃夜宵。那时还很年轻，在实习工作结束以后，一班同学同事 A 费宵夜。吃的不过是煎面、煎萝卜糕、鱼蛋面还有肠粉、凤爪，那时才学会喝冰啤，月亮当空照，吹着夜风，海聊青春，举杯相送，看两岸繁华，星光倒影，似水年华里最纯真的岁月，想起来，已然遥远，恍若隔世。

从那时起喜欢上大排档，或许是更喜欢青春里无拘无束的岁月，可以虚掷和浪费的时光。

大排档起源于香港，原称“大牌档”，将固定摊位的大号牌照裱装悬挂，因而得名。多半是聚成堆的小吃摊，一溜排开去，在大小城市里随处可见，与当地的繁荣发达或者贫穷落后全无关系。

有中国人的地方，自然就有大排档。想了解一个陌生城市的美食，就要从大排档开始。台湾的大排档很著名，海鲜也入乡随俗，龙虾鱼蟹和萝卜白菜一样，普通工薪族可以肆意品尝各色生猛海鲜，煎炒烤炸，种类齐全，味美绝伦；在夏日山林里的大排档，吃拌野菜，涮黑木耳，再来几串烤肉，繁星闪烁的夜空，分外明亮，心灵都是清澈通透的；城市街边的大排档，人声鼎沸，烟火缭绕，却是红尘中的欢乐之地，有宣泄，有吵闹，但唯独没有寂寞来打扰。

一天夜里，我打车回家，经过一条偏僻的街道，街口支着一个烤串摊，旁边两三张小桌，司机忽然停车非要请我吃两串，他说这家档的烤串特别好吃，他路过就得来一把。那天我不饿，可我觉得那烤串真的味道很棒。

大排档的文化在于自由廉价而且口味丰富，将一个城市的夜生活通俗化到了一个大众范畴。满街的招牌和灯笼，你随意选，空气中弥漫的麻辣鲜香，是滚滚红尘中的精气神。

它没有酒楼高贵，没有饭店高雅，没有西餐厅干净，但它讲究真材实料，让大众信赖，是平民最爱。

在大排档吃饭的男人是哥们儿，女人率性。男人可以背心裤衩，也可以西装革履，女人也能手持啤酒，推杯换盏。勿需客套，是高谈阔论，酒逢知己千杯少。吃的可能是烤肉涮锅，又或许是煮毛豆、五香花生，一坐就是半宿，无醉不归。

大排档吃的就是一个自然随意的气氛和心情。倘若爱一个人，就带她去吃大排档，光天化日下的爱，随意热烈的情怀，那是真心。

远方有美味

和老同学聚会，一提起吃的，不约而同都是两个字：“广州。”也许是因为，那时，我们十八岁，最好最美的青春时光在广州。没有在广州生活过的人，是不能体会粤菜之精良味美，更不要提起喝茶，那是和北方绝然不同的茶文化。北方的茶楼是专供喝茶聊天打牌的，没有茶点，环境也显得冷硬，全无颜色。而南方的茶楼，显得时尚温暖，是有美味佳肴的，光是茶点就有上千种，各色的肠粉、蒸包、粥、糕，不胜枚举，各有千秋，美食竟然有食之不尽之嫌。

北方也有卖叉烧肉的、奶皇包和虾饺的，可是如果你吃过广州的正品，你就会知道，什么叫做伪劣假冒，味同嚼蜡。当然，彼时，我们吃到的都是三星的酒店，所以跟一般的街巷之味也有差别。相思比梦长，遥想之时美食如悬眼前，那种相念的感觉是终生也难再去除。

有时想着，如果现在坐飞机去广州大快朵颐一番该多好。转念又想，千里迢迢去了，又能吃得了多少，捎得了多少，那念头遂又烟消云散，还是放在心上的好。

爱人去了一趟新疆，打电话给他的时候，他口齿不清地说，正在蒙古包里吃正宗的手抓饭，大串烤肉。他说，你闻闻。那个香，隔着话筒似乎都能传过来。手里却只有馍夹咸菜，实在难以下咽。口水开始四处漫延，浩浩荡荡只想把我吞没。等他回来，他不厌其烦地说那哈蜜瓜是如何地蜜，那葡萄是如何地甜。而我咬着他带回来的葡萄干，却全然不是他所言传的那种味道。

也许，远方才有真正的美味。不身在其中的时候，是全然不能体会的。

近来，减肥成了势在必行的计划。立志一日二餐。计划进行到第三日的傍晚，在公交车站等车，旁边有一流动摊贩，飘过来阵阵的香味。忍不住去看，竟是没有吃过的，油饼卷荷包蛋外加香肠、小菜。那荷包蛋煎得温润如玉的模样，引得我迈不开步子。最终还是经不住诱惑，狠心暂停计划将卷饼捧在手心，入口那个香酥，直到了骨子里。这么普通的食品，依然让我有饕餮之欲。

或许，不应只惦着远方的美味，画饼充饥。遇到美食的时候，就该狂奔而去，大快朵颐，才算不虚度时光。因为无论是春风沉醉还是秋风萧瑟，吃真的可以是浪漫而又有趣的事情！

一碗羊肉汤的温暖

独立寒秋，看红叶渐染。此时此刻，清宁的早晨，穿街过巷，许多人只为了寻找一碗可以热身定神的羊肉汤。洛阳的汤馆多汤客多，内行人说起喝汤，能把洛阳方圆之内的汤馆如数家珍。无论是孟津铁谢羊肉汤、嵩县铁军羊肉汤，还是大石桥和龙门羊肉汤，从汤的色泽、味道、配料，饼丝和锅贴、烧饼的搭配，都各有千秋，独挡一面。百碗羊汤有其连锁店的风格，装修及饮食风格让它拥有自己的拥趸。

汤客都懂得，一碗好的羊肉汤，讲究鲜、肥、清、辣四字。首先是鲜，挑选肥壮的山羊，当天宰杀，当天下锅；其次是肥，一羊一锅，定量加水，原汁原味，熬出的汤肥而不腻；再是清，不用粉芡，用羊骨熬成的汤，汤色清澈透明，毫无混浊油腻之感；再精选上好的辣椒，磨成面儿，放入羊油炼炸后，用文火熬煮，凉制成辣椒油饼，舀汤时酌量加入。

记得曾经跟着一位同事去喝羊肉汤，那汤馆大而干净，一道矮墙隔开了工作间和就餐区，汤锅在汩汩翻滚，触目可见盆子里煮出的新鲜热肉，空气里浓浓的羊汤味，师傅熟练地舀汤、放肉、配料，再撒上韭黄和香菜。浓汤一碗，再放些辣子和饼丝进去，入口那个鲜香，入腹那个熨贴，饼丝筋道，羊肉酥烂，美不可言。问同事，今天的羊肉汤为何如此美味？他笑言，因为今天的汤里他没有要冰箱里冷藏过的羊肉切片，他要的是新煮的热羊肉切块，肉新鲜有嚼头，量足，加入饼丝之后，口感才会更好。

印象里有很多个清晨，我站在门口望眼欲穿，等着爸爸骑着自行车归来，车把上挂着一个淡绿色老式保温壶和一袋子烧饼，保温壶里盛着热气腾腾的羊汤，再切些葱加进去，泡入饼块，入口那个香浓，是冬日清晨最好的早晨了。又或者，在哪个节日，爸爸会买回了一块羊肉自己来煮，洗呀涮呀的，放进锅里大火煮开先去膻味，再放水进来，放葱姜大料，水开后小火焖着，那肉炖得很烂很香，可记忆里我从来也没把那肉吃够过，往往是早上喝肉汤，中午吃米线，肉量是有限制的。那时候穷，未能尽兴，现在可以随意吃，却真的没有那时的馋心好胃口啦！

想着，有一天，父母老了，我们要买给他们羊肉汤。或者，在晨光微露里挽着他们的手臂，一块去喝一碗羊肉汤。似乎很廉价，但这种廉价也很珍贵，或许很平淡，但这种平淡让我们的生活变得充实有意义，懂得了冷暖岁月。这世界上最容易做到的事情，就是和我们爱的人在一起，一起慢慢地喝一碗羊汤，吃的浩荡，让爱相随，让一天的开始温暖而有力量。

栾川豆腐

第一次吃栾川豆腐，是在去往老君山的路上，开车的朋友在豆腐摊前停下来，买了好大一块儿豆腐，当场切了一块放进嘴里就开吃，看他吃得有劲，我们也加入了吃生豆腐的行列，入口跟平时的热豆腐很不同，凉凉的，一股浓郁的豆香，筋道松软，与平日里吃的豆腐很不相同。

后来这几斤豆腐还真的确有用武之地。赏了红叶，经过一条长长的隧道，在一家并不起眼的小饭店，我们品尝了豆腐炖黑鱼火锅，鱼是养在河沟里的，师傅麻利地杀鱼，用山泉水冲洗干净，切块炒制，火锅辣料当然是秘制的，再加入自带的豆腐，端上来的时候，红白两色，分外诱人。吃着热腾腾的火锅，看层林尽染，任秋风萧瑟，红叶纷飞，味觉与视觉的纠缠，使人分不出是豆腐更为鲜嫩，还是鱼肉更为香滑，抑或是景色太美，记不得还有许多菜，单是这两样，已让人尝不尽、爱不完，实在是过了一把瘾，比成都和重庆的火锅不相上下。当然，豆腐仍然没有吃完，路上它继续发挥余热，豆腐蘸小料，小葱拌豆腐，最后配上青红辣椒还吃了一道家常豆腐。

栾川豆腐之所以独具特色，在于它是由栾川当地的山泉水泡豆，由石磨来磨豆，并且由栾川所独有的酸浆点卤精制而成，没有添加剂，不破坏豆子的营养成分，因而豆香更为浓郁、香醇，不管是生吃，还是熟食，都极具风味。

栾川豆腐在大饭店里也是很受欢迎的，好似一个山村小子入了城市，上了大学，从外表到内在都发生了变化。我特别喜欢一道上汤栾川豆腐炖娃娃菜。汤是精制高汤，豆腐筋道嫩滑，娃娃菜清香柔软，那炖出的汤清洌，融合了高汤的鲜，豆腐的香和娃娃菜的清甜，养胃清心，那菜的软和烂恰到好处，而豆腐吸收了肉汤的精华和菜香，华丽变身，筋道鲜甜，呈现一种特殊的味道，让你停不下口来。

豆腐就像是我们身边最为朴实的那个朋友一样，貌不出众，却有内涵，勇于献身，毫无私心。他甘作配角，懂得融合，默默吸收众人身上的优点，散发出自己独特的味道。栾川豆腐与我们而言，是山里亲戚，并不能常见，偶尔相见，那种亲切，非同一般，不见时，思之念之，见着他时，心里眼里，都是欢喜，总能品出不一样的味道。

此饭可待成追忆

在周星驰的电影《食神》里，评委薛燕尝了食神做的叉烧饭以后，恍然落泪，内心狂赞：这饭太好吃了！以后吃不到可怎么办啊！我也常有此想法，某年某月某日，尝过美食之后，就会心生贪念，若得常能品味实是人生之幸事！

记得小时候，老爸因为是军人，常年吃硬米饭吃出了胃病，所以每次做米饭的时候就喜欢把米饭蒸得很软，因而他做的炒饭就特别粘，蛋又炒得老，吃的时候不爽利，老是粘在牙上。对门叔叔家的炒饭，我只尝过一小碗，却再难忘却。那碗米粒粒晶莹，饭是加了酱油的，掩盖了蛋的腥味，放了新鲜小葱、蒜瓣和火腿丁，米饭鲜香，入口软硬适中，很弹的口感，我小口再小口地吃着，内心很希望这饭不要那么快被吃完，吃完时还看着那空碗发了一会儿呆，那是我喜欢蛋炒饭的初心。

后来，我做炒饭的时候总会放些许酱油。现在，散发着迷人香气的干香菇和煸炒出油份的香香五花肉丁，加入到普通的酱油炒饭中，于是这款炒饭就华丽丽地诞生了。做炒饭，其它食材都是可以根据自己的喜好自由变换的，需要特别注意的是：炒饭的成败关键是那碗白米饭，一定要煮的偏硬，而且最好是隔夜饭，因为只有水分流失后的米饭，才能炒出粒粒分明的炒饭。

在深圳的时候，吃过一次木桶饭。那是在转完野生动物园之后，感受米饭和香菇酱肉搅拌在一起的味道，木桶看起来质朴天然，香菇有奇香，而酱肉肥而不腻，浓香可口，回味无穷让饥肠辘辘的身体精神一振。后来也吃过木桶饭，但始终也找不到当时吃饭的口感。食物的味道会随着时间改变吗？也许改变的只是人的环境、阅历和心境。曾经在一位同学家里吃过一次回锅肉炒饭，她是厨艺高手，把肥瘦相间的五花肉煮好切片，放入豆瓣酱、葱花、青椒炒香，再倒入米饭，翻炒出香味儿来，貌似简单，我却极为喜欢，米饭吸收了肉的咸香，吃起来筋道可口，粒粒香浓。

可惜这位同学已经离开本地了，想吃到她做的美食再也不能，想重温当时的心情也是物是人非。

米饭是平常之物，有本真的味道，也能与各种食材一起调合成千滋百味。我们走过很多地方，见过很多美景，吃过很多种饭，而那些美味却似乎再不可以重来，时间地点都不对，此饭可待成追忆。在美食江湖里，山一程水一程，自有一种缠绵，不会两两相忘。

卷六 蓦然回首

年华向晚之时，山河岁月沉香。蓦色苍茫里，挑灯赏雪，绵绵浩荡，在生命的原始寂静里寻找生命的本真。一场清欢之后，莫问前尘有悔，但求今生无愧。

秋风吹下红雨来

一叶落而知秋，N叶落而知秋风。秋水长天、云山入画的时节，此时，正该去看山看草赏红叶，那叶子比秋雨更动人，比秋风更萧瑟，是上帝撒在白雪之前最美的诱惑。红叶绚烂若夏花，亦会明丽动人，好似侠女红拂夜奔，亦如电影《英雄》里章子怡一袭红裙惊艳，穿梭于漫天红叶里，两红相映美成绝色。

几年前，在青天河景区看红叶，望星空，读天河。从靳家岭山崖上向下俯瞰，十里画廊，枫叶流丹，层林尽染，是看不厌带不走的山水画廊，是大师笔下的万山红遍，是毛主席眼里的江山如此多娇！于寂寥丛林的深处，看落叶渲染秋色，看落花沧桑流年，竖起风衣的领子，步行于落叶之上，在黄栌树下小憩，那种滋味，真是惬意。纵然不是绿杨影里、海棠亭畔、红杏梢头，却是浓妆不消残酒，红颜依旧，这是关于深秋的红肥绿瘦的况味。

去年，登临万安山，那秋草连天似汹涌河流，柿子树的叶子映红了天，茅草堆里，石头崖边，衔着秋草，听那风吹过树叶的声音，看那挂满红灯笼的柿树可远观而无法触及，凄美到让人疑惑，注视着那红为底色的山岚，唤醒我对远山遥远的记忆，落叶究竟荒芜了谁的只言片语，秋风又扫落了谁的思念情绪？

后来，在从石头部落到九皋山的路上，也看到了无边的红叶烂漫。虽不似靳家岭燃烧得那么狂热，是明黄、橘红、鲜红、深红、绛红等深浅不一的调合，是层层的晕染，是渐醉的过程，恬淡而怡然。长风起时，红叶与远山相映成画，正似程颗游览九皋诗曰："清溪流过碧山头，空水澄鲜一色秋。隔断红尘三十里，白云红叶两悠悠。"

诗人杜牧是最懂红叶的，许多年前，他偶然乘着小轿走过深山的石径，在白云深处，远山林里，如火如荼的枫林让他一见倾心，满山的云锦把他迷醉，因而，停车坐爱枫林晚，恍恍然不思归路，他题诗直舒胸臆，白云深处的人家是仙境，这深秋的红叶，比二月的花朵还要绚烂娇艳，那是怎样美好的一段时光，可以让他用神来之笔，把刹那变为永恒，把那个美丽的秋天傍晚千古流传。

许多次，看李可染大师的画，常被秋天的壮丽感动，被枝头掉落的乱红惊心。牧童骑在牛背上，缓缓走过树林，秋风一阵紧似一阵地凛凛，落叶如片片飞花，漫天飞舞，牧童仰着头看叶落纷纷，咦，那是树在下雨吗？那画，从此生在我心里。曾几何时，我也有过这样的秋天？记得秋天这样的傍晚？这样傍晚落下的那一场红雨？

站在秋的路口，依偎秋的怀抱，期待再次邂逅秋红。霜林醉染之时，去不了枫叶之国的加拿大，还可以去米亚罗看七彩虹？去婺源看意境红？或是去香山看最火红？其实，红雨落时，想要燃烧的，除了叶子，还有内心。

想过吗？叶子黄了红了，有谁在树下等你？

雨之印象

一定有一场雨是这样的，洒落亭台楼榭之后，海棠凋零，红消香断，有珠帘半卷，绮罗美人伏案帘后，朱唇轻启，却道应是绿肥红瘦。许久以后，她失去爱人，一个人辗转飘泊，再看雨时，是冷冷清清，凄凄惨惨戚戚，是满地黄花堆积，憔悴损，是梧桐更兼细雨，到黄昏、点点滴滴。那次第，怎一个愁字了得！

许多年以前的春天，一位自称是烟波钓徒的隐居道士，研究自然,致力道学玄理,他心中的雨很文艺，如同他淡泊从容的心意，是青箬笠,绿蓑衣，斜风细雨不须归。与他同一时期的韦应物，心系山水田园，年过半百闲居滁州西涧，偶遇傍晚一场躲避不及的雨，让他对雨有了这样一个印象，春潮带雨晚来急，野渡无人舟自横。其诗冲淡清远，耐人寻味，是日后画家最爱以丹青描画的意境。

南宋某年十一月四日的深夜，风雨交加，一位老人辗转反侧难以成眠，忧思国事，此时山河破碎，王朝飘摇，而他空怀壮志，却不为朝廷所重，只能退居山阴，空自僵卧孤村，夜阑卧听风吹雨，铁马冰河入梦来。壮志始终难酬，只能任金戈铁马驰骋于梦中，御敌之情只能形诸梦境，一腔热血尽显英雄气概。

而隐居不仕的竹山先生，一曲《虞美人》，写出了少年、壮年、暮年听雨时的迥异心情。少年听雨歌楼上，红烛昏罗帐。壮年听雨客舟中，江阔云低断雁叫西风。而今听雨僧庐下，鬓已星星也。悲欢离合总无情，一任阶前点滴到天明。一曲未尽，悲凉清俊，萧寥疏爽，正是人间雨落是沧桑。

写故事的人也离不开雨的场景。张爱玲的雨是怀旧沉郁的，是错失了爱情，在落寞的上海里弄撑着伞的民国女子的瘦削背影；亦舒的雨感性而生动，是优雅喝着咖啡的知性女人注视着沾满雨珠的落地窗口；琼瑶的雨浪漫激情，是年少时独自在风雨中淋湿的头发，是失恋时悲痛欲绝心如刀割的泪流满面；严歌苓的雨可以穿越历史的时空，是众生的不同生活轨迹，是理性而善变的生活本身。

画家笔下的雨带给你另一种感受。吉米世界里的雨是通透的，是最平凡生活里随处可见的下着雨的窗口，而屋子里的人都在做着尘世里所必须的事情，亲切、自然；宫崎骏的雨是奇幻的，伴着风，在原野上和树木一起跌宕。爱他的动画的人，都喜欢在雨夜偶遇到龙猫的时光；朱德庸的雨是灰色的都市里匆匆而过披着雨衣神秘的人流，他用一种怀疑的目光和偏冷的色调、简洁的线条，讲述内心的孤独，落雨是他一个人的狂欢，无处可逃，那是心灵的流离失所。

下着雨的时候，你所在的城市和田野，你的内心都是湿润的，公交车上的水珠和窗外打着伞的人流，都是你人生电影里的一幕场景。这时雨是一种表情，你看它喜则喜，悲则悲，其实那只是错觉，所有的情绪都源自内心深处，都是潜意识的表达。平素看雨该是如吴冠中那样，浅浅淡淡，化繁为简，点滴成韵。如果再细分，男人看雨应似苏东坡的倜傥蕴藉，竹杖芒鞋轻胜马，一蓑烟雨任平生。女人看雨应似席慕容或是林徽因，把那雨丝风片，烟波画船，变成烟火红尘里的诗。

一位老师留言说，雨、书、墨、音乐、茶，就是安静而完美的一天。雨在首位，但愿你也有这种感受和印象。

路遇薰衣草

从伏牛山回来的归途上，因为有雾，盘旋山路之间，缓缓而下，竟然偶遇了薰衣草花田。那片紫，惊心的美。轻轻柔柔，漫山遍野，花气袭人。近看，其实并不全是薰衣草，别有一种花是紫色的药材，却亦是淡紫色，浓淡相间，于清风岭上、白云堆里、绿山野中，优雅而性感，一眼望去，甚是惊艳。

停下车来，徜徉于花海田间，觉得心和时光都安静下来。风吹过的时候，看花儿微微地晃动，看蝴蝶慢慢地飞舞，看雾轻轻地飘扬，真正做一个雾里看花人。这是关于视觉的一次艳遇。没有哪一种紫会比薰衣草更接近完美，那种与蓝的神秘契合，以浪漫为基调，呈现出柔情似水的格调，把紫色流淌成河，使人想融入那紫色田园，永远定格为一幅油画。

想去看薰衣草，已经很多年，从看电影《薰衣草》开始。想坐飞机飘洋过海，到凡高住过的阳光更明亮空气更清新的地方去，不过是想去看看天堂普罗旺斯的真实模样。凡高曾在一封给友人的信里写道："调色板上满是色彩：天蓝，橘黄，玫瑰，朱砂，明黄，明绿，紫色以及微微泛光的深红。然后将所有的颜色混合到一起，我成功地发现，一种安宁，一种协调。”那便是普罗旺斯的颜色，而薰衣草的紫是最浪漫的一种。曾经深深期待有一天，会在深邃的蓝天下，看那一垄垄蓝紫的薰衣草花田永远盛开妖娆，远方，是排排胡杨的明黄，与天地一起，寂静地独享着世外时光。没想到偶然的旅行，竟然实现了梦境。高山之侧，薰衣草花事未了，或许是因为山高林深，气温较低的缘故。

花田之侧，就是农家。门前有小小竹林，竹亭一座，亭下有小河一弯，河中养大鱼数尾，悠游自得。门侧是挂在墙上的条条丝瓜和大金瓜，菜地里番茄红着脸躲在枝叶下。花池里金黄的雏菊和紫红的八月菊开得刚刚好。这样的农家，胜似庾信《小园赋》里所写：“一寸二寸之鱼，三竿二竿之竹，便觉山也朗润，水也清和。胸间蓄水，心底植竹。遥想，鱼衔花影去，风送竹响来。读书，喝酒。有风邀风，有月邀月。”那时的他，当然不懂薰衣草，不知在这有着薰衣草花田的园子，做对月吟花诗，和风追梦人，是怎样的自在。

想来，年少时喜欢薰衣草，是因为它的花语是，等待爱情的奇迹！以为靠近薰衣草能让人得到爱情；中年喜欢它，是因为它的纯粹和味道，喜欢让薰衣草的精油渗透肌肤，让薰衣草的香气弥漫在衣领和袖口。或者，把风干的薰衣草当作书签，整本书都生动有味起来。

走在陌生的路途中，偶遇着了薰衣草，得享一段轻松愉悦的时光，圆了一个梦。读薰衣草，也如同读一部佛典，此后，将此花田珍藏袖间，走时，揣着，睡时，枕着。因为，遇见它，即使在平凡的地方，我也是幸福的。

品　秋

宋神宗元丰五年，被贬谪至黄州的苏东坡，在一个初秋的傍晚，与友人泛舟游于黄州赤鼻矶之下，清风徐来，水波不兴。彼时明月当空，白露横江，酒到浓处，扣舷而歌，友人道出“寄蜉蝣于天地，渺沧海之一粟。哀吾生之须臾，羡长江之无穷”的感慨，苏东坡则表达了“逝者如斯，而未尝往也；盈虚者如彼，而卒莫消也……”的落落襟怀。

许多年前的秋日黄昏，酒后微醺的易安居士李清照独自凭栏赏菊，得词一首《醉花阴》寄给在外做官的丈夫，赵明诚收到后赞赏不已，闭门谢客又写词五十首，把《醉花阴》杂于其中，拿给友人陆德夫品评，陆德夫把玩再三，说：“只三句绝佳。”赵问是哪三句，陆答：“莫道不销魂，帘卷西风，人比黄花瘦。”这三句，是出自李清照的。

1934 年 8 月，大作家郁达夫特地从杭州赶到北平，以饱览一番“特别地来得清，来得静，来得悲凉”的故都北平的秋味。正因为置身其中，他用神来之笔尽抒心臆，淋漓尽致地勾勒出北方之秋的写意图，使人浮想联翩，回蓦然回首，青春已殇，谁念西风独自凉，当时只道是寻常。那是他们在彼时的情境中用心品秋，那文字有着属于他们的孤独与芬芳。

秋天，漫卷的云朵，云朵之上是湛蓝的天空，之下是金黄的田野，疏离的村落，村头的柿子树上挂满通红的柿子。此种画面总使人想起诗和远方。心可以很安静，身也可一意孤行。去看山上的红叶，去瞅远方的胡杨，去看望一个朋友，坐着高铁喝一碗雪梨炖银耳，暖心。秋天的旅程，好像岁月与时光交替着前进，在未知的背景里，可以在任意一个黄昏，在任意一条街道里追忆自己的逝水年华，然后看一段风景，遇一个未知的自己，与自己好好谈谈。

品秋，是时光尚好，是珍惜当下。生命中的每一个秋天都发生了哪些事情，都看了哪些风景，或许不必记得，但匆匆那年的荒芜感还是让人心生惆怅。在一场又一场雨声萧瑟的夜里听一曲红尘，在茶烟尚绿里与一友清谈或是相对无言。头上一轮明月，手边一盘冬枣，窗外一株银杏。

凉风习习，午夜梦回。高楼之上碧空如洗的秋，灯火阑珊里月华如刀的秋。此时，不知道毛毛虫是否已化蛹成蝶，而大雁又要何时展开南飞的旅途。微雨轻尘里，只是那清冷的风儿，让廖落的树叶如鸟儿般翩然自眼前落下，让我走近秋，品味秋，如此情境，方能明白：在人生的秋天，一切的得与失、隐与显，无关风月，有关清欢。如果我们不能拥有秋天沉静的面容，就让我们慢慢了解秋天成熟的内心。

清薄素秋，请允许我们在夜色里，除了赏月色，还要看星光。当秋风起时，竖起风衣的领子，对着树枝发呆，看落叶肆意飞舞。

晒月光

夜深了，我在月光里等你！看到这个微信签名的时候，我举头窗前，一轮圆月悬于高楼之上，月华如水，风住尘香，天地之间，那么静，那么亮。

这个晒月光的朋友，因为工作的原因，只能在晚上十点左右出门散步，踏着月色，沐着星光，一个人行走。他常常会在微信上分享心得，有时候遇到一只流浪的猫，和猫咪讲话，看得出流浪猫与他的亲近；有时候他站在桥下的夜钓者身边陪钓，吹吹风；有时候，他就静听他的听书软件，一路走来，渐至人稀街静；记得曾有一天，他夜里散完步，在院门口碰到一熟人，两人就站在深秋的夜色里聊到夜里二三点钟，竟然也不觉得冷。

我想，那晚的月色一定是绝色。像许多年前的苏轼，因为月色入户而欣然起行，到承天寺去寻访张怀民，共赏庭前月光，月光清明澄澈，庭院满地都是竹柏的影子交织在一起，宛若水中交错的水草，苏轼和张怀民就那么安闲地享受月色与松柏的静谧迷离，一切尽在无言中。何夜无月，何处无竹柏，少的是有知音，能共享明月松间照、清泉石上流的禅意，能感受清风出袖、明月入怀的一种怡然自得地状态。

还有一位老师，总在月夜出来散步，或正走或倒走，或背诗词或听书，月光之下，寂静道路上总有他独行的身影。我曾经问他一个人觉不觉得蛮无聊的，他说你不懂得晒月光的好处，就像一个人的旅行一样，一个人的行走能代人更多的思考，可以反省、总结和深思，无人来扰，是一天里心灵最自在清静的时间。

伴月而行，也算是一种痴狂吧。我记得，有一年在山里，篝火晚会之后，我站在民居的柿子树下，望见对面山头上的月亮，从未见过月亮如此的圆和大，那么温柔地注视着我，好像我吐一口气，她都能听到似的，那一刻天地如此之静，我望着她，她望着我，物我两忘。那时走进月光深处，想起李商隐的流萤飞舞，张九龄的天涯共此时，杜甫的月是故乡明，张若虚的春江花月夜，李煜的一腔清愁，苏轼的豪情和落落襟怀。

青春和时光都会凋零，唯有月色不老。走进月光深处，不过是自己跟自己交谈，是一个人的心灵对话，一个自省、反思、畅想的过程，是思想深处的萌动升华。我们要学会在月色里聆听自己的心声，想得开，放得下，知道哪些是自己想要的和追求的，这是一种成熟的人生态度，而月光不过是彼时的背景而已。

走进月光深处，是进入一种真正的平静之中，在心中修篱种菊。走进月光深处，或许真的有月光宝盒，可以让时光倒流。让我们不惹清愁，轻灵转身，浅笑伫立，让流年烟火，都是风景和风情，懂得光阴无风自动，岁月老在途中，于夜色温柔里懂得，看透，看淡，看穿，消融所有的积郁，然后释放出一种更加强大的力量，继续上路……

邂逅一池夏花

清风飒飒，细雨濛濛，倾洒于一池荷塘之上。

此时，清凉而幽静。在这夏日的傍晚，坐于池畔树下，支颐沉思。彼时，荷叶在风中跌宕，花朵在绿波里飘浮。触目的风景是颜料怎样调和也无法超越的新绿，明亮，鲜润；是任何画家都不能复制的水墨，生动，天然，怡情。荷叶淋水，青翠欲滴，莲花初绽，不染纤尘。水是青绿的色，花是红白的朵。使人顿时如临仙境，飘飘然也，神往于能有一日如江南女子一样，独驾小船，采莲荷叶间，纤纤素手，罗裙玉腕，红袖绿波，吴歌软语，摇着浆橹。

有位佳人，在水一方，说的也是这一池夏花。百花之中，独她驻颜有术，永葆青春之姿。绽放时清丽空灵，毫无凡俗之气；萎谢了也淡然风雅，不染尘埃，只是随波而去。她的美周敦颐形容得也不尽然，那种天然气质，有着无法形容的清爽和唯美。

邂逅了她，叫人爱慕，让人贪恋，使人痴狂。

有人说，一等的美女是：“清水出芙蓉，天然去雕饰。”于清雅柔美之间更具一种风流态度。曹雪芹笔下的林妹妹便似这样的美人。曹雪芹写她行动若弱柳扶风，娴静如娇花照水。文中言她甚喜李商隐的那句“留得残荷听雨声”，读到后来，方知那正是她在书中的宿命。

才子徐志摩写女人之美有著名的一句：最是那一低头的温柔，似一朵水莲花不胜娇羞。可见他心爱这种类型的女子。那时他爱上了陆小曼，小曼小姐风姿曼妙，兼有莲花之诗情画意。否则，徐志摩先生邂逅了她，不会意乱情迷，胡适先生也不可能会说，陆小曼是一道不可不看的风景。

微雨轻尘里，水木清华，对花沉思。我想起那一年，在普陀山普济市的后院里，放着两缸清新的睡莲。海天佛国的莲，是莲中的精灵。那缸是小小的江湖，花瓣如玉，依水而生，清新可人。在俗世里默默静修着岁月。

对花沉思，也有清香盈袖，想起武汉东湖。泛舟湖上，那水碧若琉璃，那风细若游丝，莲叶随风拂动，花朵轻轻摇曳。轻易就破解了李清照的千古名句：“沉醉不知归处，误入藕花深处。”

对花沉思，记得梁实秋曾这样回忆清华园里的一处景致：“徘徊池畔，有‘风来荷气，人在木阴’之致……我在这个地方不知消磨了多少黄昏。”似乎文人雅士对荷塘的清雅古来自有偏爱。所居之所，若有一荷塘相伴，寒窗苦读之时可稍解枯燥，闲暇之余又添诗情，不知会引来多少灵感，写出几多美文。

清浅流年中，邂逅一池夏花，一半芬芳一半缠绵。此时若有一杯香茗在手，古筝泠泠，实是无懈可击。但我依然欢喜，怀着一种希冀。人间有味是清欢，雨中赏荷独成一味。犹似邂逅梭罗的瓦尔登湖，梦想超脱于外，内心澄澈通透，恬静而淡泊。

此情此景，我唯恐时光不再。这是关于 2012 夏花的一场相思，从此情根深种。都言人生若如初相见，但我仍深深期待着与它的再次重逢。

一夜槐花堆如雪

五月，蔷微花谢，荼蘼花事了，槐花才开成一树的白。

槐花是花里的隐士，宁静致远，不艳丽，不张扬，是一种孑然，是素面朝天的美，朴实，天然，一开成林，飞花成片。想起在槐树林下休憩的时光，躺在草丛上，微眯着眼，阳光在枝叶间疏离，碎碎地落在身上，花瓣轻轻地飘落，像是天上的云，一朵朵。

槐树并不挺拔，也不成材，可是在旷野中，极易生长，是自然里最平凡的群体。以前，常听见村子里有人喊女人："槐花，你纳的鞋底真好看。""槐花，你烙的饼真香。"耳朵听见这样的话就觉得舒服，特别地亲。觉得一个叫槐花的女人，肯定是极贤慧勤劳的女子，她并不是太美，却有善良纯朴的品质，是一个你路上随处可遇到的亲切爽朗的大姐，值得信赖。

槐花是极有生命力的，开时漫山遍野，香不如茉莉浓，色不及梨花白，却是一串串，一簇簇，极热闹，极天真，是绿波里的白浪，风吹过时，一重重地漫卷西风。

我记得小时候，跟着表姐去山坡上给牛割草。逢到槐花开，我们就去捋槐花，一串串的槐花捋下来，只是觉得日光晃眼。累了，坐在坡上吃生槐花，清甜的味道，浓浓地在口腔里弥漫着。那一刻的光阴，年少清贫的岁月，回忆里总是寂然欢喜的。

逝水流年里，越来越喜欢清茶淡饭。爱妈妈做的蒸槐花，拌的面不多也不少，蒸的不烂也不生，筋道有嚼头，淋上香油蒜汁，那个爽口鲜香，没法不爱它。槐花也可以下锅炒，油不要放多，要再放些青椒和红萝卜丁，色香味俱全，那滋味让人垂涎三尺。当然，槐花炒鸡蛋也是很美味的一道菜，只是鸡蛋要嫩，槐花要过水，还有伴上葱花，这样的味道才更体贴人心。

现在，在城市钢铁水泥的一隅，难得遇到一棵开花的槐树，总要在树下凝望许久。那枝头散发的清香总能让我心旷神怡，神魂清爽；那随风飘落的槐花就像我，离开了故乡，在四处飘泊流浪。

槐花的花语是：春之深爱。不知是谁的构思，真是贴切浓情的表达。春天里，你赏它时，它是花朵，你饥饿时，它是救命的菜。亦看它随风飘落时，也绝不拖泥带水，晚来风急，一夜槐花堆如雪，飘落的，是纯纯的思恋；堆如雪，是浓浓的乡愁。

一夜槐花堆如雪，心情总是很怀旧。槐花绽放的光阴，素雅芬芳。它在枝头沉默不语，却最是活色生香，那是槐花的素年锦时。我们爱槐花，是爱着简单朴素的情怀，是爱着温柔静好的岁月。槐花开的时候，我们爱上了春天；繁花飘落如雪的时刻，我们记住了它短暂而热烈的美，一如我们曾经美好的青春。

冷露无声湿桂花

街角花园里的桂花悄悄开了，嫩黄密结，暗香浮动。一场夜雨之后，桂花树显得犹可见怜。鹅卵石边小径旁幽然自处，显得寂寥、冷清，使路过的人不由得停下脚步，揽着花枝，驻足深嗅一番。好似许多年前，李清照月下赏桂花，爱其清香幽雅，曾写道：“暗淡轻黄体性柔，情疏迹远只香留。何须浅碧深红色，自是花中第一流。”

桂花花朵虽小，却一簇簇一篷篷，开得天真烂漫，宋代韩子苍诗：“月中有客曾分种，世上无花敢斗香”，可见它是秋天里的第一香。它的香浓郁，甜腻，香起来浩浩荡荡，无拘无束，一点也不吝啬。

想起上学的时候，收到女同学的信，信封里总会掉出碎碎的桂花粒，读信的时候，闲言碎语里就飘出淡淡的一抹暗香。为了跟风，于是给别人写信的时候，去找桂花树，找是找到了，然而花期已过，最后寄了几片叶子过去，装模作样在叶子上题了诗，同学回信的时候说：诗写得不怎样，可写在桂花叶上，倒是新鲜，笑纳。

桂花还象征着花开富贵，“折桂”也象征着仕途得志，飞黄腾达，无论是盆栽还是种在室外，都有极好的观赏价值，四季长青，清香奇绝，因此现在苗圃里的桂花树越来越贵，有的好品种甚至能卖出天价。现在花木市场里，常见有月月桂，倒是月月可见开花的，却并不觉其香，常觉得怪异，不甚喜爱。丹桂很少见，北方倒还是金桂常见些，香味又极好。可惜《红楼梦》里，曹雪芹竟把金桂给薛蟠的悍妇作名字，实在辱没此花，让人痛心。

曾经是多么热爱这样的夜晚：月华如水，桂花树下，笑语盈盈，家人团坐，喝桂花茶，分吃月饼，月饼仍旧是五仁，花生粒大大的，冰糖凉凉地甜，红绿丝分外惹眼，用刀切成小块，一小口一小口地吃，感觉特别美味。彼时情境，正好用古人王建那首诗："中庭地白树栖鸦，冷露无声湿桂花。今夜月明人尽望，不知秋思在谁家。"

桂花的花语是：吸入你的气息。桂花的香勾魂摄魄，使人高调地品味浓情，体验蜜意。花前月下，清露如霜，此时佳人有约，疏影横斜，暗香浮动，吸入桂花花香，让人情不自禁深陷爱恋之中，就此情根深种，相思无期。

记得小时候，难得吃上一回桂花糕、桂花蜜，最常吃到的也是桂花糖，除了有止咳化痰的功效，还爱它粘嘴，见了就拉着妈妈的手，舔着嘴唇迈不动腿。那时候，台剧正风靡，天天追看电视剧《八月桂花香》，看得差三落四、稀里糊涂，却肝肠寸断，哭得稀里哗啦，从此记住了胡雪岩，爱上了古装剧，还记住了歌词：幽幽一缕香，飘在深深旧梦中……任多少深情独像寂寞……不管世间沧桑如何……只有桂花香暗飘过……

冷露无声湿桂花，疏影横窗，刹那光芒，那是桂花的一往情深，在细细碎碎的岁月里静静氤氲，写得实在是好，到今天也不过时。

只共梅花语

阳光烂漫的午后，趴在桌上昏睡。忽觉那里飘来一阵香，幽幽而来，清清浅浅。抬头，不知是谁在窗边放了两枝蜡梅，黄色小花，密密匝匝，色如蜜蜡，暗香浮动。又见水杯里也是它，水中花开，淡黄的水，微香，微苦，口感极佳。不曾想这经过苦寒的花儿在热水里也毫不改色，浮沉有致，芬芳满口。

后来独自去寻梅，远远望去，野地里嫩生生地散开一片黄，幽径无人独自芳。冬日我常来看它，它只是不开。如今花朵缀满枝头，花蕾含苞欲放，伸手即可触及。李商隐称蜡梅为寒梅，那么这便是“一剪寒梅，傲立雪中，只为伊人飘香”的树吗？

这蜡梅是丛生灌木，枝条虬曲，极粗且多，四下伸展，姿态极美，好似那庙宇之中的许愿树。难道它傍在龙门山边，沾了佛气，也有了慈悲之心？令人遗憾的是今冬无雪，不能够月下雪夜赏梅，疏影横斜。而蜡梅花开依旧，大美无言，于旷野，于深夜，那香，来得清幽，来得宛转，沁人心脾，应似宝姐姐身上的那一股冷香，寂寞开无主，只有香如故。

书上讲腊梅先花后叶，花开之时枝干枯瘦，故又名干枝梅。其花开之日多是瑞雪飞扬，欲赏蜡梅，待雪后，踏雪而至，故又名雪梅。它没有红梅的明媚，亦无白梅的清雅，它只是宣纸上的那一抹黄，只是看上去软滑的丝绸黄，说不出的贴心养眼。

凝视这棵树，想当初不知是谁把它栽种在这里，沐风栉雨，在此地孤寂了多少年，花开了多少回，遇到了哪些人，又有哪些故事。而它禀性依旧，固守一方，花开花落，从未改变，于繁花落尽之时，努力诠释着生命的美丽和芬芳，分外地恬淡。

毛泽东这样赞梅：已是悬崖百丈冰，犹有花枝俏。仔细想想，如醍醐灌顶，他说的真是好。这梅树在人间至寒时最美，正如那些不畏困苦，在外打拼的人，坚强的美；正如那些在别人危难之时伸手相助的人，温暖的美；做人也要像这梅树，人生旅途上没有经历过风雪，又怎能懂得怒放的生命呢？

心有千千结，只共梅花语。感谢这一棵树，让我闻其香，饮其水，知其味；感谢这一棵树，让我宁静致远，寂然欢喜；感谢这棵树，让我感悟人生，寻香无数。

城里的月光

许多年以来，住在城里看月光。高楼之上的月光，绵绵浩荡，紫罗兰色的夜空，充满幻像地让我想起凡高笔下的《星空》，总有不一般的苍茫，不一般的绚烂。细看月光之下的这座城，又总是让我疑惑，好像不是月亮在闪闪发光，而是熟睡之中的城市含着宝珠在放光。

有时候，比如春天的夜晚，在一棵花树旁，月光是染上香气的，禅意而芬芳，使人熏然如醉。亦如城市在大雪之后的月光，叫我想起挪威的森林；又或者，站在城市里的屋顶，披着月光看烟花，在清凉如水的夜里，衣袂飞扬中怀着淡淡的惆怅，无言以对，似水流年，在月光里寻往昔。

月光总让我想到永恒或是瞬间之类的词语，它与幸福有关，与爱情有染。古代《西厢记》里写道：“月色溶溶夜，花木寂寂春。”在春露如水、月华似刀的夜晚，崔莺莺和张生心有灵犀，任那微风悄悄漫卷沉醉的轻纱，任那月色无语穿过西厢的帘栊，暗度陈仓。

城里的月光也有倾城佳话，闪着前世的光和凉。那是在上海，月光下的张爱玲用一枝笔，娓娓道尽饮食男女的情爱欢颜。她笔下的月色像是玻璃窗下的霜花，浅浅的总有一丝寒意，那些痴男怨女就在这几许寒意下互相寻找着爱的一丝微光。月光是她的灵感之源，也是她的寂寞之源，上海就是那一枚冷清红月亮下的传奇之城。

披星戴月的寂寞，那不是银碗里盛雪，是银碗里盛月光。一缕凉笛绕一弯残月，那月光如诗，可以怡人性情；举杯邀明月，对影成三人，那月色可以下酒，醉人心怀；《春江花月夜》里，一轮孤月横照江上，烟波浩淼中的壮阔与空灵，是入画的味道；明月，明月，胡笳一声愁绝，千里万里，便有了远意和悲凉。

于是，茫茫夜色中，尘世流转，落尽繁华。好在万家灯火的夜空永远悬着一方净土，月光行走在楼宇间，徘徊在窗子外，那倾洒而下的光亮是夜的翅膀，以一种无形的力量来扇动心灵翱翔，走遍前尘往事，万水千山。偶尔它随风穿过窗帘，洒进地板的一角，幽幽暗暗之间，抖落一室的凉爽与清新，注视着你，诉说它的秘密，温软，静谧。

一样的月光，照在心上，照在山川，照出千里相思，照出飞扬的尘土，苍茫守望里的痴狂。城里城外，海外山间，月色里万般心情诸多感怀独成一句：但愿人长久，千里共婵娟。兴许从少年开始吧，孤单寂寞的道路上，总有月色守护身旁，穿越一切沧桑和悲喜，照亮成长的漫漫旅途……

醉在春光里

一个人，在公园里赏花吹风沐春光。

春暖花开，树木被大地女神施了魔法，花团锦簇，妩媚鲜妍。一片片，一丛丛，一树树，走一路便是一路的花开，此起彼伏，浅浅淡淡，春光烂漫得让人只想坐在长椅上发呆。

河堤岸上明媚着的是迎春花，黄得歇斯底里，小小的花朵爆发出团队的力量，潜伏在翠绿的枝条里，把黄色点染到极致；桃花是春光里的红粉佳人，恣肆地绽放在枝干扶疏里，一树树风情万种，总是欢喜，笑着春风；樱花拥簇在枝头，花瓣如雨，随风飘落，有种遗世而独立的美；梨花白衣胜雪，是仙子的模样，教人想起那句，寂寞空庭春欲晚，梨花满地不开门；偶见一棵白玉兰，仙气十足，朵朵玉兰如卧在枝头的白鸽展翅欲飞，一树风华一树诗；还有紫色的、红色的，我叫不出名字的花朵，各自安好，布满春的角落，端然自在地美着，让我想起几米曾写过：花瓣们已经说好，她们要一起绽放，也要一起凋谢。这辈子要一起美丽，也要一起老去。

行走在春天里，踏青赏花，迷离于桃红李白。在这样的园子里，我比武则天更幸福，虽然没有前呼后拥，至高无上，但我有平平淡淡才是真的安然；游园惊梦，我比杜丽娘更幸运，可以尽看春天泼洒出的浓墨重彩，无须伤春思春，可以在春光里放飞心灵，自由而温暖。

此时，想起风华绝代的李清照，沐在春风中，会该是怎样的心情，以她的婉约风度，满腹才华，想来赏心悦目时，必定看花是诗，看景成词，因而才能写出：春到长门春草青，红梅些子破，未开匀。碧云笼碾玉成尘，留晓梦，惊破一瓯春……著意过今春。此时，若手边真有一瓯春茶，真便是完美了。

而张爱玲定是不同的，她永远是触目横斜千万朵，赏心只有两三枝，她是这样写春天的花落：这个世界，每天似乎都能听到花落的声音，像樱、梨、桃这样轻柔飘逸的花，我从不将它们的谢落看作是一种死亡.它们只是在风的轻唤声中，觉悟到自己曾经是有翅膀的天使，它们便试着挣脱枝头，试着飞，轻轻地就飞了出去……

许一段春光，任思绪尽情绽放，恍然有一种想在这春光里老去的感觉。不妨端坐磐石上，醉倒落花前。人生几何，浮世匆匆，似乎难得此时的安然与恬淡，倘徉在花丛里，似乎青春的光阴并未远离，而那采蜜的蜂、飞舞的蝴蝶让你觉得生命仍是飞舞回旋，如许生动。

满枝繁华春意闹，只愿醉在春光里。一次花开，一次凝眸，一场相见欢，便是永恒。当春风扑面，花香弥漫心间，鸟的清鸣婉转，悄然洒落的花瓣雨凌乱，是谁的春色满园关不住？独立落英缤纷的花树下，语尽而意不尽，意尽而情不尽，任光阴流淌，淡看流年烟火，细品岁月静好。

只此一生

窗外，夜凉如水，月华似刀，室内大提琴暗哑的曲声低迴婉转，细腻忧伤，如同深夜田野里吹来的微风夹带着几许叹息，忽地从拂起的窗纱下涌入，唤醒着孤独的心灵。

这是法国大提琴演奏家让—菲利浦·奥丁 CD 专辑中的名曲《只此一生》。任那悠扬旋律在耳边波荡起伏，仿佛轻饮着红酒在不经意间沉醉，又宛若在欣赏一部由自己演绎的黑白录影，恍然地居于一隅，于曲声缠绵中重温着那些与青春有关的日子。蓦然回首里，纯真年代的迷惘，感情生活的曲折，彼时的失望与错过，忧伤与落寞，多少爱与哀愁，将今昔的我重重包裹，忽尔，自己又像是破茧而出的蝶，沐在一灯如豆的光线里，扇动着布满了花纹的翅膀，鳞屑飘飞。

只此一生，爱的，不爱的，一切都在告别中，那是往日的年少轻狂与风花雪月；只此一生，是和某些人共度的那段时光，走过的一段路，看过的一场雪；只此一生，是曾经的期待与失落，喜悦与忧伤，是过往的委屈与怨恨，无奈与欢喜。

只此一生，是曾经的云卷云舒，花开花落，是阅不尽的风声水起，烟雨濛濛；只此一生，是永远的浪漫与困惑，心跳与落寞，你永远不知道，在人生的下一刻，下一个地点，会有哪个人，不早不晚，不近不远，等在那里。

只此一生，没有人相同，如同掌纹，杂乱出自己的故事，无人可以替代；只此一生，只属于自己，偶然也罢，命定也好，那些欢笑与泪水，清醒与痴狂，相逢与别离，只能有一次，再不能重复。只此一生，一眼花开，一眼花残，尘世变幻，相濡以沫也罢，相忘江湖也好，即使执手相望，也只能让往事如落花流水，悠然而去，又成陌路。此时，风烟俱静。也许只有在这样的夜晚才能聆听进如此曼妙的音乐，也只有这样的音乐才能让我追忆那曾经的似水流年，也只有那曾经的似水流年才让我想起曾经那样的一个我，在世界的另一边，在隧道的另一边，与那些遥远模糊的时光同在，那也正是这音乐的灵魂所在，一切感知与身受的美好力量所在。

为这只此一生的寂寞干杯，独自感受这只此一生的秘密和思念。这是有关于大提琴只此一生的感动，更是有关于生命中那些不为人知的只此一生的深刻与惶恐。

落雪时光

据说在日本，每到初雪降临的时候，一家人就坐在庭院里，悄然无声地凝望那一片片轻柔的雪花飞舞人间。那是多么温馨和宁静的场景啊！

落雪时光，漫山遍野的白，好像时光已然隐去，只留下晶莹的底色。天地之间陡然宁静起来，似有还无的雪声让心悄然空灵起来。推开门，千树万树梨花开遍，浊世在这一刻变得纯洁起来，家里温暖如春，用手指擦亮蒙满水汽的玻璃，叹尘世流转如雪花飘落，内心充满了感动，从心底爱着这样的光阴。

小时候，喜欢看《冰山上的来客》，向往雪域高原的神秘、浪漫爱情的悲欢离合。无数次看到那一幕，一班长和拉米尔在萨里尔山口负伤，被冰雪覆盖却依然屹立不倒的身影，当战士弹着都它尔唱响《怀念战友》的时候，冰雪的世界让我懂得了忧伤，心灵在哭泣中成长。

落雪时节，自有一种情调，无端竟惹寂寥，满天飞雪里看到时光的另一端，沉溺于一种极致的状态。爱那田园湖滨的清雅，爱那林海雪原的壮美，世界突然变了身，不再是从前的模样，是那么童话，那么深情，那么可遇而不可求。此时，绿蚁新醅酒，红泥小火炉。微熏之时与雪舞，一脉天真几人知。

豆蔻年华的时候，看梁羽生《七剑下天山》，便觉得真正的英雄一定是从皑皑白雪的山顶上策马而来，在牧野飞雪之间，冰河洗剑日沉沉，饮马江湖风萧萧，仗剑天涯路，纵横风雪间。那时候，我好想快点长大，变得无比勇敢，独自一个人围着又长又厚的围巾，到天山上去看千山暮雪，万里层云，欲与天公试比高。

落雪时节，亦有一种缠绵，潮湿而绵密。喜悦的人见到落雪会更喜悦，悲伤的人见到落雪会更悲伤。雪，与生俱来便有“任是无情也动人”的孤绝气质。有一年冬，住在外地宿舍里。忽一日，从傍晚开始下起鹅毛大雪，到了夜里，已积了厚厚的一层。宿舍窗外，腊梅花开，疏影横斜，于雪夜里兀自暗香浮动。趴在窗口，发呆了许久，身上冷得发抖，匆匆吃了一杯泡面，钻进被窝里读家信，读着读着眼泪扑簌簌地掉下来。到如今，下雪了，带着孩子在雪中漫步，想起逝水年华里的时光，都如雪花纷纷飞落无可寻觅，彼时心事悠悠，漫悲歌，伤怀吊古，叹流年，又成虚度。

落雪时光，白天黑夜，都是美的。成熟以后，在山长水远的人生旅途上，我们选择了在雪地里微笑着告别。因为雪已经积得那么深，我们再也找不到来时的路。只能站在季节的转角，怀抱着岁月的素笺，在这冬的扉页，回忆流年。

落雪时光，亦或那里也无须去，猫在屋里独自偷欢，独享私秘的快乐。可以睡到自然醒，慵懒地伸伸腰，煮一碗热气腾腾的牛肉面，配一碟炸腰果，浅酌一杯红酒；然后，从从容容听着 music，整理一下衣橱，给朋友打两三个电话；下午，一杯速溶咖啡在手，看一部温情感人的电影；晚上，喝着红茶，灯下卧读几页旧书，在博客上写写心得，收拾一下旧心情。

年华向晚之时，山河岁月沉香。暮色苍茫里，挑灯赏雪，绵绵浩荡，在生命的原始寂静里寻找生命的本真。一场清欢之后，莫问前尘有悔，但求今生无愧。

卷七 诗与远方

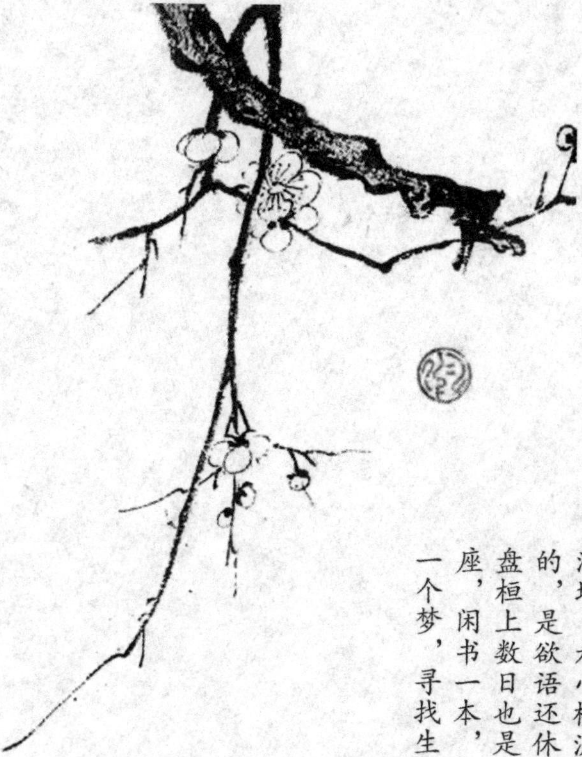

似这般闲庭信步，看荼蘼开至，青苔满墙；看小桥流水，静日生烟，流转不息的，是欲语还休的一种态度。心想在这里盘桓上数日也是好的，静水一曲，旧屋一座，闲书一本，不辨秋冬，听两句戏，做一个梦，寻找生命本真的况味。

烟雨古巷

一袭烟雨间，撑着伞，一个人，在青石铺就的宏村古巷悠然而过。驻足凝望，这古巷温婉的风骨，这绵长岁月里不老的素颜。

巷子里的民居鳞次栉比，濡湿的粉墙黛瓦，是错落有致的风景，今日与我是如此贴近。爬出墙外的青藤老树，玫瑰花枝，墙角的几丛兰草，青葱竹林，皆是飘逸的味道，于无垠时光里沉淀成大美，没有早一步也没有晚一步，与我相遇。一时恍然，不知此时是走在淡抹的写意画里，还是游走于江南的梦境之中。

马头高墙，黑白人家，风帘翠幕，烟柳画桥，浮华与喧闹，尘埃般散尽，这古巷有一种言有尽而意无穷的美。最早是在画里见过这样的美。那是吴冠中大师的作品，黑色线条，寥寥几笔，一条蜿蜒的路，几间疏离的屋，一株老柳飘飞，意趣横生。他曾说过，他独爱古巷是因为“这静巷冷清清，隔绝外界自成一统，似乎空无所有，却含蕴着形式美感之微妙节奏，低音吐柔情”。江南水乡养育了他，他的眼吻着故乡的墙，他把脚印留在石子路上。他笔下的江南小巷，用笔简洁，却把岁月风霜画入骨，画入心，画成永恒的纸上之美。

这般的风景，曾在电视剧《橘子红了》见过，高墙大屋之内发生的是非同寻常的爱情故事；在电影《卧虎藏龙》里的场景里见过，周润发牵着白马从这里哒哒走过。我也在古巷里游走，似一尾鱼，停不下脚步，我的眼睛看不够，我的心欢喜不够。站在雨里，我只感到我要凝神聚气用心来逢迎这一场古巷的烟雨。我觉得这里离世俗很远，离自己很近。

这样的古巷让我想起那些隐者，与世无争，静对岁月，书房之外，烹茶抚琴，笑看人生。我的手触摸着斑驳的墙壁，丝丝的凉，似摸到旧日的光阴，低头看，脚边的青苔，绿得不软不硬，刚刚好。

雨丝风片里，几朵清荷，素居云水，坐在堂屋黄花梨木椅上的老妪，八十多岁，依然耳目清明拿着绣花针穿针引线，绣着鸳鸯鞋垫。巷边上，有主妇在水边浣衣，水色碧绿，衣裙鲜红，而人素淡，是原生态的美。小作坊里，老板正在精心翻炒着茶叶，四下里飘飞着淡淡茶香。绣鞋店里，店主旗袍在身，哼唱着黄梅戏婉转的声调，甚是动人。小吃店里，煎锅上摆着雪里红烤鸭腿，金黄的煎饼，丝丝香气熏人欲醉，人间的烟火气息扑面而来。

忽然觉得，这巷子是有生命的，它用一种安然、幽深的目光，在时光里从容不迫地注视着众生。

记起戴望舒的诗："撑着油纸伞，独自/彷徨在悠长、悠长又寂寥的/雨巷，我希望逢着 /一个丁香一样的 /结着愁怨的姑娘。"那时的他二十二岁，愁闷，孤苦，就是在这样的小巷里踯躅，幻想。清幽小巷，几番回眸，擦肩而过的，是他眷恋的姑娘，丁香一样的气息，烟雨一般的眼神。他不知道，今时今日，走在这巷里的姑娘，多半会为他的诗而怅惘。

我也怅然，不思归去，这样的情境，我分不清是在梦里，还是在人间。似这般闲庭信步，看小桥流水，看静日生烟，流转不息的，是欲语还休的一种态度。心想在这里盘桓上数日也是好的，静水一曲，旧屋一座，闲书一本，不辨秋冬，听两句戏，做一个梦，寻找生命本真的况味。此时的心情，清雅忘言，只如郑愁予曾道：我不是归人啊，我是过客。

荼靡开至，青苔满墙。就把祝福别在襟上吧，明日，明日，又隔天涯。

云上的日子

曾经写过一篇文章，借用元稹的诗句“除却巫山不是云”，写的是关于爱情随感却一点也不深刻的散文，那时仅是明白这句诗的喻意，却不曾了解这句诗的意象。当时没有看过巫山的云，又怎能体会诗人的深情呢？那时，诗人独自一人，疏离黯然，当轻舟已过重山，那满山的云雾，让他涌起思念的情怀，愈发思想故去的妻子，因而成诗，千古流传。后来，他依然与别的女子相恋，但心中总飘着一片云，这云里有相思无数。

从重庆坐游轮过瞿塘峡、巫峡、西陵峡到宜昌，看千年的风云变幻，把三峡的两岸风光打造得如此俊秀深幽，两岸青山不断，群峰如屏，山体鬼斧神工，水流平缓，船行峡中，如入画廊，一路山重水复，峰回路转，可谓山清水秀，朝云暮雨，实在是神仙一样的时光。月斜江上，云淡天长。已经想像不出三峡曾经的风光会是怎样旖旎，应是清风出芙蓉、天然去雕饰的样貌吧，令人神往，现在已然是旧貌换新颜，高峡出平湖，山长水远，舒缓平静，俱是成熟后的风景。

在船上看云是很有动感的，云的千姿百态，非身临其境不能形容。特别是在一场夜雨后，蒙蒙亮的清晨，你就会看到黑黝黝的山峰上满是浓浓的白烟，及至天光放亮，那山间升腾出的浓浓云气将长江两岸变得云蒸霞蔚，分外壮观。

三峡风光移步换景间，每处几乎都可观云，但终属巫峡风云更胜一筹。巫峡谷深狭长，日照时间短，峡中湿气蒸郁不散，因而云腾雾绕，使人如置身画中。特别是游巫山小三峡，坐在小型游轮上，雨丝飘飞，云气逼人，倚着船舷，水面一层云气扑面而来，有腾云驾雾之感。

在《三峡好人》这部影片里，镜头里多次可以看到三峡云雾缭绕的景观，这部影片的主旨是重逢和分离，在茫茫云水中寻找，得到和失去，曾经存在的会失去，曾经破碎的会新生，人生际遇，就像那山头上的云，它总是在，但不能给你任何的预期，它的飘逸是不可追逐的，你可以看到它的美，但抓不住它，你追逐着云的影踪，你走得越近，反而看得越不清楚，你知道它就在你身边，却反倒离你更远了。它的变幻莫测，只是给你一个美丽的圣境。

云若不动，风又奈何。我对于山岚是永远相看两不厌的，西藏的云，明朗，大气，不闪不躲扑面而来，像是天上的白丝绒；而三峡的云苍茫飘逸、神秘莫测，与山水相依，浩荡而绵长。看云的时候，想起顾城的《远的近》：你，一会儿看我，一会儿看云。我觉得，你看我时很远，你看云时很近。你在漂流，而云在聚散，看云，强调的是一种感觉，一种状态，而非永远。人生的某时某刻，能够完全放松，好似过着云上的日子，懂得风流云散亦有味，万水千山总是情，已经是完美。

海天佛国清静地

佛曰：坐亦禅，行亦禅，一花一世界，一叶一如来，春来花自青，秋至叶飘零，无穷般若心自在，语默动静体自然。游完普陀山这“人间第一清净地”，燃过香火，拜过神佛菩萨，走过“西天取经路”，对此话方有所顿悟。

普陀山四面环海，风光旖旎，仙雾弥漫，是个坐船、礼佛、看海、赏美景、吃海鲜的好去处，也是全国香火最旺的观音道场。那里有最高的观音神像：南海观音；有最传奇的紫竹林和不肯去观音院；有最大最雅的寺庙:普济寺和法雨寺;有金色阳光的海岸，百步沙滩和千步沙滩。可说是寸土寸金的佛家圣地，人间仙境。

那里遍地苍翠古树，郁郁葱葱，淡香弥漫的香樟树触目可见。佛光普照的树身上生满了苔藓，有些高龄树下还有供养者的名字，仰望树顶，枝叶横空，宛若游龙，阳光从枝叶间如细丝倾泻而下，难道这便是“一花一世界，一叶一菩提”的写照吗？在千年的尘钟暮鼓里，无数个春夏秋冬里，它们经历了无数人间悲喜，可曾也修得了真身？一路上，总会看到不同衣着的游方僧人，神情肃穆，口中不时诵经祷告，三步一跪拜，双手合十匍匐在地，以额触地而后起，如此反复，拾级而上，僧衣僧鞋都已然磨出了黑洞。这是一种修行的行为方式，舍小我而求大我，不远千里之遥，不谓路途艰苦，一心向佛。虔诚之心，礼佛之心，路人可见。他们身后，时有皈依的信徒一路尾随跪拜而来，他们又是怎样遭遇，有何愁苦，实是不可问也不可知的，所谓苦海无涯，回头是岸，但愿冥冥之中能得到以慈悲为怀的观音大世的点化。

在佛顶山上的慧济寺，看到许多绽放在水缸里的睡莲，碧绿莲叶错位铺陈，柔嫩的花朵浮于水上，清新娇美的模样是被这仙风雨露所沐浴滋润吗？顺着甬道里传来的阵阵菜香细细，来到寺庙里的大厨房，没有《少林寺》中的土灶大锅，炊烟袅袅，清一色的不锈钢器皿干净整齐，清洁明亮。兴之所至，想讨一碗素斋来吃，却被婉言谢拒，无缘消受，因为只有做了法事的人，才有资格享用。我们只能于山脚下大排档中，来一盘蒜茸蒸花蛤，一斤大虾，一条海鱼，吹着海风，喝着啤酒，大块朵颐，鲜滑滋味也着实痛快。

所谓刹那即是永恒。

也许要在好久以后，在某些灰心失望的瞬间，蓦然回首，在红尘滚滚之外的一片静土之上，仍看得见香火缭绕中金面菩萨的微笑，想得起香樟树浓荫下有关光阴的感悟，想起海天佛国里那些苦行者的淡定出世。彼时，会以一颗俗体凡心来聆听梵音袅袅，木鱼声声，用仰望的姿态来回想云霞氤氲，竹林幽幽。有些地方，此生是注定要去的，去了就不能忘记的。都言佛法无边，愿心有所依，所以愁苦之时神佛才能无处不在，普渡众生……

旅行的意义

现在，休闲生活的人们很愿意到户外享受青山绿水的情致，在冒险的情境里感受乐趣。我的同事 B 就是一个标准的运动达人。

他酷爱挑战自我的身体极限，曾经在沙漠里参加过汽车拉力赛，野外生存实战，也参加过马拉松运动会。不过，现在，他爱上了和驴友们一起在山林里行走。他有一整套的户外装备，我曾经在他的家里试着背起他重重的行囊，但那实在是让我难以承受的重量，实际使用，还要装上吃的喝的用的，一切路途上所需的物品。我实在佩服，背着这样的行囊穿行于山野之间，是需要何等的勇气。

他说，行囊不重不足以考验一个人的忍耐力，生活本来就是要负重前行的，这是绝好的挑战自我的行动。山那边是怎样的？行至无人处，坐看云起时的风景不是随处便可得来，当你穿越深壑峡谷，走进一处绝美的桃花源，躺在自己的帐篷里，点起炊烟，那情景无可寻觅，是生活的梦境，恍若置身天堂，众神之巅,连梦都是清爽透亮的。

我的女友就是经不起 B 的这番煽情言论而奋起直追的，她一直认为自己是运动的健将，她觉得无人行走的山林里总有她的一条小径，可以让她停车坐爱枫林晚，白云深处有人家。于是，她真的决定上路了。我是带着羡慕的眼神送她走，她在车窗里得意地向我挥着她的小巴掌。

然后有一天，我接到她的电话，她在哭，大声地哭，好像手机里在下着大雨，她说她累得实在走不动了，可是没人会陪她下山。她停在山的半腰，进退两难，她觉得她的腿直颤抖，累得似乎快要断了。

抱着电话的我爱莫能助，只能鼓励和安慰她，让她平静下来，努力追上队伍，被拉下有危险。她不停地边说边哭，似乎整个情绪都崩溃掉，但至少她还在向前走着……

她回来的时候我去接她，又黑又瘦，一边想笑一边又想流泪。她说，当她穿越丛林之后，站在山巅之上，有一种置之死地而后生的感觉，青山依旧，白云悠悠，是史诗一般的情境。不过后来，她把她的装备折价卖掉了。她说，假如路途的十分之九都是累和紧张，那十分之一再美的风景，也没意思，追寻有时也是一种错觉，还是轻松一些的生活最好，走在路上的生活并不适合她。

记得，曾有这样一个报道，几位驴友进藏遇险，在雨雪不断中支撑了十几天，其中一位驴友被救助人员放上担架抬走的时候，强撑着虚弱的身体爬起来最后看了一眼藏布巴东大瀑布，以把最美的回忆永留心中。他的这种精神不是谁都可以有。

想来也是，生活的重担已足够叫人闹心，何苦在休闲的时候，又把自己折腾得够呛呢？不是谁都适合永远在路上。旅行方式有很多，皆可尝试，可未必都适合你。选哪一种，由身体、年龄、时间来决定，终究是开心最重要。

廊桥遗梦

走过陕西宝鸡，爱上一座桥。

在傍晚时分抵达宝鸡，汽车在渭河岸边急驰，灯火辉煌的渭河两岸，那时一座闪闪发光的桥闯进我的视线，一闪而过。当我白天再次从她身边经过的时候，她却黯然失色，失去了夜晚的靓丽，变成一座优雅又华丽、古典又现代的桥，彰显出仿古建筑的一种厚重感，但纵使雕梁画栋，不过一座现代桥而已，那时她并未在我心上。

在离开宝鸡的前一晚，因缘巧合，我再次走上这座桥。不曾想走上去，我就身陷桥上，留恋忘返。

以前，只爱有传说、有故事的江南古桥，原来现代桥梁也可以如此夺人心魄。这座桥只供路人观赏，车辆是不能通行的。她将古典建筑与现代技术完美融合，长达六百多米，南接石鼓山，北衔东岭，桥身东西两侧镶嵌着一千多幅中国古典美术精品铜版画，看得你目不暇接。北引桥部分，桥面陈设十面石鼓和宝鸡出土的珍贵青铜器石雕；廊桥的南北桥身上镌刻着华夏文明史中宝鸡的历史文化典故，文字和配图相得益彰。

漫步桥上，移步观景之间，你要眼观六路，才能览此桥之全貌，你仿佛穿越时空隧道，走进历史和图画深处。古诗有云："春水渡溪桥，凭栏魂欲消"。华灯初上，我在廊桥上黯然销魂。远远眺望宝鸡的夜景，这就是姜炎文化与周秦文明的发源地，闪烁的灯光照亮城市的夜晚，万家灯火里宝鸡显得分外神秘，秦岭深处而来的凉爽夜风从桥上吹过，渭河水深沉地从桥下奔涌而去。

一座桥也是有生命的，工匠给了她骨肉，设计师给了她灵魂，她的存在，镌刻着一个城市最珍贵的文化资产。走过她，你会懂得，历史的厚重和文化的珍贵之处，在于弘扬，在于展示，在于传承。廊桥已经成为宝鸡鲜明的城市文化符号，这已经超越了桥梁本身的意义。据说这座桥是由宝鸡东岭集团出资筹建的，这将是东岭集团的一笔巨额无形资产。

走过这个城市，这个城市里的美味和美丽、厚重和平淡，此刻都与我无关。想起远方的故乡，我在廊桥上留下一个梦，但愿洛水之上也有这么一座桥，于都市喧嚣中辟一方宁静，铭刻上辉煌的历史和一座城池的前世今生，让洛阳的所有文化符号都可以在桥上得以展现，让所有走过洛阳的人可以放慢脚步，直观而深入地了解洛阳，让《洛神赋》被广为传唱，让顾恺之洛神赋图画得以在桥上千古流传。

那时候，站在桥上，看风起云涌，看长河落日，思悠悠过往，赏两岸繁华，杨柳岸，晓风残月，良辰美景，终非虚设。

今夜，我所说的廊桥与爱情无关，只与文化有关，与历史有关，与梦想有关，与两座有故事的城市有关。

漫漫旅途与茶

每逢旅行或是出差的时候，已经习惯了随身放些茶叶。不论是普洱花茶碧磦春，或是毛尖红茶铁观音，暖暖地一杯水在手，心似乎就能放得平和，有了依靠一样。一个人，一杯茶，一条路，远方也会变得茶香满路。

跟茶结缘是因为一位朋友，那是走了很远的路，在一个疲惫的夜里，我和她安坐，她泡一壶茶给我，玻璃茶具，绿莹莹的水，通透轻盈，香气四溢，喝一口，如处松林竹下，清风浩荡，唯余口角噙香这四个字。顿时忘记了旅途之苦，在这轻啜浅尝之间，像是坐在春意盎然的草原之上。那个夜晚，总是不能忘。那茶水，从此竟成至爱。

旅途中总能喝到不同味道的茶，也颇令人惊喜。有位朋友曾经讲过，他和朋友进藏，在原始森林边步行迷了路。结果又遇上下雨，又冷又累，夜色弥漫的道路似乎没有止尽，除了溪流的声音，只有雨声喘息声。终于看到木板房里昏暗的灯光，像飞蛾扑火一般，直扑进去。一位藏族的小姑娘给他们倒了两碗热气腾腾的酥油茶，那砖茶与酥油的香味，似乎能抵消疲劳、饥饿与寒冷，给人以温暖与满足。那一次，他守着炉子喝了好几碗。那味道直到现在也不能忘怀。

酥油茶是遥远而神秘的，那滋味令人憧憬，却不是谁都能习惯。后来游览黄山，初觅黄山毛峰的倩影。大巴进山以后，窗两边随处可见茶田，简直是漫山遍野。正是清明时节，有茶农已在茶田里采摘。想那茶树沐风栉雨，吸收着山上的灵气，一定香味独具。说到品尝，是在下了黄山以后的茶叶店里。在松木的茶桌上，老板给我们泡了几杯雀舌。那茶水真似江南的山水，高低起伏，氤氲开来。汤色清碧微黄，茶尖根根竖起，闻来香气如兰，入口滋味醇甘。好像清山绿水入了五脏六腑，身心通泰，妙不可言。一身疲累，顿时消弭于无形。

很久以前，在张家界的一位农家里喝过茅岩莓茶，据说那茶产于武陵源的原始森林之中，千百年来，土家族人常年饮用这种茶，用来强身健体，延年益寿。那时还不太懂茶，初喝第一口，只是感到苦，再喝，还是苦，以为是苦丁的类型，然而细一回味，却感丝丝甘甜在胸腹之间萦绕。离开以后，才发现这种土家神茶真有消炎止咳的功效，深悔没有带上一些。

想来，漫漫旅途，有一杯热茶在手，旅途便有了滋味，管它风来雨急，我有香茗为伴。旅途上品了茶，往往还要恋恋不舍得带回家。只是回来冲泡后，总觉得少了点味道。有甚差别却说不上来，极是微妙。以为是人见异思迁的缘故，后来琢磨，不然，重要的不是茶，实是水，本地的水冲泡本地的茶，才有独具特色的味儿，就像是乡音难改，故土难离。遂更爱那旅途之上偶遇的茶，擦肩而过的味觉，像一场偶然的痴情绝恋，从此，山长水远，再难寻觅。

最美的光阴

那是在初中毕业的留言册上，一位同学在扉页上字迹清晰地给我留下了她的一首诗：如果雨之后还是雨/如果忧伤之后还是忧伤/请让我从容面对这别离之后的/别离微笑地继续寻找/一个不可能再出现的你……

朦胧诗优美的意境如窗前的月光倏忽间照亮了年轻的心。在翻来覆去的吟咏中，我只觉得震撼和感动。就那样被征服。从此，知道了一个会写诗的叫做席慕容的女子。

然后，我拥有了一本她的诗集《无怨的青春》。在夜晚的枕畔，无数次抽出书签，在纯美的文字之间游走，在记忆与想象的空间之上吟唱，在那些语言极美、韵律优雅的文字里，如同一个采蘑菇的小姑娘，有着纯真的贪心，满心喜悦地走进了诗歌的森林深处。在那里，我看到了蹉跎的岁月、孤独的期待、沧桑的流年，散乱如落叶的记忆，青春里来不及挽留的一切。

读她的诗，好似清泉从心上流过，有一种被洗涤干净的愉悦。有种天然的清香，清香如芬芳盛开的夏荷；有种似有若无的爱恋，爱恋的感觉如一棵等待尘缘的开花的树；有种如梦似幻的心碎，心碎一定是在那离别的渡口旁；还有欲说还休的惘然，隐在那山冈上静静的一轮晚月下。

读她的诗，千言万语似飞花片片成就那简单却隽永的文字，如一曲穿越时光的笛音，袅袅而来，丝丝缕缕。恍若时光倒流，重回到那些青葱花开的日子。懂得了什么叫做真正的爱情，什么是不求永远，只求相知。想起远方的朋友，忆起曾经风起云涌的情怀，那些寻梦而去的思念。才知道青春真的永远只是一本太仓促的书，经不起匆匆。读她的诗，以为她定是个美人。始终都是身着纱衣，独伫树下，于月下湖边沉思低吟的女子。其实不然，后来看到她，才发现她的外表很普通，才懂得丰富的永远是内心。就如能源总是深埋于地心深处，从内心流露出来的精华才能够变成为永恒。

当然，读朱淑真，读李清照，也觉得很美，天上人间，流水落花。只是那词意带有古意，意境清幽，总有一种时光里不胜凄婉悲凉之感。不及席慕容笔下的青春如阳光下饱满的麦子，那么真实美好，清新自然，让真情实感如同花朵在春季里自然地开放。

最美的光阴，在她的诗里，惊其文字之美，羡其文字之妙，遣词造句恰到好处，妙语连珠的哲思。

“在长长的一生里，为什么，欢乐总是乍现就凋落，走得最急的都是最美的时光。”

是啊！真想到她生活过的地方去看一看，看看那些诗句里的光阴。看一看那长疯了的老茉莉，看一看玄武湖的荷，看一看那开满栀子花的山坡，看一看那片长满了百合的山谷……

情迷大观园

上海大观园座落在上海青浦淀山湖畔，远离繁华都市，青藤绕墙，绿萝缠树，有着寥萧清静的古典气质，很安静优雅的一个园子。建筑风格是江南园林典型的雕梁画栋，飞檐走壁，水榭亭阁，曲径回廊。再加上彼时，正逢着一个烟雨濛濛的天气，游客稀少，于移步换景之间，多情的雨水更让园子花木葱笼，青翠欲滴。

撑着伞走上沁芳桥，却看不到宝哥哥和林妹妹桃树下两情相悦读《会真记》时的落英缤纷，耳中雨声淅沥，赏那桥下早绽的莲花在风雨之中飘摇着粉嫩的容颜，心情便如那湖面荡漾的波纹，涟漪不绝。攸忽之间，这桥宛若成了剧中的桥，想起宝玉把一兜花瓣倾在水里叹息“落花流水春去也”的情景，近处沁芳亭里也依稀传来熟悉的谈笑声，犹如公子小姐的故事仍在上演，从未离去。只是那雨打莲叶的清音扰乱了清梦，只有那不识人间烟火的数尾锦鲤在水中自在地游来游去。

独自于柳暗花明中踏着各色石头铺成的路，寻到心仪已久的怡红院。爬山虎绿意盎然地将门楼上“怡红快绿”四字隶书衬托得韵味十足。屋子里布置讲究，布着“群芳开夜宴”的场景，古香古色的八仙桌上摆放着杯盘酒盏和果碟，围坐着面孔栩栩如生的丫头与小姐，宝玉一身红衣，神色得意，似乎酒兴正浓。

穿过月亮门，走过凹晶馆、栊翠庵、稻香村，方始来到了衡芜院，扑面而来的是富贵逼人的气息，好似宝钗总是受到厚待的。临窗翘首，想那位“任是无情也动人”的温柔女子，在这风雨飘渺中的回廊上纵然得不到爱情却依然气定神闲的模样。

江南的雨缠缠绵绵，仿佛林妹妹的眼泪没有尽头。恍惚间走进“凤尾森森，龙吟细细”的潇湘馆。院落四周皆是一丛丛湿漉漉的竹子，想那黛玉那样娇花照水的身体，怎生受得了这般的阴寒之气。屋子里冷冷清清的，没有机灵体贴的紫娟姑娘，没有乖巧学舌的鹦鹉，只有一张挂着绿色帷幔的红木床，一张狭台与一个火盆，一个黛玉的仿真人物躺在床上捧读一卷书，看起来是那么地假，再不可见“意绵绵静日玉生香”的情境。

房侧是一架青石小桥，桥下绿莲静波，水木清华，一簇紫杜鹃妩媚绽放，风细细地携着雨丝从桥上吹过来，仿佛看到黛玉一头青丝纤腰楚楚背着花锄蹁跹袅娜地自桥上走过，忆起她葬花时的那句配诗：“侬今葬花人笑痴，他年葬侬知是谁？”所谓爱情两字，是要如林妹妹，至死方休，方显真情。

走马观花在烟雨中，湿了裙角，每一步，都仿佛踩在一首清丽古词的韵脚上。站在宏伟的大观楼上举目四望，一片绿野苍茫，乔木竹林之下，青苔露冷，花径风寒。想省亲别墅的大气，体仁沐德的庄重；怡红院的华丽，稻香村的纯朴；潇湘馆的清雅，蘅芜院的富贵；无一不形似传神。

许多年以后，曹雪芹不会知道，会有成千上万的人在看红楼读红楼；他不会知道，他笔下的故事会时常在电视电影里被他人表演成一个经典节目；他不会知道，有人还为了他那个“满纸荒唐言”的故事，还会建造出这么幽静秀美的园子。

韶华如梦，看惯了秋月春风。而在这个苍翠欲滴的园林里，来来往往的每个人都在看一场自己的红楼梦。

都说草木无情，但这里的草木怎会无情？它们成了历史文化的缩影，成了红迷心中的一个圣地。那么一个繁华一梦在这里永远被人传说、回味与纪念，身在其中，谁还能分得清有几分清醒几分醉？

皇城相府的前世今生

那日，到达皇城相府的时候，差不多下午四点钟，太阳已经西斜，远远望去，皇城相府犹似脉脉余晖下遗世而独立的古城堡，散发着不可测的深度和光芒。

当然，它的建筑没有紫禁城壮观，但它亦有它的非凡气度。相府的选址非常考究，印证了风水学上所言，枕山傍水，房屋鳞次栉比，和谐而有意趣，墙上的雕刻尤为逼真传神，其建筑结构，融历史、哲学、力学、美学为一体，无懈可击。

走过夕阳下斑驳的黄城墙，布满岁月痕迹的老门楼，零零落落的竹，每个古香古色的窗口都充满着书卷气，使人想起当日陈廷敬闭门苦读的情景。二十岁时，他背起行囊奔向远方，必是步履轻快，豪情满怀，之后中进士，入翰林，宅心仁厚，从善如流，成为康熙皇帝的股肱之臣，扬名青史。

站在城墙上，眼前天宽地阔，有一种浓郁的文化气息在相府之间流转，而历史的寂寞沧桑感扑面而来，这是人文精神成长的所在，也是孕育一代栋梁的厚土。遥想当年，陈廷敬辞官回归之后，于城墙之上，抚髯看暮色苍茫，望断天涯路，也必是一个落寞的身影，叹天地间多少是非成败，转头成空，惯看秋月春风。

康熙曾赐给他一副对联：春归乔木浓荫茂，秋到黄花晚节香。同在康熙身边，和索额图与明珠相比，他应该算是全身而退，实属难得，也说明他为人谨慎，进退有度。这些都是相府恢宏纠结的前生。

相府的今生，是亲民的。在山河楼上，纵观相府里的茫茫人海涌动，均是为着一个名号而对一个地点产生深厚的兴趣，这是一种文化的探寻，也是历史的传承。任何人都可以走进这巨宅中去寻找往昔时光里遗落的珍宝，穿梭于旧院古宅，在字画里见性情，在匾额中见智慧。

我在城中给儿子买了状元笔，是一枝粗如小树干的红铅笔，买者众多，虽然现在没有考状元一说，可是中国人都有状元情结，学业的至高巅峰仍让望子成龙的父母高山仰止，我自也不能免俗。

在相府外的店铺里，亦淘得闲章一枚，上有已刻好的四字：学无止境。其实此章石料一般，只是爱这四字的深刻意境。哪日用在书画之上，也可讲得出它的出处。

据说，相府之边的皇城村，因了相府的天下闻名，游人如织，而今已变成了全国的十佳小康村。村人住的都是别墅，另辟有相府庄园，安享绿色生态。

神奇的皇城相府，家学渊源，人才辈出；许多年后，也能造福一方，始终都印证了一句话：万般皆下品，唯有读书高。

一半是明媚，一半是忧伤

久雨初霁，晨光如同漫天的金色麦芒，袅袅晴丝里，春深似海，绿风沉醉，始此这般的光景使人恍然。这样的场景让我想起顾城的文字：“我多么希望，有一个门口，早晨，太阳照在草上，我们站着，扶着自己的门扇，门很低，但太阳是明亮的，草在结它的种子，风在摇它的叶子，我们站着，不说话，就十分美好。”

孩子般的纯稚风格，清新的梦幻情绪，这美丽的早晨纯美静好，触动人心。顾城就是童话里的忧郁王子，渴望一个完美无缺的童话世界。然而童话很远，现实很近，爱让他苦痛纠结，生活让他失去耐性，生长出美好诗句的心灵在新西兰的陌生海岸也会成魔，他向自己的女人举起了斧头，诗迷的心碎了一地。原来美好和邪恶是可以共生的，从此，太阳殒落，他的世界堕入了永恒的黑暗。

三毛曾经是我心中流浪的女神，是滚滚红尘里生长在远方的一株橄榄树。她曾写道：“人生的许多大困难，只要活着，没有什么是解决不了的，时间和智慧而已。今日的事情，尽心，尽意，尽力去做了，无论成绩如何，都应该高高兴兴地上床恬睡。”三毛做的是最真实的自己，写的也是自己的纯粹人生。她的文字可以安慰、照亮、温暖他人，而她，却愿意永远藏在沙漠里，或许因为那里足够暖，足够干净，足够大，可以尽情吟唱，让她安放自己无可安放的青春。然而，绝对感性知性的她仍然无法面对自己人生悲欢离合的大命题，她失眠，她低落，她无法挣脱，最终选择了结束生命以度过漫长的黑暗，等待新的涅槃重生，人们只是忙于寻觅她当年遗落的影踪，一路捡拾她洒落的风花雪月，而她老去的年华将永远流浪在路上。

还有海子，在明月如镜高悬草原时，打马过草原的那个男人，那个对麦地、植物、蔬菜无限热爱，仰望星空渴望获得幸福的年轻诗人，那个诗句饱含哲理和生命之光的人，他梦想周游世界，给每一条河每一座山取一个温暖的名字，他希望有一所房子，面朝大海，春暖花开。他说：没有任何夜晚能使我沉睡，没有任何黎明能使我醒来，我宁愿在明媚的春光中默默死去。然后，他选择在春暖花开的季节，吟唱着诗句迎着火车走去，那横陈于地的骸骨，在铁轨上写下了两个字：青春。

或许人生不过是一场旅行，总有终点。他们的旅行已足够完美，他们已经完成了他们的修行，走向往生。他们在文学上留下他们的精华，那是用敏感脆弱的心留下的永恒诗句。他们曾经来过，一半明媚，一半忧伤，他们走向天涯海角，却走不出自己的内心，把悲喜都抛给我们。他们一半在土里安详，一半在风中飞扬，那是他们的诗句在诉说：在这珍贵的人间，人类和植物一样重要，爱情和雨水一样美好，该忘记的就该忘记，该留下的就该留下，只愿我们都能在尘世里获得幸福！

无树不欢

不知从何时开始，执著地喜欢树，爱它微雨轻尘里的静谧，爱它枝繁叶密的浓荫。

深爱着与树一起成长的光阴：春天里风在枝叶间欢唱，夏日里静坐在树下读徐志摩，秋天在桥上看那落叶逐流水，冬天落雪的时光，于窗口看那树枝的寂寞和沧桑。彼时，我总会想起："要做一棵树。站成永恒，没有悲欢的姿势。一半在尘土里安详，一半在风里飞扬，一半洒落阴凉，一半沐浴阳光，非常沉默非常骄傲，从不依靠从不寻找！"

是爱树那种巍然挺立的精神吧，不畏风雨的模样。似那无边沙漠里的胡杨，有百折不挠的灵魂，坚韧而顽强，寂寞而孤独，固守着千年不变的信念，坚强地挺直自己结实的树干，迎着狂风暴雨，迎着风沙干旱，坚守在一片无际的沙漠，默默地期待着一个又一个的明天。

让我深爱的还有果树，它有着母亲般使人温暖的情怀。钟爱着那些樱桃树、石榴树、枣树亦或是桃树，是那种既带给人花的烂漫，又带来果子的香甜。不必生长在果园里，而是长在有着欢声笑语的院子里，长成一片绿荫，倾听家人的低语。结出甘美的果实，奉献给他人自己的精华。年复一年，没有离别，没有改变，就算是枯朽，也不离开它所熟悉热爱的一切。

也爱那热带雨林里的树，如同爱着初恋般的情结。在亚马逊河流的深处，在潜伏着鳄鱼的沼泽地边，在静游着孔雀鲈的河岸旁，那些修长秀美的树。有着含羞草一般的叶子，春绿秋红，在离太阳最近的地方享受最纯净热烈的阳光，享受最淋漓尽致的清洗，每一天都是新鲜透亮地吐着氧气，与蟒蛇和鸟兽同居。

爱那长了千年会开花的树，有灵性的树，是一棵香樟或是菩提。生在佛家寺院里的某个角落，长成翠盖浓荫，思梵音袅袅，悟晨钟暮鼓，枝叶上飘荡着祈福的红线，柔风中绿波荡漾，温柔地注视着等待尘缘的众生。当阳光落满它的身躯，当风儿穿过它的身体，散发出干净明亮的香气。永远，它既不孤单，也不悲伤，生于众生之地，胸怀悲悯之心。

那些山上的树，无边的林海，绿色的仙境，远远地隔开凡尘。只是有风吹过的时候，那些树的种子会随风飘荡，飞入辽阔之间的辽阔，角落之间的角落，年复一年，再变成林。枝迎南北鸟，叶送往来风，看云淡风清，世事变幻……

那些无处不在的树，都拥有天真、跃动、沉思的灵魂，在深深浅浅的年轮里，注视着沧海桑田的变换，尘世繁华里，与树同在，才是岁月静好、现世安稳的光阴。

卷八 心灵漫步

不求天长地久，只求曾经拥有。有一种深情叫做不忘记，有一种感恩叫做常怀念。如果你曾深爱，你会懂得把一段感情在生命里开成繁花，开成春天，开成一片风景，开成又一重境界……

除却巫山不是云

许多年前，才女鱼玄机写道：易求无价宝，难得有心郎。

真正的有情郎，曾经沧海难为水，除却巫山不是云，应似金庸笔下的杨过、萧峰，铁骨柔肠、情深义重，纵然深知那是书中虚构人物，却让观者依然情不自禁地深喜狂爱。

从古至今，在时间无涯的荒野里，寻爱之途，谁不期待生命里遇到的那一个他，是真爱自己的人呢？

迷恋着沈从文，迷恋着凤凰古城的粉丝，都极其羡慕一个叫张兆和的女人。沈从文追求张兆和的过程绝对是一个经典的故事，他爱到痴狂，疯狂地写了无数情书，甚至可以走一路写一路，一封情书写上几万字。痴心如他，终于守得云开见月明，抱得美人归，然后一起经历风雨，老了时仍然把张兆和的情书当作不舍得给人看的宝贝。

沈从文最痴情在于他浪漫的文人性格，他写的两句话我记忆深刻：

“我这一辈子走过许多地方的路，行过许多地方的桥，看过许多次数的云，喝过许多种类的酒，却只爱过一个人。”

“我就这样一面看水，一面想你……”

提到痴情二字，也不能不说金岳霖。漫长一生，林徽因这三个字在他眼里是闪闪发光的，生而不能得之，她不在了他还为她过生日。他写她：一身诗意千寻瀑，人间万古四月天。为了林徽因，他痴到无欲无求，宁可终生不娶，只求身在其侧。如许坚持，如许深情，岂是俗人可为之。

他的痴情可以是光，照亮情到深处的寂寞，漫长岁月里的孤单。

书法大师启功先生对夫人章宝琛亦是情意深重。他们的婚姻起初也属于媒妁之言、父母之命，是先结婚后恋爱的典型。然而于患难中见真情，真情是操劳中手上磨出的茧，是煎熬时的相互体谅。在动荡艰苦的时光里，启功写字作画，夫人拿到街市上去卖，是无边岁月里执手相望泪眼的情意绵绵。遗憾的是两人一直没有生育，而启功从不因此而生二心，章宝琛离世后，启功大师再无续娶之念。他把对夫人的深情一笔一画地记录下来，浓情笔尖，蘸满了爱，宣纸上笔笔绽放的都是柔情。

不求天长地久，只求曾经拥有。有一种深情叫做不忘记，有一种感恩叫做常怀念。如果你曾深爱，你会懂得把一段感情在生命里开成繁花，开成春天，开成一片风景，开成又一重境界……

不如怜取眼前人

和先生大吵一架，我哭得双眼红肿，他怒得拂袖而去。

第二天，我上班的时候发短信胡言乱语痛骂他，以为他定会绝地反击，然而他却是以不变应万变，默然以对。我顿时偃旗息鼓，百无聊赖，静下来想，哪有什么大不了的事情，不过是我没拿驾照开了车，他批评我，而我却因为没被抓现行而死不认错。实际上，他讲得当然有道理，只是语气态度上有点粗暴，我难以接受罢了，越想越觉得没劲。下了班，蔫头耷脑地回了家，想来定是人去屋空。没料到，他却已经做好了饭，面对色香味俱全的餐桌，纵然是百炼钢也化为绕指柔了。

后来参加同学聚会，发现大家讨论起自己的先生，都是说缺点的居多，往往都是看着别人的老公帅气能干，有礼貌，懂感情，生活得有情趣，而自己的老公则是毛病多多。讨论热烈后，情绪都激动起来，

一位说老公有小三，一位说老公有红颜知己，还有说老公没文化，没品味，所有的不满波涛汹涌，滔滔不绝，汇总成了聚会的高潮部分。

就像歌里唱的："我们曾相爱，想到就心酸。"

等大家终于一诉婚姻的悲喜，整理眼泪和心情，平静下来时，几乎没作声的一位已经离婚的同学，才做了总结：一段感情并不会因为结了婚而变得圆满，也不会因为离了婚而一定会重获幸福。离了婚以后，结识了别的男人，会发现前夫的好，才知道这世界没有完美的男人存在，也没有完美的婚姻存在。所以，在一起的时候要珍惜，不要轻言放弃，多想对方的好，体谅并宽容对方，抱怨只会使问题更严重，因为现实一定比理想残酷，维持一个家庭的完整，创造和谐温馨的家庭环境比什么都重要。

细想，恋爱的时候，花前月下，海誓山盟，看似你侬我侬，但却并不一定真的懂得爱情。真的爱情，是要在长久的岁月里携手，患难与共，相濡以沫，与爱人栉风沐雨，看着对方青丝成白发，一起慢慢变老。真正的爱情应该是培根所说：从红颜爱到白发，从花开爱到花残。

并非日久，就能情深。琴瑟在御的静好生活谁都想拥有，但天长地久说不定只是一个形容词，一切的安稳都未必能经得起考验。想爱得恒定，爱得细水长流，与子携老，百年好合，就要懂得珍惜，学会爱，培养爱，把爱当成一门最深奥的学问来体悟。

我们千万不要被浪荡才子秦观的观点骗到，对于已经牵手的人来说，两情若在长久时，当然在朝朝暮暮。

满目江山空念远，不如怜取眼前人。眼前的人，最重要。

没有人比你更爱我

有一次同学聚会，一位同学问，有谁还记得妈妈年轻时的样子？一时同学寂然。无涯岁月里，与母亲携手度过的日子不留痕迹，竟然都是匆匆。

回家急翻照片，黑白相片里穿大裆裤的你竟美丽得让人心碎。不似面前的你，两鬓斑白，皱纹纵横，步履不再轻快，声音不再清亮，即使戴着老花镜也不能把线穿进针眼里，总爱唠叨着那些陈年旧事，仿佛是一夕忽老，你最美的年华都去哪儿了？

尘封的记忆总有打开的一天，在事过境迁之后，像默片一样，可能产生一种特殊的美感，转化为辛酸而甜美的回忆。前尘往事如云烟，却想不出有关你太多的细节。只记得你第一次送我去上学，把一个百布书袋斜挎在我身上，告诉我今后要好好学习，听老师的话；初中时每天晚自习下课，你总是默默地站在小巷的拐角等我，打着手电陪着我走着夜路回家；去外地上学，你帮我铺床叠被，嘱咐个不停，而我却心不在焉地嫌你啰嗦，你走时我感觉特别轻松，觉得从此可以自由飞翔；后来结婚了，有了自己的孩子，懂得了成长的不易；然后，某日在自己的头发里发现一丝白发，才觉出了时光的无情，这亘古不变的轮回让我终于懂得了母爱。懂得那首诗：灰白的头发，这是珍宝的灰烬：丧失和委屈的灰烬。这是灰烬，在它们面前，花岗岩变成尘土。

你并没有什么文化，可你有你的生活哲学和人生智慧，你省吃俭用、勤劳朴实，尽最大的努力让家庭和睦幸福，你的要求并不高，尽管我们并不出色，你也从不会嫌憎我们，你总说知足长乐。可我却总是不够成熟，粗暴地打断你的话，对你的某些行为感到不理解，可你并不在意，你尽力宠爱着我们，尽力做事，不想让我们有丝毫担心。

朋友的妈妈去世了，有一段时间，她总是在哭，她说母亲在的时候她总是使她生气，母亲走了，她觉得一切的误会都来不及补偿。那一日，母亲过生日，她也在场，吹过蜡烛，吃蛋糕的时候，她忽然泪流满面，问她怎么了，她说，我想我妈妈了，我总觉得她还在。我相信她的母亲还在，并且会永远在，亲情永远不会消逝，生活的点点滴滴，使她不能忘记，跟母亲在一起的那些细节，那个最疼爱她的人哪去了，时间都哪儿去了？

那时我终于会害怕失去你，害怕失去让我终于知道自己是多么爱你，而我终于变得脆弱了，常常不敢看关于亲情关于老人的电影电视，常常看着看着就哭得一塌糊涂；每每听到有关母亲的歌曲，就像击中心灵最柔软的部分，也总是又感慨又感动；看龙应台的《目送》，深刻地理解了母子之间的缘份：我慢慢地、慢慢地了解到，所谓母女母子一场，只不过意味着，你和他的缘分就是今生今世不断地在目送他的背影渐行渐远，你站立在小路的这一端，看着他逐渐消失在小路转弯的地方，而且，他用背影告诉你：不必追。

不必追。因为我们都学会了珍惜。我懂得，是你用温暖的手教我走路，是你用笑容照亮我的整个世界。所以，当你老了，坐在我身边或是拉着我的手吧，把曾经的温暖捧在胸口，喝上一杯茶，或是晒晒太阳，说说笑话，我们要的幸福，或许就是这个样子的吧……

爱的至高境界

跟一班朋友去 KTV 娱乐，女友小 A 从头到尾只唱信乐团的《死了都要爱》，情到深处，声嘶力竭，握着麦克风的双手微微颤抖，泪花闪烁。

小 A 情途坎坷，遭遇离婚大战后，恋爱屡受挫折，新近又出状况。用她的话说是，想找到真爱已成一种奢望，但她绝不轻言放弃。难怪齐秦说，令人难以自拔的，除了牙齿还有爱情。爱是什么，是一见钟情的怦然心动，还是天长地久的长相厮守？是似水流年，还是苍海桑田？爱如果真的是如海涅所说，是雾笼罩着的一颗星，恐怕没有几人能看得真切。

我想起蔡智恒的网络小说《第一次的亲密接触》。主人公痞子蔡与轻舞飞扬在网络里的爱情轻柔绽放，恰如昙花一现，令人惊艳，直至痞子蔡与轻舞飞扬生死相隔，永不相见。诗一样的语言，诉尽了爱的美丽和感伤，也留下了无尽的希望。这种看似缥缈无痕的爱情，却让我相信那句话：心若在灿烂中死去，爱会在希望中重生。

有人说，爱的最高境界是生与死，我深信不疑。

生死相许的爱情更为感天动地。比如，《人鬼情未了》里萨姆和美莉虽阴阳相隔，仍然“我心依旧”；《天龙八部》里萧峰为了阿朱，立下终身不娶的誓言；《神雕侠侣》里杨过的千帆过尽，只爱一人的那种刻骨铭心；更别说段誉“我的眼里只有王语嫣”的那种深爱痴情了。末了还是那一句：问世间情为何物，只教人生死相许！

亨利说，爱情是生命的盐。因而，没有爱，生命就没有味道，就像歌里唱的那样：死了都要爱/不淋漓尽致不痛快/感情多深只有这样才足够表白/死了都要爱/不哭到微笑不痛快/宇宙毁灭心还在/穷途末路都要爱……

爱上一个人时，就要抵死缠绵，爱得歇斯底里，将热情完全释放，才不枉爱过一场。世界上到底有没有天荒地老，不试过，不到最后，谁也不会知道！

友情也是需要告白的

买东西被赠了几张贺年卡，放在桌上许久无用，忽念，不如寄给城里那些亲爱的她。夜来无事，顺便提笔在灯下一一写来。按照每个她的身份经历性格不同，分别对待，真的写起来，倒是一颗肺腑心，满纸贴心话，似水流年里的细节如窗外的雪洋洋洒洒，一发而不可收。末了，还情境交融手绘了小插图。

此时才发现，写字与说话是多么不同，写字是感性的，而说话是理性的，那些平时我们认为是多余或是矫情的话写在纸上，一下子生动和感人起来，才发现，闺蜜之间的感情，已深厚到不堪回首，绝不止是在朝夕。我在写和念的时候，先被自己煽情了一把。

贺年卡寄出以后，很快收到第一个朋友来电，她在电话那边吸着鼻子跟我讲，多少年没收到手写的信了，这张贺卡她都看哭了，她哼哼嗤嗤地声音真可爱。我都写了什么呢，不过是相识相知的过程，对她的欣赏了解和期望。最多也不过四百多字吧。

资深同窗的她打来电话道，我的手写贺卡让她真的好感动，她以为她已经忘却的尘封往事，还在卡片里闪闪发光。原来，青春未必真的风流云散，贺卡是被施了魔法的纸，总还有活色生香可以在文字里显现。那些一起走过的日子，总有被纪念的价值。

闺蜜的她则在电话里尖叫，这贺卡让她惊喜！她说她的手边有很多没寄完的贺年卡，可她竟然没有想起来寄，那些印出的贺词太俗太假太装。我的创意让她意外，原来卡片依然还会有鲜活生命力，会让人在阅读的时候那么开心，那文字像一条友情的溪流，细细地淌到心之深处。

还有一位老师也来了电话，她说，我把贺卡写成了一张精彩的友情告白卡。贺年卡她收到了很多，我这张最有意义，让她享受另类的情感体验，悄然而至的温暖。她说她讨厌那些打印出来的贺年卡，没有人情味儿，寄来的不是祝福，是例行公事的垃圾卡。

她们的反应让我感慨，原来，情感上的交流永远不会嫌多。或许也是好久没有收到过信，我们差不多已遗忘了收信看信的感觉，字里行间的快乐。对信的那种久违的亲切感使她们沉浸其中，情不自禁。

彼时，我只是把贺年卡当作一个载体，不经意地在写下了自己的真情实感，融入了写字的快乐、创作的热情，相逢相知相悦的幸福，独自缅怀了知己情、友情、师生情，有回首有前瞻有总结有祝福，把自己和她们的交往感受贯穿其中，与她们分享，告诉她们，我是多么感激和珍惜，生活中，有她们一直在一直在。

其实，我还想到的是，好可怕，我怎么没有收到友情告白卡呢？

没有吗？一点儿也不。

有些爱情永远不会成为过去

这是一个十年生死两茫茫、相顾无言唯有泪千行的故事，这是天长地久有时尽、此恨绵绵无绝期的爱情。地点是上海，作者是张爱玲，导演是许鞍华，片名是《半生缘》。

很久以前，在旧书摊上买过这本书。在许多个寂静的清晨或者下雨的黄昏，行走在张爱玲的字里行间，旁观着世均与曼桢的爱情，听任泪水将自己淹没。

电影改编得很好，演员也选得恰到好处。世均是黎明，曼桢是吴倩莲。怀旧的调子，细腻温婉的叙事手法，简洁深沉的对白，缓缓地把剧情铺陈开去。影片初始的唯美浪漫让深知结局的我想起张爱玲书里的一句话：好像是立在一个美丽的深潭的边缘上，有一点心悸，同时心里又感到一阵阵的荡漾。

每个观者心里，沈世均永远儒雅而深情，曼桢永远温柔而典雅。一见钟情式的开端，把旧时代小心翼翼的爱情演绎得柔肠百转，刻骨铭心。忘不了下雪天曼桢和世均在郊外树林里照相的样子，忘不了曼桢给世均写的信："我要你知道，这个世上有一个人会永远等着你。"相逢的时候哪里会想到别离。难忘曼桢被强暴之后的痛不欲生，难忘曼桢与世均一而再的错过，更忘不了曼桢与世均若干年后的不期而遇。依然是那么相爱，深情相拥，执手泪眼，而世事不再，往事不能重来。只能哽咽着问一声：你好吗？只能无比痛苦地哽咽出一句：世均，我们都回不去了！

时光一去难倒回。爱情与命运一如旧上海的底色——华丽却颓败，刻骨却苍凉。彼时，我的精神和眼泪完全被导演掌控，即使明知那是故事，依然无法面对这期待已久的重逢。是无情的命运把珠联璧合的两人分开，在深情的时光里燃烧着痛苦。旧上海的天空下，他们是坚强的，在爱的时光里蹒跚，然而也是脆弱的，在遗憾里回味，一处相思，两处闲愁，在拼尽了全身力气相爱后只能化蛹成蝶，飘然而去。然而这份爱，执拗并强大地支撑着曼桢勇敢地向生活的前方走下去。即使孤独，也会面带微笑，隐忍坚强。

可遇与可求之间，在强大命运的面前，终究是隔着沧海桑田。

影片的最后，是多年以前初相识的冬天，世均在夜里打着手电回到郊外的树林里去捡回曼桢遗失的红手套。那时候，下着雪，他怀着朦胧美好的期待。那时候或许他以为找到了两情相悦的爱，却不知，手套可以找回来，而他们的爱情，不久以后，却被月老遗忘，被注定的命运之手无情分开。逃开了桎梏，却逃不开宿命。他们如此，叔惠与翠芝亦是如此。

蓦然回首，属于曼桢与世均的年少轻狂，风花雪月，已然不再，空余爱断情伤，地老天荒。那么，我们只能无比痛心地接受这样的命运，只能如曼桢在痛失所爱之时所说：“我想每个人一生总有一些故事可以去回忆，就像我跟世均。”

青梅枯萎，竹马老去，但曼桢和世均会永远在一起。有些爱情永远不会成为过去，会像种子一样深埋于人的心底。真爱如同真理一样，永远不会埋于尘土，被人遗忘。

陪我度过漫漫长夜

素日里总认为自己的音乐修养不够，对于交响乐或者轻音乐没有精深独到的领悟，常常没有勇气静下心来聆听只来自乐器的清幽旋律。

还是偶然，一个夜晚在朋友家里小坐，初次听到陈美的小提琴曲《陪我度过漫漫长夜》，很震憾，身不由己像是被一种神祕的魔力吸引，宛若是在进行着一次心灵的梦游，像一只鸟儿随着旋律飞越平原和森林，游荡在深邃的夜空，在清爽无比的夜风里展翅飞过如银的月光，似玉带流淌的河流，无边无际的田野，散发着香气的花朵，还有尘世里闪闪烁烁的灯光。

一个人，在静谧的夜里听这首曲子，是对自身浮躁生活的催眠，又是一种超然物外的享受。那乐声既是心灵的独白，又似无尽的暇想。如行云流水一般连绵不断的串串音符，像星光一样熠熠闪亮，又如酥雨绵绵，唤醒内心沉睡已久的情感，直至眼里噙满泪水，如珍珠在黑暗中悄然滑落。

因而，如果你觉得凡尘俗事里身心疲惫，请听这首曲子，它让你无限放松地进入甜美梦境；如果你在夜晚想念一个人，请听这首曲子，它能带你穿越时空走向心上人身旁；如果你正遭遇坎坷，请听这首曲子，它给为你抚平内心的疮伤；如果你恰好无事可做，也请听听这首曲子，他能像清流荡涤你的生命，带给你浪漫柔美的心情。

今夜无眠，就让这悠扬的乐声陪我度过漫漫长夜，让我在动人的旋律中，飞越沉默的夏夜，在心灵寂寥的荒野上翩然独舞。

电影里的爱断情伤

记得有一句话叫做“爱是一种无法言说的伤”。看多了爱情电影，使我明白了说这句话的感觉，什么是心酸的浪漫，什么叫做无望的相望，什么是才下眉头，却上心头。让我知道有一种爱情一刹那地擦肩而过，已是今世无缘，一生悔恨。

亚里斯多德曾经说过：悲剧使人产生恐惧和怜悯，从而达到净化。我也只是用自己的心情，认真地去感受一个完全虚幻的世界。但又是什么让我默然落泪，是什么让我为之心碎，不是影片中那满天纷飞的樱花，不是那旷野里冰冷的飞雪，而是为电影中曲折的情节，时空的转换，深深相爱的人们，不能相守，只能无语相望或是生死有别，徒有相思无处诉的断肠。

看奥斯卡获奖影片《英国病人》，男女主角的曲折爱情故事随着飞机的失事，消逝于漫漫黄沙之中。它讲述了一段爱情梦想在战争中的幻灭。整部影片慢慢地有节奏地将一段感人至深的婚外情由浅至深叙述得催人泪下，使我观后久久不能平静，仿佛已置身于那样的一段时空之间，俯视那样一段惊心动魄的爱情。这位英国病人为了拯救自己爱人的生命，在渺无人烟的沙漠里走了三天三夜，因为遭遇不公背叛祖国换回了汽油，而最后也只能用飞机载着已没有呼吸的爱人归来，而他自己也终被火焰烧得面目全非，忘却了自己是谁，这便是爱的代价。影片用一种怀旧的色调来诉说了一段扣人心弦的情殇，用一种感伤的氛围营造了一个梦一般地意境。音乐、黄沙、战争、爱情、回忆、斑驳的壁画，我游离在那样的情景中，置身其中而不能自拔，为艾马殊，为凯瑟琳，为那个女护士，为那个因为战火纷飞而支离破碎的年代。

影片《花样年华》里讲述了一段王家卫范儿的欲说还休、小心翼翼的爱情。苏丽珍和周慕云仿佛也没有苦恋，却微知以对，惺惺相惜，情愫深埋心底。想要拥有，却缺乏勇气，尽管已经无法抗拒，却努力又把持自己。她们彼此始终矜持地默默注视对方，让感情在空气里四处游荡，恰到好处地表现出相思与情愁。一个华丽的转身，一个忧郁的眼神，都让人感叹情路无常，世事难尽人意。只记得影片最后，周慕云在一座山上的庙宇里，抠开一个洞，轻轻地讲出自己的秘密，然后用泥水封起。这样爱情便可以有寄存的地方了吗？他也许就是她，个性是如此地相像，难道封起就不会忘记？可谓是相见不如怀念。也许把爱深种于心底，才会是永远，想念着对方也是一种凄伤的美丽。

也许爱情没有走进婚姻，那么经历了岁月的洗礼，就成了一个可以用来慢慢回忆的故事。看悲情电影，就如隔着纱窗去看另一个美丽忧伤的世界，那么，爱断了，情伤了，当这种美丽枯萎的时候，我们所感觉到的才不会是痛惜，而是一种淋漓尽致的悲情和遗撼……

风继续吹

一个凭海临风的美男，聆听着海的声音，迎着风的方向，忧郁而优雅地伫立着凝思。他就是张国荣，一个在精神世界里苦苦挣扎，一个破茧成蝶，以自我结束的方式来选择生命完美终结的歌者。

荣迷都尊称他为“哥哥”，是因为他永远不会老，永远青春永驻。他热爱一切表演艺术，为艺术而生，并最终将自己的灵魂献给了艺术。在艺术生命的尽头，他不能爱，勿宁死，将物欲的世界远远抛弃在他激情飞扬的目光之后，带着未解之谜，遂成为传奇。

他是天之骄子，曾成功演绎了很多角色，他用心诠释，总能演得入木三分，令人回味。每一个角色都光彩四射，可圈可点。他且演且歌，在光影之中和音乐世界里且行且舞。他永远性感、优雅，有着风清云淡的笑容和永远吸引路人目光的挡不住的风情万种。

最爱听他的那首《风继续吹》，听到他那动人的歌声，总像是坐在汽笛声声的船上，凭栏临江，那江定是香江，带着繁华世界的倒影缓缓逝去，任风吹乱了头发，一脸笑容面向远方。而他的这首歌，真正表达的是一对深爱的男女在即将分手的情形下，在燃烧着篝火的海边相拥而坐，海风吹散了青春爱人的梦。“让风继续吹，不忍远离，心里极渴望希望留下伴着你，风继续吹，不忍远离，心里亦有泪不愿流泪望着你。”每个人听这几句歌词都会有不同的感受，淡淡的哀愁，清幽低沉的声音，让人如沐风中，千思万绪，纷至沓来，好想和他一起去吹吹风。

原来喜欢一个人，就是听他的歌，看他的戏，记住他的举手投足音容笑貌；就是为他哭为他笑，而他飘然离去的时候，你却只能站在原地暗自垂泪无语。

是的，每年四月，总会深深想念这个飞走的男子，他的音容笑貌，似乎从不曾远离。影象里，他翻手成云，覆手成雨，千面小生，他是西毒欧阳锋，也是反叛浪子何宝荣，他是长袖善舞的程蝶衣，亦是风流不羁的十三少。歌声里，他委婉缠绵，低吟浅唱，在歌声中浮沉。他把自己融入在戏剧与歌声之间，以百种姿势演绎自己唯美的人生。他自我狂放，演绎方式独特，以怒放的生命来宣告生命中不能承受之重，倾诉着爱与哀愁。

“原来姹紫嫣红开遍，似这般都付与断井颓垣。”此句就似在写他的人生。他是个真正的演员，他的存在就是为了演出自己，他没有安全感，而极度渴望爱，他正如《阿飞正传》里“没有脚的飞鸟”，一直在不停地飞，有一日，他忽然觉得累了，便从二十四楼的高空俯飞而下，飞出红尘之外，一生只着地一次，却幻化为我们心中的永恒。

风继续吹，而哥哥面容依然鲜活。因为佛说：那并非死亡，那叫做往生。

饮尽这份孤独

原来听张楚的《姐姐》，总是感觉从外到内冷冷的，仿佛窗外飘着雪花而眼里又带着泪花。现在重听他的另一首《孤独的人是可耻的》，觉得自己好像就是那样的人。讨厌喧闹，讨厌世俗，在自己的精神世界里被禁锢，无法逾越，独自泅渡。

孤独是一种深入灵魂的感觉，是一种生存的状态。它与繁华无关，与风月无关，它只代表感受不到幸福的人站在原地的无助。李清照是孤独的，否则她写不出“帘卷西风，人比黄花瘦”；李白是孤独的，否则那来“花间一壶酒，独酌无相亲”的诗情画意；那来“抽刀断水水更流，举杯消愁愁更愁。人生在世不称意，明朝散发弄扁舟”的轻狂。没有孤独之心，白居易也不能吟出“天长地久有时尽，此恨绵绵无绝期”之千古佳句。

孤独的人，在黑夜里清醒，在寂静中醉行，在梦境中迷失，在失意中落泪。再繁忙的生活，也掩盖不了内心的孤独，在夜深人静，在下雨的黄昏，在枫叶红遍时，在落雪飘飘的时节，你总会蓦然发现自己内心的脆弱和无奈。就是无病呻吟也好，好一似林妹妹，珠泪散落，只为散尽心结，解忧消愁。

凡高为孤独而生，像刘若英唱的一样：“我想我会一直孤单，过着孤单的日子。”但强烈的孤独感催生了最绚烂的作品，让人深深感受到他来自内心的狂热，那动感的线条、浓烈的色彩，那束至今怒放的向日葵中，喷薄而出的是凡高亘古不息的灵魂之火。

还有史蒂芬·霍金，他长年坐在轮椅上，失去了说话的能力，但是他说：“我即使被关在果壳之中，仍自以为无限空间之王。”他是科学天才，在孤独中超越了自我，赢得世人景仰的目光。

山本文绪说：“一个人逛街，一个人吃饭，一个人旅行，一个人做各种事。一个人的日子固然寂寞，但更多时候因为寂寞而快乐。极致的幸福，有时存在于孤独的深海。在这样日复一日的生活里，逐渐与自己达成和解。”这是一个人的最佳状态。红尘、流年、沧桑、清欢，还有一地的白月光。

某个夜晚，当你独坐窗前，喝一杯苦苦的茶，想一个离你远去的爱人，看暮色渐夜，不是孤独的心情又是什么？此时若有伤感的音乐四溢，不知会否有“我是夜色中的玫瑰，等候的心芬芳如水”般的感受。

人生百味，孤独只是一种，可以是毒药，也可以是调料。但总归一句：要耐得寂寞，饮尽这份孤独，方能有“仰天大笑出门去，我辈岂是蓬蒿人”的豪情。孤独的人将在独行中找到灵魂的所在，就如金庸书中武林至尊“独孤求败”的那种境界，在那寂无人烟的山崖上，不深陷其中，怎能有所作为。

卷九 有书作枕

品读书本的细节，宛若冷清荒凉的旅途上，偶然邂逅的旅伴，彼此交换生命中最紧要而又隐匿的部分，觉得惊喜万分；又好似在月白风清的晚上，坐在山里的纸窗瓦檐下，粗制茶叶，陶罐煮水，畅然啜饮，黯然消魂。因而看书看到紧要处，真像是热恋的状态，真怕这恋情就那么草草结束。

品读细节

看茨威格的中篇小说《一个女人一生中的二十四小时》，只讲了女人短短一天的际遇，却拥有狂风暴雨般的剧情，同时兼具有悬疑、爱情、谎言与死亡，让你莫名惊诧、恐惧和震撼。仿佛你就在玻璃窗外，看着C太太凭藉自己狂乱的本能和冲动去救赎、去爱、去绝望，去完成一个献身的巡礼。你会看到作者对主角心理、动作、神态的描述，准确而到位，使整部作品暗流涌动，高潮迭起，那字里行间有一种蓬勃的生命力，那是有关于细节的生动。

看汪曾祺的作品，也是慢工出细活，把吃写成一种琐碎而精致的艺术。你会觉得，那么久远的时光以后，他仍然好似就站在那些小吃摊边上，饶有趣味地注视着摊主小老板的来与去，忙碌而充实的整个过程。你会怀念，记忆里曾几何时有过的夜市馄饨和芝麻糊的味道。彼时，时光总是超乎我们的想像，你会发现，人的一生中，最大的财富，却是回忆。纵然那背景会有些模糊，而细节不可忽略，生命里总有些朴素的东西存在，不可跨越，亦最感人。

安妮宝贝的文字优雅而讲究，喜欢用句号，喜欢有节奏的停顿，有胡兰成和亦舒的神韵。她写生活里的美好存在：大雨天的潮湿气味，清凉月光流泻在地板上，风中蔷薇花的甜香，白杨树在夜色中的轮廓，麦田的轻声吟唱，环路上车子呼啸而过的气流……她总是能精确地捕捉到生命里那些稍纵即逝的时光印记，即使慵懒、颓废，也写得细致入微，情绪、环境、心理、风景，她处理得理性冷静，唯美细腻，智慧与情感同在，却永远不会是全部。她的细节是她的个性，是孤独的存在，是寂静的聆听，是人在漂泊，心在流浪，是精致生活，是被放逐的快乐。

某些细节总是一再被忽略。忽然有一天，我们发现，这些细节其实就是我们存在的意义。好像我们喜欢一座城市，可能只是喜欢城市转弯处的某个小店；喜欢一本书，或者研究某位大师的作品，总要去逐字逐句地考究出处，然后草蛇灰线地发现文字背后的秘密。这种探究让我们感受到细节的魔力，像是去赴一场隆重的雅集。一句话、一个动作、一个表情，都有时代的痕迹，都有内心的自白，都有不自觉的附加值，都让自我无可逃遁。因而，我们看鲁迅和张爱玲的时候，会是那么不同，我们品林徽因、徐志摩的时候，会有另一种来自内心的怦然心动。

品读细节，才能体会深刻主题，探寻作者内心的秘密，笑看文字背后的风起云涌。好似在月白风清的晚上，坐在山里的纸窗瓦檐下，粗制茶叶，陶罐煮水，畅然啜饮，黯然消魂。因而看书看到紧要处，真像是热恋的状态，真怕这恋情就那么草草结束。品读细节，宛若冷清荒凉的旅途上，偶然邂逅的旅伴，彼此交换生命中最紧要而又隐匿的部分，觉得惊喜万分。那些细节体现着你是以怎样的方式存在，品出真味，读出精彩，懂得生活的博大和深邃。

在跋涉中寻找心灵的至美

——读吴冠中《画眼》有感

起初，看到吴冠中大师的画，是幅廖廖几笔的江南小巷，点与线、灰黑白的几何构成，意境却极深远，仿佛那线就是路，从画里延出，让我的心灵有了盛放的地方，竟不能忘。后来，在书店里看到吴冠中纯粹写自己画作诞生的《画眼》，图文并茂，爱不释手，那种狂喜，无可叙述。我看这本书，是在每日清晨，舍不得多看，只看几页。总是一幅画，对照一页文字，细细地品，恍如两岸青山相对出、孤帆一片日边来。他对每一幅的创作过程、创作趣事和理念一一阐释，用笔华美有意趣，直抒胸臆，毫不吝啬，使你可以解读此画之含义和来历。

吴冠中大师是当代著名画家的代表，擅长水墨画和油画，以极强的个人风格著称。他的画里有故乡，有他乡，除了山水，还有大漠、孤城、人体、城市、遗址、故城……他下笔简约，却笔笔皆是浓情。于他的眼中，山水皆有情感，而奔腾的线条是群峰。

他的山水画都是有情天。他用一双回望的眼，云里雾里总是回到故乡江南，白墙黛瓦，拱桥曲水……他说：我在走投无路中投向风景，在风景中吐露我对山河之真情，那是祖国之真情、民族之真情。仿佛塞尚回到埃克斯，投入了维多利亚山怀抱。

如他所言，他用一双慧眼，在跋涉里找寻心中的至美。他写生过的冷落村镇或荒山野岭，现在大多成了旅游名胜，人头济济，灯红酒绿，如周庄、朱家角、乌镇、张家界……他当时住在当地写生所花的生活费还不及现在一张门票贵。他发现美，再用一双画手把那些最原生态的美收在了画中，以保存这些地点当初素面朝天的味道。

他画《井冈山茨坪》的时候，是独自上的井冈山，那时，没有交通工具，他背着画框、画架、两块三合板、水壶、干粮、油布和雨伞，类似一个运货人。油画画在三合板上，干不了，用另一块板盖上，四周用钉隔开，作画时遇阵雨，用以遮画面防雨，他的身体便是撑油布的支柱，雨停，要把油布包在两块三合板上，并用带子捆牢，夹在画架上提着才能稳走数十里山路。

后来，他再去井冈山，拦住一辆载木头的卡车，坐进驾驶舱，但未干的油画未及包装无法安置，便伸臂于窗外捏着，到茨坪的时候，手与臂全麻木了，再看画，竟又觉不满意，很不是滋味……这便是一个画者的沧桑历程，一幅画不知要经过多少次的写生、路程、构思……画乐山大佛时，由于其高不可视，不识全貌，只能雇了小舟，冒着急流划到江心的沙洲乱石堆里回顾大佛，全貌虽看清了，却因离得太远而无法入画，最后，他追随着燕子的行踪画了大佛，正当其时，彩虹在佛后升起，好似奇迹发生。

亦爱他画里的闲花野草，那初春的新绿里有薄薄的雾霭，清新的色调里弥漫着香，宁静、淡美的境界，使画面产生一种抒情诗般的感染力。也许你并不能看得出那是种什么花、什么草、或许只是迷离的一片、冷冷清清地几枝，石隙野草，荒山淡妆，却都是生命绽放出的一片美好。

苏东坡曾用“诗中有画，画中有诗”来评价王维的画。实际上，这八个字给吴冠中大师也甚为恰当。他将自己的人生理念和独特的审美融合在一起，使每一幅画都有其存在的历史人文背景和特殊意义。他始终遵循恩师潘天寿的教导：手落墨，着眼在白。因而，他化繁为简，点线面交错之间，却有返璞归真之效。

想在这本书中解读吴冠中大师的心灵密码是徒劳的行动，我们只需在某一时刻静静面对他用画所表达出的真诚，他的文字所表达出的回忆和情感。那些文字让我感受一颗永远在寻找美的激情洋溢的心，那些神来画笔让我有种久违而亲切的感动。

文如其人，画如其人，吴冠中大师表现画，并把美留于尘世。尘世流转里，跟随着大师的脚步，跋涉之中，寻美之人终会发现一片最纯真、最宁静、最广阔的至美所在……

汪曾祺的美好时代

——读《汪曾祺小说》有感

看汪曾祺的小说，像穿着长袍马褂和他一起走在民国热闹的街上，过桥，穿巷，于店铺之间流连，和新老街坊打招呼，呼朋唤友，去馆子里聊聊人生，打打牙祭。你跟着他的脚步，他会带你走入一个远去的完全不同的世界。他的国学涵养极深，对美术、戏剧，都有独道的见解。他眼中的人世即使贫苦，也不缺少温暖和美好，他用一种超然物外的眼光和宽容平和的心态，来对待那些冷酷的纲常礼仪，充满了人道主义精神。他关注民生，了解底层小人物的疾苦，写得最精彩的都是旧日的市井和乡村生活，五行八作、能工巧匠，具有丰富的世俗生活知识。他时刻表述着对小人物的同情，对风土人情的依恋，对传统文化的痴迷，而他的描写方式，似工笔又兼写意，廖廖千言，意识流里又蕴含着调侃和揶揄，一如朱德庸的漫画，行神兼备，人情事故，跃然纸上。有时候，你分明觉得他想让他笔下的小人物获得幸福，分享他用文字所创造的那份静谧的人生和存在的意义。

他故事里的人物总有纯朴的天性，间或有丝丝悲苦，却不缺少喜悦和希望，他毫不遮掩他对于人生的态度，他描写的也始终是世俗的爱情，健康的人性。汪先生最精彩的小说基本上都出自晚年，多年的积淀使他用一种天真的态度，来对青年时代的一切做一个回望和梳理。流年里的往事澄澈如天空的那一抹蓝，那抹蓝永不会消逝。你会惊奇于他细微的观察力和沉稳的表达力，他试图把他青年时闪闪发光的记忆画出来给人看，他不用色，他只用笔，一点点把相思、乡愁、怀旧、温情，精心地糅合在一起，把苦写成乐，他那么宽容，把那样一个旧社会描写得那么有人情味，那么不染尘埃，他用一种理想化的精神世界，呈现给我们一个返璞归真的意境。

小说《受戒》写得极好。那是一个多么可爱的菩提庵(叫转成荸荠庵)，那里没有清规戒律的束缚，只有几个性情各异的和尚，庵旁住着率性天真的姑娘。这部小说有点《边城》的味道，但没有凄凉，使人心生向往。结尾写的是电影的画面：芦花才吐新穗。紫灰色的芦穗，发着银光，软软的，像一串丝线。有的地方结了蒲棒，通红的，像一枝一枝的小蜡烛。青浮萍，紫浮萍。长脚蚊子，水蜘蛛。野菱角开着四瓣的小白花。惊起一只青桩，擦着芦穗，扑鲁鲁鲁飞远了。

彼时，我的心也跟着飞远了。

你在他的文字里能看出历尽风霜后的一种平静，惯看秋月春风的一味淡泊。他用简练而意味深长的语言，很有条理和节奏地把故事讲给别人听，文字细碎而不啰嗦，简洁而有层次，不乏生动和逼真。行文如流水，毫无滞涩，具有电影的画面感和韵律感，结尾往往笔锋一转，戛然而止，从不拖泥带水，又恰到好处，余味深长。

他中意把故事讲得明白，也含蓄，也风情，也鬼怪，他拿捏到位，各是各的味道。仿佛他是情景剧的总导演，人物个个不同，却亲切生动，逐一上场，插科打诨，只是一点也不慌乱。

他的作品间或也流露出道家主张的随缘自适、自足自保的悠然任化的意趣，但断然有别于魏晋文人的清淡和颓废。他在小说《艺术家》里描写了一位沉溺于烟酒的青年画家，偶然地在白马庙里发现一幅哑巴画师的壁画，哑巴画家并未正面出现，而是通过作者看到寺庙墙上的茶花并通过茶馆老板的讲述塑造人物，使人了悟真正有生命力的画在民间，真正为画而画的艺术家在民间，使人豁然开朗。

他在结尾处渲染得极有氛围：水草气更浓郁，竹声萧萧……早晨在一瓣一瓣地开放。露水有远处的草上濛濛的白，近处的晶莹透澈，空气鲜嫩，发香。树林，小河，蔷薇色的云朵…一切很美很美。

这样的语言，无疑是遗世的宝玉，雕刻精美，玉质通透，又经历了时光的浸润，是绝对的珍宝。他所描述的故事往往来源于现实，他把他曾经度过的岁月浓缩成一个个小故事，把悲喜哀愁，说与他人听。他的故事需要认真听，他的文需要细品，如同他用旧日的雨水，泡出的功夫茶，那良苦用心在文字之后，你品出的可以是龙井，亦可是普洱，主要看你是怎样去品。没有人生经历和阅历的人，是很难分享他文字里的唯美时光。

汪曾祺先生的伟大在于，他的小说世界是有精神归宿的，那是永远温暖和美好的一座城，城里有融洽的世道人心，即便有那么一曲悲凉的箫声，也是稍纵即逝，他总是以宽容的心态来对待他笔下的人物，让他们尽可能卑微而幸福地存在。他说："我要的不是深刻，而是和谐。"其实，他的人生深刻而和谐，他带着我们去赴一场和民国的约会，那是属于他的美好时代，那些故事里的人让你觉得有趣味，那些人物似曾相识，似乎就在你身边，从未远离，让你笑看风云落花，懂得生活的意义，觉出活着有意思。

三更有梦书当枕

古人讲：“书中自有颜如玉,书中自有黄金屋。”

爱书成癖是文人的事儿，穷的叮当响，居陋室，饮粗茶，只要有书在手，便可喜上心头。据说大诗人陆游就是藏书成癖，愿意散尽家资来藏书，他的书“或栖于椟，或陈于前，或枕于床，俯仰四顾，无非书者。”因而他把书房命名为“书巢”，估计那时的藏书量可作私人图书馆。

少年时候，能读到几本好书实在是不容易的事情，基本上都是连环画居多，生吞个故事情节而已，没有太大的文学价值。外加父母也不懂得教育引导，看书的时间和心意倒是足够，但却与古典文学名著失之交臂，深引为恨。

花季雨季的时候，同学间互相交流，亦舒、琼瑶的书，就成了我们争相传看的爱情宝典。漫步在风花雪月里，痴迷于情深似海中，青春里充满了梦幻的色彩。那时，三毛的书在我的枕头下安睡，我在梦境里随着她自由的心灵游走在沙漠边缘，感受她的爱与忧，梦里花落。

也看金庸，仗剑天下、生死相许成了心里的暗涌，跌宕的故事情节，侠义的武术精神，像一颗颗饱满的种子，在我的心头生根、发芽、向上疯长。一本借来的武侠书，会迅速消化在一个夜晚的被窝里，直看得荡气回肠，心潮澎湃，爱不释手。

后来爱张爱玲，为《半生缘》哭得眼睛肿起来，世均和曼桢爱情成了心底的一道伤，发现爱情多是身不由已不能圆满。还惊奇于一个没有恋爱过的女子怎能把爱写得那么蚀骨、风情。她把上海变成一个她的城，城里有她的男女主角在随意走动，而线在她的手里牵着，结局听从她的指令控制，冷漠，暗哑，不动声色。

然后开始喜爱严歌苓，从《天浴》开始，走进草原的天际，来到西藏的雪原，看不尽海外的天空，写不完文革的岁月。她的阅历之广，经历之多，生花妙笔细写历史的沧桑一瞬，俗世里的儿女情长，命运多舛的跌宕人生。于她，人来人往皆是故事，她的作品更有一种厚重大气穿越时空的味道。她笔下的男女之情更贴近现实，更自然，更纯粹，左手让爱浓得化不开，刻骨缠绵与柔情，右手让爱消逝得不露痕迹，爱的线条在兜兜转转之间渐行渐远，情感在她的笔下就是切好的菜，她信手拈来，想调成什么味道就是什么味道，绝不带串味儿的，令人心动，亦令人心痛。

看雪小禅的时候，像是在看她个人的时光秀，那么自恋、鲜衣怒马、薄凉的味道。看她书里的照片，床边是一摞一摞的书，她戴着红边眼镜在读，黄色的光线里书香四溢，想来，不在文海里蒸煮熬游，怎能炉火纯青，自成一派？

读书真的讲究境界，讲究方法，只是我直到现在也不得法，仍是看表不看里。常常在想，假若时光倒流三十年，一定会把手里的钱全买成文学经典来读，填满每个虚度的时间段，那绝对是有益一生的事情。书读得晚了，就少了慧根，人也成熟得晚，总有追不回的缺憾。

想当初，文学家司马光不仅藏书，还视书为神。他看书时，不仅要净手、沐浴，而且还把案几擦得干干净净；书读完后，还要规规矩矩地放在原来的位置。现在，床头上堆满了书，书柜里也满是书，每个房间里都有书，看着书一排排地拥挤着，有种说不出的熨贴和温暖，在随手可拿的地方，总有文字在等待着你，真是一种无声的幸福。只是可惜了一些好书，在后宫三千佳丽里没混出模样来，始终受着冷宫的待遇。

现在对于书，很难像林黛玉捧读《西厢记》，像毛泽东读几十遍《二十四史》。大多数人对于书，只是持一种喜新厌旧的态度，数量在增加，而阅读的速度和质量却跟不上，就像是桌上摆了一桌菜等着你，反而没有饿的感觉。心气浮躁，却没了少年时借到一本书时的狂喜，翻到缺页时的遗憾，打着手电筒钻在被窝里熬读一夜的精神。或许正因此，总有不满足感，见到好书就渐生贪婪之心，带回家去束之高阁时却毫不在意。

然而，爱书之人始终是可交的，是真性情的，文字的特质总是虚幻与现实，寂寞与欢喜，都是书中味道。凭窗细雨夜读书，夜雪纷纷书暖心。那些有情的岁月，因了书香的浸染，散发出一种清雅的味道。读书是急不得的，否则那字里行间，总会有什么让你不可得。书真的是要用来爱的，爱到骨子里的一种情结，背包里永远会有一本，手边永远会有一本，路上永远会有一本，那么人生，还会寂寞吗?

在《象棋的故事》里，B博士在纳粹集中营里，冒着生命的危险去偷了一本书，然而只是一本棋谱，但那也是书啊，他那么珍爱它，那本棋谱陪伴他度过了一段惊心岁月。一本书的力量，却对人的精神产生了空前的影响。

书让文明得以延续，让文化绵长恒久地发展，使人足不出户就可神游四海，赏风土人情，知天文地理，感受古人的智慧，体味生命的意义。书又是人类内在气质的自然显露，学养性情的外在彰显，都来源于书香的熏染。现在，如果没有书，那会是什么状态，思想混沌，倒不如及早老去，红尘有何可恋?

到了夜晚，无论多晚，台灯的光晕下，似睡非睡的情绪里，总想拿出一本好书，细细读来，或沉思，或静悟，直读到荡气回肠，复安静若一朵莲花，才慢慢在书香里沉睡，倒是甚为惬意。

三更有梦书当枕，梦里蔷薇处处开，似乎那梦，都是安稳的光阴，都是静好的岁月，都是秘而不宣的，最美、最快意、最温柔的时光。

大人物王阳明的人生哲学

——读《明朝一哥王阳明》有感

买这本《明朝一哥王阳明》的时候，以为看调侃类的历史书籍会轻松一些，然而，这种想法实在大错特错，如果只是囫囵吞枣式地看，倒是可以快，但如果想看通看精，这本书也算得上贯穿古今中西合璧的非主流大家范儿的作品。

这绝对是一本超赞精彩的书。作者吕峥把个人的思想融汇其中，他博闻强记，用一种诙谐犀利的文笔、异彩纷呈的语言、信手拈来的举例来引领读者学习理解阳明心学理论的形成。本书中各类思潮涵盖之广，令人咋舌，其中包含对传统哲学的深刻认识，对现代社会人情百态的了解，以及对诸子百家学说的精辟诠释，其阐释方式中西合璧，各种新鲜理论层出不穷，使人阅读起来应接不暇，如果想跟上他意识流文字的速度，必须深入浅出地参考一些书目，才能更好地理解他笔下主旨所在。

他试图举重若轻地把内心深处对王阳明的所有认知表达得风生水起，使读者读完之后，如醍醐灌顶，从内到外好似脱胎换骨，如浴春风，从而把王阳明风云际会的一生完美展现。

王阳明是明朝最杰出的哲学家、政治家、军事家，是立德、立言、立行的千古第一人，他运筹帷幄，决胜行里，勤于讲学，知行合一。自幼聪颖过人，精于骑射，立志做圣贤。因反对宦官刘瑾，被廷杖四十，谪贬贵州龙场驿丞。彼时，他孤苦伶仃躺在龙场的石棺中，在风雨萧萧中修心炼胆、参悟人生，心学理论横空出世；其后异军突起，他不费朝廷一兵一饷，选练民兵，平定了南赣之乱；又在高层掣肘下，谈笑间仅用三十五天就瓦解了宁藩朱宸濠之叛乱。他亦文亦武，将兵家权谋上升到了“此心不动即为术”的至高境界。

王阳明的人生波澜起伏，视凶险如浮云，能淡泊自处，随遇而安，在于他涵养足够深厚，内心足够强大，他曾写下《泛海》一诗：“险夷原不滞胸中，何异浮云过太空。夜静海涛三万里，月明飞锡下天风。”这是“神马都是浮云”的笔祖！这是何等的气概和心胸！

王阳明的个人能力无疑是卓越突出的，但一个人的力量无法撼动沉闷媚俗的时局。他不屑于钻营，又被他人压制，面对尔虞我诈的朝廷、乱象纷呈的舆论，他已经能够惯看秋月春风，将所有的辛酸荣辱视若粪土，从此远离纷争，给漂泊的心灵找寻一处精神归宿。他是无愧我心光明磊落的大家，他把目光投向了讲学授课，把心学理论发扬光大。他无私地把所学所得所想所悟，与众人分享，用生动的教学方法、犀利的言辞，弘扬“心即理”（理就是天理，心与天通）、“致良知”（提高自身修养）、“知行合一”（学以致用）的心学理论，宣扬人性本善，证明心学是践履之学，不是辞章之学。如果在明朝有北京大学一类的学校，那么王阳明是当之无愧的院长人选。

王阳明的哲学理论并非空想，是学以致用的利器。张居正、徐文长、汤显祖是他的弟子，近代曾国藩、康有为、梁启超、孙中山、蒋介石都是王阳明的拥趸，阳明心学在日本被奉若神明，对明治维新产生了重大影响。

王阳明的人生哲学和心学理论说明，做人要审时度势，身体力行，经过实践，才能知行合一，学习致用。掩卷沉思，芸芸众生，每个人都有不一样的心路历程，历经磨难时，可以拯救自己的只有强大的内心，检视自己，猝然临之而不惊，无故加之而不怒，正视自我，意随心动，方能顶住压力，实现自我价值。

读完这本书，我们要记住王阳明的心学实际上就是一种坚韧的生活态度：不是你所处的环境决定你的命运，而是你的决定注定你的命运。

悲情时代

——读严歌苓《陆犯焉识》有感

终于读完了严歌苓的转型之作《陆犯焉识》，放下书，向窗外望去，夏日傍晚绿意盎然的视野，却似乎让我看到了荒草无边的大西北，风沙漫漫里、雪夜茫茫中，一个身影在艰难地踽踽独行。

小说是开放式的结尾，总觉得严歌苓还有千言万语没有讲，陆焉识还有诸多未来未道尽，就这么意犹未尽却戛然而止。这本书里没有旷世的爱情，没有浮华的词句，只是用平实的语言将陆焉识的跌宕人生娓娓道来。陆焉识曾经是一个才华横溢的好脾气的男人，前半生他是谦谦君子，春风得意，风花雪月，而后半生因其出身和不谙世事的张扬激越而成为政治斗争的牺牲品，成了窝囊、邋遢的"反革命"囚犯，与西北大荒漠上的监狱结下了长达二十年的不解之缘。

当一个人经历了精神的匮乏和政治的残酷，到达人生的暮年，当人生的河流经过不断的冲刷沉淀，你会发现你曾在乎的东西并不重要，你最想要的不过是想和一个相濡以沫的人相守到老，你最终会找寻到心灵的归宿，那便是家。

陆焉识正是这么一个纯粹的人，他付出一块白金欧米茄去行贿，以换得一次观看小女儿参演电影的机会，为此他在雪地里走得筋疲力尽，并遭遇了野狼袭击，仅仅只得到了五分钟的观影机会，他终于看到了女儿的样子，那一刻，他哭得像个孩子。

他在大西北荒漠上活得像一株枯草，活在犯人之间的相互围猎和倾轧中，仅有的一点养分便是对妻子的思念。为了回家看看他觉得亏欠多年的妻子婉喻，他千辛万苦地越了狱，靠着身上的糖片，靠着草原上的含有淀粉的草，靠着身上仅有的那些财产，他终于改头换面见到了她，却终于还是没敢靠近她，他只是跟在她的身后，跟着她近距离看看她的生活，然后听从内心的召唤，决然地自首，回到了劳改农场。

多年以后，当他终于获释，冲破重重拦阻回到他心中的家，却已经物是人非，冯婉喻不再认得他，她只是痴痴等待着她一生都在等待的陆焉识，把他当成路人。儿子的世俗，小女儿的婚姻不幸，使他重新跌入另一个悲惨世界，人生最初的华衣已经抖然落满了沧桑，他再也找不到他生活的方向。

当人生与政治相遇，只能是一场结局莫测的搏弈。外国的文学家很羡慕中国曾经有十年的文化大革命，觉得这是足够中国作家写几十年的素材。在那个极端灰色的年代，人性的变异，饥饿的摧残，生与死的选择，时光的荒废，生命的无奈与卑微，严歌苓用一种跳跃的笔法，把一个人的人生历程与时代变迁写成了一部厚重的史诗。这本书可以和陈忠实的《白鹿原》相媲美。

生活的艰难有没有极限？人能不能对抗命运？爱情与亲情又是如何演变？此书给了我们另一种诠释，饱含着深情，用一种徐徐回望的眼神，把读者的心揪紧，然后，是一种酸酸的情绪在酝酿和暴发，像是大提琴的幽咽使人心碎。

时代总在不断地演变，没有人可以阻挡时代的变迁。每个人在大时代的面前，都显得渺小和苍白。小说最后，陆焉识的失踪代表着一个时代的终结，也象征着未来的故事有无限的可能。他的心灵终于再一次获得了真正的自由，走在自我救赎的路上。

读心之术

——毕淑敏《女心理师》读后感

看到毕淑敏《女心理师》的书名，朴素直白，一点也不炫目。当然，这是我的浅薄，毕淑敏的聪慧与睿智又岂是一个题目所能阐释，正因为她懂得读者的心理，所以她更能收放自如地引导读者的阅读需求，因此当我一开始捧读，就如醉如痴，再也难以释手。

毕淑敏有着二十年的行医经验，因而在她的作品里感性里总掺杂有着极强烈的理性，似一杯极诱人的红酒，留有余味。此书架构无懈可击，情节的跳跃完全没有影响主题的展现。她的文字精致干净而精准有力，把背叛、悬疑、困惑、爱情炖在一处，随着章节的发展，又逐一分解，将事实层层推进，揭开迷雾，找到每个病患的症结所在，化解他们心理上难以逾越的灰色地带。

对大众而言，心理师能预知过去与未来，能在心灵的天堂和地狱穿梭。然而事实上，每个人身上，都有无数谜题等待破解，每个有问题的心灵都是千疮百孔。心理师则要走进来访者心灵深处，如临深渊，进行一场不见硝烟的心理搏杀。

再也没有比人心更复杂的地方，心理所的来访者五花八门，把自己的故事讲得光怪陆离欲盖弥彰，有对生活叙述完全南辕北辙的政客和他的妻子，有不能原谅丈夫背叛自己的女人，有不知该如何处理自己身后事的老人，有失恋的同性恋者，有想给准继母下毒的孩子，有着童年阴影的成功者……好似当下，女性有中年危机，孩子有学习危机，男人有压力危机，老人有孤独危机，心理脆弱的人群不断膨胀，心理危机就愈加凸显。许多人的痛苦找不到一个可以发泄的点，在心理诊所以陌生的样子出现，裸露自己的秘密和隐私，号啕痛哭一番，义无反顾地离去，症结或许就可以消散。

对心理师来说，所拥有的设备就是一对耳朵两只眼睛，还有一颗敏锐的心。你要对来访者的描述，有精准的分析、正确的判断，真相永远扑朔迷离，要拥用敏锐的感知和破解能力，要从海洋的深处上溯到江湖的源头，要从人的潜意识里发现患者的症结所在，从而给找不到方向的心灵一条出路。

作为故事的主人公贺顿，本身就是一个经历复杂、内心深处有阴霾的平常女人。作为心理咨询师，她渴望自己拥有超强读心术，然而她自己本身也可能有极严重的心理问题，作者用不急不缓的笔触将贺顿的人生历程以闪回的方式展现于读者面前，一直觉得冷的女心理师竟然会有不堪回首的过去，这也正是贺顿把学心理当作救治自己和他人的良药的主因。

随着迷雾散去，女心理师贺顿以柴降香的身份浮现，这是她后来极力想忘记的一部分生活，既是丑恶的、悲惨的，也是曾经被伤害被侮辱的岁月。她如此卑微，失去父爱，又受到暴力伤害，远走他乡，在茫茫人海里遇到贺奶奶。贺奶奶教她看书学习说话，使她对学习产生了渴望。之后在城市里的漂泊无依，更磨炼了贺顿的心智，为了朝着自己的梦想目标迈进，她从不顾惜，从不回头，但她并不快乐。她坚强的内心常常支离破碎，然而，在对心理学习的坚持不懈中，终于破解了自己，化茧成蝶，越过人生的冬季，终于迎来了自己的春天。

谁能破译心灵的密码，也许不是别人，正是自己。这本书不是在教导读者如何解决心理问题，而是要教大家学会面对，就像一本书的名字《世界如此险恶，你要内心强大》，做个内心强大的人，就不会再害怕面对生活和工作中的一切磨难，生活的脚步才会变得轻快。合上书的那一刻，我感到，灰色的天空终于明亮，雨过的世界一片清新，生活充满希望，一切才刚刚开始。

赏心只有三两枝

——读《和佛陀赏花去》有感

喜欢一本书是毫无道理可言的，就像我在书店里看见这本《和佛陀赏花去》，不过是翻了两页，看见三言两言，却如清风扑面、明月入怀，让人心生亲近，一见如故。

《和佛陀赏花去》原是《中国时报》“浮世绘”版“佛法秘密花园”专栏的结集。作者释见介，曾是佛刊编辑，从少女时皈依佛门，已经十几年的光阴。写作期间，她离开出家十几年的寺院，寻觅一种新的修道生活。不论云水行脚或隐居潜修，都用一种静看花开花谢的心情来书写文字，表达内心对生命及无边佛法的体悟。

这本书里她写了生命里的三个花园，即烦恼花园、修行花园、寂静花园，在无边红尘里，学会妥协和圆融，追寻“万古长空”时，也不遗忘“一朝风月”，以一种滴水石穿的渗透力量，将宗教理想和花草万物融为一体，从而身得安稳，心无动乱，一切终归于寂。她信手从春写到冬，写出了共计六十种品目的花草植物，她在一花一木间，咀嚼修行深长的意味，让你感受昭和草的花雨、火焰花的燃烧、山苦瓜的真谛。

她借花卉植物谈佛法，字字珠玑，她对佛法的见解，宛若一串串披光带露的佛珠，又似潺潺清流从石上流过。你发现，平日里的凤凰花、梅花、山樱、迷迭香、木棉花都与往时不同，已经沐浴了佛性的光辉。读她空灵自然的文字，走进她的花园，初始好似有与庄子同天地万物逍遥游的感受，后来，真正懂得一花一世界，一叶一如来，青青翠竹、郁郁黄花无非般若。她借由观照外在世界与自己心念的苦、空、无常，进而放下对“自我”及“我所有”的执著，书写她虔诚求佛法的灵魂，写出一种无上的悲悯情怀，抵达一种无我境界，真正了悟“当勤精进早求解脱，以智慧明灭诸痴暗”。

这本书就是她个人的法会，用佛眼看花，用佛法讲花，让你一边赏花观景，一边读佛法、明佛理，与心灵对话。你跟着她的文字一路行去，无知无觉，清清净净，好似被施了魔法，这世界一下子没有了喧嚣和沉闷，变得明净而庄严，于是在花里闻法，在花里修行，然后终于了悟佛陀说：“人人都有成佛的可能。”

赏心只有三两枝。在安静的光阴里读这本书，好似芳草盈阶，鸟语独幽，心灵会开出的花朵。书中每篇文章均有法师释见澈手绘的插图，简洁清新，图文并茂，相得益彰，好似真的在与佛陀赏花去，在文字中穿花拂柳，寻到一方净土，发现自己的浅薄和无知，体会到一种无上的心灵平静。这种平静，可以让我们超越执著，把握当下，以慈悲开放的心态来应对生活，以从容宽广的态度来看待所生存的世界，从而遇到红尘之外的自己。

黑骏马

——读张承志《黑骏马》有感

曾看过许多小说，但让我每看必哭的只是张承志写的《黑骏马》。当你的思绪随着作者的笔触缓缓走进文字的深处，你会发现天的尽头是一望无际的草原，而你就是那个骑着黑骏马奔驰在草原上的旅人，走过曲折美丽的路程，去寻找一段曾经照亮生命的爱情。

他们的爱情就如同那一首贯穿了文章始末的古歌，带着对往事愈来愈浓重的回望和淡淡的哀伤。

一个心怀惆怅的年轻人白音宝力格，在离开九年后踏上重回故乡的路程，找寻他的妹妹，一位与他曾经青梅竹马、两小无猜的姑娘。在山一程水一程的路上，牵扯出丝丝缕缕地对往事的回忆与忏悔。九年间，多少世事沧桑，人事无常，那个曾经美丽的索米娅姑娘，经历了艰难和屈辱，已成为了一个脸膛红红的四个孩子的母亲，一个成熟强壮的女人。她用坚强地肩膀，承担了生命中不可承受之重，品格质朴，勤劳工作，对未来充满希望。她的胸怀就像草原一样宽广。

他们曾热烈地交汇于一个点上，但命运还是无情地使他们走上了两条不同的道路。久别重逢的见面显得分外地平静与自然，白音宝力格和索米娅巧妙地掩饰和回避了自己的感情，把爱情深藏心底。因为她们和《半生缘》里的曼桢和世均一样，再也回不去过去的时光。白音宝力格是索米娅心里最深的向往，她对她的女儿其其格说白音宝力格是她的父亲，从而给孩子幼小的心灵一线光明。离别时她央求白音宝力格有了孩子后将他送到她的身边让她来抚养，没有孩子她会活不下去。这进一步见证了索米娅那纯洁无私的心地，越发令人可敬可爱。许多年后的相逢使他们之间的关系早已在岁月的洗礼中超越了爱情，变成了一种深植于心的大爱亲情。两个人虽然彼此都有感情的重负和缺憾存在，但那已成为了一种无法言明的悲哀。

人在不成熟时做出的选择往往是不理智的。白音宝力格的回归，是一种心灵的回归，是精神的归属。这个时候，他才真正领悟了什么是伟大的母爱，什么又是真正的无私的感情。有些东西失去后才会觉得无比珍贵，时光只给他们留下了感慨。

辽阔草原上的爱是如此的深沉。那里并不仅仅有蓝天白云、洁白的羊群、奔驰的骏马，还有如冰雪般纯洁真挚的爱情、浓浓的亲恩，还有一声挥马扬鞭后的长长叹息。我记住了书中的一句话：能做个内心丰富的人，明晓爱憎因由的人，毕竟还是人生之幸。

在文章的结尾处，我总是流着热泪陪着主人公一起哭泣，哭泣永远消逝无踪的青春岁月，哭泣成长过程中一些再不能挽回的选择。而就如我们自己在思想上长大了一岁，并实在地看清了前方时，往事却不能追赶，遗恨已无法挽回。

“我滚鞍下马，猛地把身体扑进青青的茂密草丛之中。我悄悄地亲吻着这苦涩的草地……我悄悄地哭了，青绿的草茎和嫩叶上，沾挂着我饱含丰富的，告别昔日的泪珠，我想把已成过去的都倾洒于此，然后怀着一颗更丰富、更湿润的心去迎接明天，就像古歌中那个骑着黑骏马的牧人一样……”

那一刻，似乎我的心灵经过洗礼而重生，我始终认为这不是小说，这是一个真实的故事。合上书，我的耳中似乎传来异域哒哒的马蹄声，仿佛有声音在说：我不是过客啊，我是归人。

心还在 梦未老

——《读黄永玉和他的湘西》

这是一本编辑精致、耐看、内容清新的书，它从历史、地理、人文和艺术的角度试图让大家了解是怎样的一方水土哺育出了黄永玉先生的才情和诗情。

这本书的序极为特别，是黄先生亲笔写的一帧小文，灵性十足的书法，睿智风趣的谈吐，寥寥数语，自我嘲讽之间，却深有余味。书里无故事，只有影像和文字水乳交融，引出思乡情浓的特殊情绪；只有黄先生的吉光片羽在洋溢着民间气息的图片上飞，讲述着他对湘西的一往情深。他的文字那么干净自然，以疏离和写意的笔触，浮现出一颗不老童心，写出记忆里不老的凤凰古城，那花香、水香、人情、风俗，千丝万缕的美。

图片是带有民族风情和怀旧氛围的人物和风景，穿插入黄先生的素描和雕塑作品，图文并茂的阅读方式轻松而有趣味，你的思想会逆流而上漫溯不息，在字里行间捕捉黄永玉先生对故土的一片冰心，一份浓情。他在书里这样写道：一城的石板路，木头和砖瓦盖的房子，黑瓦、白墙里伸出的木香和橘柚花木果树，冬天下雪和春天下雨，城外远山的杜鹃叫，真叫人到哪里也忘不了。

或许每个人出生成长的地方，童年玩耍奔跑的地方，就是一生灵魂驻扎的地方，身在天涯海角，人生千百次回眸的时候，心始终会回归到起点，即使那些记忆并不全是美好。正如书中所写："为什么诗意、牧歌、欢乐能跟苦难、愚昧糅合在一起呢？活像满满一碗调和了蜜糖的痛苦的眼泪。"那些苦乐年华，回望时总是百般滋味。

正如钱学森、华罗庚、邓稼先这些在国外学有所成的专家学者，想方设法回国做出贡献，黄永玉先生也是这样。他十二岁背着包袱离开湘西去闯世界，做过多种职业，后在香港接到表叔沈从文先生的两封信，才决定从香港回北京在中央美术学院执教。为国家做点事情，正是他所希望的。为此他不怕清苦的饮食，不怕工作的沉重、精神的折磨，他从来就没有放弃过艺术，放弃过诗和灵魂。

这本书适合在旅途在想家的时候看，适合三十岁以上带有怀旧情结的人看，适合喜爱文学、艺术和摄影的人看。那字里有情，图里有意，黄先生以真挚的童真情怀，热爱着生活和艺术本身。他就像凤凰古城里的一间老房子，纵经岁月的风雨磨蚀，却愈来愈有神仙味道；他的人漂泊五湖四海，依然是无愁河边的浪荡汉子。

夜来幽梦生双翼，飞越关山几万重。历史的深重，不能阻挡他心灵的记忆回归到湘西，民族情深，让他根系深植于凤凰古城，并从中源源不断地吸收能量和灵气，变成文字、诗、雕塑和绘画来展现他心中的边城。心还在，梦未老，他心中永存着故乡的原风景，他永远是从凤凰放飞的一只风筝，线的另一端是牵系着心灵的故乡的影子。

严歌苓笔下的欲望山居

——读严歌苓《补玉山居》

严歌苓是继张爱玲之后最让我喜爱的女作家。跟她相比，张爱玲是狭隘而有局限性的，她的视角永远在上海，她的故事总是儿女情长。而严歌苓的作品放眼四海之内，写尽人情百态，历史沧桑。天浴、白蛇、少女小渔、扶桑、陆犯焉识等，无论时空如何转换，她的故事一部比一部更曲折动人，一个人物比一个人物更鲜活丰满。然后，她把笔从天南地北忽地一收，把目光聚集在一个风景宜人的山村，山村里出现一处民居，名曰：补玉山居。

补玉山居的主人当然叫补玉，与她丈夫一起经营自己的乡村农家旅店。形形色色的旅人从四面八方而来，来寻找心灵平静之地，来避开世俗纷扰。这本书主要描写了四对男女的情感欲望故事。二十七年前，温强爱上了多情花心的美医李欣，空余相思，李欣激发了温强去追逐财富最终功成名就。许多年后，温强再次重逢李欣，终于在山居里和李欣了却了多年的感情夙愿，却不再留恋迅速转身离去，当欲望终结，他依然感受不到幸福的味道；残废的冯焕拥有财富，却没有自由快乐，他拥有众多女友却没有真感情，当纯真善良的彩彩姑娘来到他的身边后，他渴望跟她有一个未来，但作者并没有仁慈地点明结局；在精神病院里，喜欢音乐的文婷邂逅了爱好篆刻的张文阁，他们心心相印，灵魂相依，偶而私奔到补玉山居过几天苦恋的小日子，享受最安宁愉悦的相处，但现实中，他们始终还是不能在一起；当罪恶冠以爱的名义，也会变得楚楚动人，夏之林和季枫看起来是都市里郎才女貌的一对，原来却是痛苦和罪恶的化身，季枫最后选择了反抗，她以疯狂的杀戮以求得彻底解脱，但她真的能解脱吗？没人知道。

补玉山居就是一座小小的城，城里的过客匆匆，内心藏满各种秘密的男女在这个小小山居相遇，人物看似逍遥，却各怀不为人知的心事，他们想把那些纠缠于心的欲望深藏在山居里，渴望返璞归真，但他们徒然挣扎沉沦，却依然扑不灭欲望的心火。

读严歌苓的文字实在很过瘾，不隐晦生涩，有白酒的辣、啤酒的爽、红酒的优雅，百般滋味。她有极强的掌控能力，把握人物的心理，塑造人物性格，把女性写得风情万种，把欲望写到欲罢不能，把故事写得峰回路转。

合上书，觉得这个世界有时真的残酷，那些曾经的纯真美好也终会消失无痕，让我们始终耿耿于怀刻骨铭心的总是再难挽回。我们终于知道，金钱不能带来自由、快乐，要懂得珍惜，人如果不能控制欲望的膨胀，只能带来痛苦和伤害。

这本书也许不是严歌苓最棒的，却是最现实、最生动、最贴近人性的，读过之后，感慨万千，欲言又止。多少前尘往事，不会烟消云散，百般滋味在心头。

爱是一种病

——读《霍乱时期的爱情》有感

爱情是一种病，爱了就欲罢不能，爱与年龄无关，这就是霍乱时期的爱情。

爱是一种病，只有得过这种病的人才懂得爱情。马尔克斯五十八岁时写作这本《霍乱时期的爱情》，杜拉斯在七十岁里写出了风靡全球的《情人》，也许只有年华老去，才能写出这样惊世骇俗的爱情，一个用奇瑰的想象，一个用深情的回忆。

马尔克斯的文字是有魔力的，在你不了解他的时候你感到他的生涩、支离、跳跃。而当你真正懂得那些文字的意义，你会因它们的存在感到只可意会的美好和满足。加西亚·马尔克斯是学法律出身，又做过记者，还是社会活动家，曾经因为政治原因游历过许多个国家，丰富的人生经历与工作经历，使他的作品的内容丰富而洋溢着激情，描绘出漂泊而坚韧的人性。他的文字不是凭借奇幻的想象便能写成的，他写的是他心中的城、心中的爱，他凭这座城演变交替凋零，即使大海，也是他卓越文字的道具，而他是指挥着天地万物的神，拿着笔文思泉涌，随心所欲，天马行空，指点江山。

记得有个朋友曾看他的《百年孤独》，说拿起来五次，放下五次，看见那些文中奇怪重复的人名就觉得头痛。其实看马尔克斯，千万不要在人名上纠结，你只需要在他用文字积成的海里面游上一会儿，就会懂得文字的快乐。你只需要在他的迷宫里转上一圈，就会知道你根本不需要看懂他，他的文字是用来理解和享受，而不是解析。

我认为他的《百年孤独》，是一本更适合男人的书，这本却很适合女人心，细腻而富于奇思妙想，每个女人都会期待他所捧给读者的霍乱时期的爱情。

这本书主要讲述了弗洛伦蒂诺·阿里萨对费尔明娜·达萨的旷日持久的浪漫主义爱情，这份感情贯穿了半个世纪。是作者赐给了男主角神一样的力量，用寻爱的灵魂在独舞，用一份真挚的信念穿过整个草原去寻找年轻时迷失在风中的一朵曾经的玫瑰。

在他的文字海洋里，有不一样的花朵，看得见加勒比海的惊涛拍岸以及天上的满天繁星，闻得见香乌鸦扇动翅膀的非同一般的香气，听得见海牛塞壬一般的歌声，看得见站在挂钩上发出叫声的白如雪的鹦鹉，懂得湍急的暗流和沼泽的神秘。那些人和动物的命运都身不由己地配合着他的思路，去完成属于他们壮美人生。

在他的书中，动物会讲话具有神的意志，而人的情感又是变幻莫测的。马尔克斯是任性的，不按常理出牌的，他从不直接告诉你结局，而是在你面前布上重重疑阵，让你心乱如麻，茫然失措，你必须学着适应他的方式和节奏，绕过他的激流和险滩，感到爱的苦痛和难以追悔，才能到达彼岸的秘密花园，那是希望与幻灭同在的地点。

他像一个出色的电影剪辑师，随意地切入切出，让你心急如焚，欲罢不能，却看到一段非比寻常、惊心动魄的爱情故事。原来有一种感情是可以融入血液无法消除的，那是一种执著的魔性，也是为了爱梦一生的决然，或许作者终于被男主角打动，所以当你终于跟着“忠诚号”蒸汽轮船在马格达莱纳河上没有尽头的航行中找到答案，看到完美的戛然而止的结局，你会心满意足地合上书本，微笑着喝完手边的一杯咖啡，在傍晚的晚风里，向着马尔克斯说一句：额滴神，服了你了。

我很喜欢这部书占了很多篇幅的情书传递，让人不得不怀想起曾经照亮过我们的那些岁月，那些信件里的未知，那些文字里的情愫，打开信的期待，似乎都成了久违的时光。才发现，书信的魔力总是恒久存在的。

读马尔克斯的书会让你好奇他究竟会是怎样的人，会想出这样迷惑人心的文字。他现在已罹患老年痴呆症，不知是否已经遗忘了他所经历的爱情。好在他把头脑中最精彩的部分留给了我们，我们只能把崇高的敬意留给他和属于他的那个世界。

傲笑人生

——读《李敖回忆录》有感

陈文茜曾说李敖存在是个奇迹,如果李敖死了,这世上不会再有第二个李敖了。她能这样讲李敖我觉得很感动,在看了《李敖回忆录》之后，我更坚信这一点，台湾没有李敖，会无趣得多。

这本书在我看来实际上写得有些潦草，因为至少我觉得李敖说别人比说自己精彩。李敖的人生可谓跌宕起伏，他既不怕苦也不怕死，既是天才也埋头苦干。少年时他随父亲到了台湾，高中时他不满学校的教育方法，休学一年多，呆在两个榻榻米的狭小空间内苦读，一桌一椅四壁书，快速地成长，勤奋地写作，奠定了他在知识和思想上的过人基础。

在大学阶段，李敖特立独行，他“世俗的我”和“理想的我”在冲突挣扎，感受内心成长的痛苦。二十七岁，他进入《文星》杂志，成为驾驭文字的英雄，用文字做刀枪，战无不胜，所向披靡。只凭三篇文章，就带动了台湾思想文化界，形成了文化论战的高潮。

他卓尔不群，凭一己之力，于政权对抗，结果两度被送入监狱，前后坐了六年多牢。但即使在狱中，他也勤奋读书、写作和思考，第二次坐牢六个月，他看了一卡车的书，写了三十万字，出了六本书，完成了十万字的小说。在生活上，他朋友多、敌人多、女朋友多、是非多，时而激情四射时而孤寂落寞，他浪漫又浪荡，多情又无情，是“不爱那么多，只爱一点点”的自私型男人。胡茵梦是他第一次失败的婚姻的女主角，娶到胡茵梦那么完美的女人，可见李敖魅力之大。

自1995年始，李敖开始做名为《李敖笑傲江湖》的节目，后来又做《李敖语妙天下》、《李敖有话说》，是博学、勇气、口才三结合的谈话类节目，一经播出，即受热捧，震惊岛内和海外。大众被李敖所折服，在于他知识之渊博、反应之灵敏、手法之独特。

我喜欢看李敖在节目上夸自己损别人说三道四，他只是以自己的观点来阐释自己的想法，你爱与不爱，你听与不听，与他无关。他说自己的脑子比电脑厉害，他也确实身体力行地证明着这一点。

李敖是台湾的李敖，是中国的李敖，是爱国的李敖，他也是文字江湖里的令狐冲。他想说的和想做的，无非是极力在追求一种真正的自由，这种自由精神的可贵在于，他真的做到了，在他年逾耳顺的时候，仍然扮着笑傲江湖的角色，可见他的顽童性格。他的思想是海阔天空的，他的大脑是机智多变的，他的性格是百折不挠的，他真的是一个人在战斗，而他真的胜利了，他是了不起的。

我们把他当作榜样，去寻找生命中真正的自己，也许我们不会成为李敖，但我们绝对会成为自己。

只为看山来

——读《齐白石回忆录》有感

往日，看白石大师的画，多是小品，却别出心裁，俗中见雅，无论是鱼虾虫蟹还是萝卜蚱蜢，意趣横生，他说他只画自己见过的东西，这本回忆录，让我们了解一个真实的白石山翁，怎样用平凡的脚步去持续攀登艺术的巅峰。

这本书的文字平淡无奇朴实无华，实际上，你在阅读的过程中，会有一种你就是编者，就坐在白石老人的身旁，静听着老人断断续续地回忆自己的人生，讲述自己的风雨过往和乡土情怀，走入苍茫往事的深处。

他的一生可以说是传奇故事，出身贫苦，最初只是一个雕花木匠，白天做木匠，晚上习字作画，三十岁以前为了一日三餐能裹腹而奔波，后来因缘巧合，得遇良师益友，勤于作画，书工篆隶，学写诗词，篆刻自成一家，年四十，始远游，拜师交友，五出五归，最后定居北京，终于走上一条通向艺术殿堂的道路。

这本书如果不是白石大师自己娓娓道来，如果是另一个作者来写他的人生，那一定是别一番的波澜壮阔，而非此刻我看到的家长里短。在这本书里，我看到大师的感恩，看到大师的苦与悲，他的爱恨情仇，生离死别。看到大师成长的每个足迹，让我知道每个人的幸运完全是因为个人的不断努力才能实现，像他自己曾经说过的那样：不教一日闲过。

他的人生在六十岁以前都是沧桑挫折的，生活也仅仅是能维持一大家子的吃穿用度而已。他来自底层，当时亦属草根，因而爱画萝卜画虾等俗物，为当时主流画家所嘲笑，而他保持自己淳厚朴实的风格，锐意变法，深得老百姓的欢迎和喜爱。他曾道：为万虫写照，为百鸟张神，要自己画出自己的面目。

在民国的动乱年代，他身如飘萍，四海为家，却始终没有丧失追求卓越的信念，纵然门前常有各色人等上门来讨扰，大师仍保持民族气节，铮铮铁骨，从不奴颜卑膝。抗日战争时期，北平伪警司令、大特务头子宣铁吾过生日，硬邀请国画大师齐白石赴宴作画。齐白石来到宴会上，环顾了一下满堂宾客，略为思索，铺纸挥毫。转眼之间，一只水墨螃蟹跃然纸上，众人赞不绝口，宣铁吾喜形于色。不料，齐白石笔锋轻轻一挥，在画上题了一行字："看你横行到几时"，后书"铁吾将军"，然后仰头拂袖而去。

他以七十多年的艺术生涯，成就了诗书画印神品的千古奇人，将国画精神与时代精神完美统一。他笔下的山水人物、花鸟虫鱼，简约传神，生气勃勃，充满了生命力。他崇尚自然，没有山，他可以借山；夜无灯油，常以灯节油烧火谈诗；苦中作乐，造花笺，摹金石；诗不求工，无意唐宋，师法自然；书写性灵，别具一格。

这本书，都是对往事平淡的回忆，还有部分插画，书后附录着胡适、黎锦熙、邓广拓编的齐白石年谱和罗家伦的读后感。整部书对于艺术创作并没有太多提及，点点滴滴反而都是生活里一些辛酸往事的回望和伤痛，也许正是生活中不可逆转的苦难使他的作品中更有真挚的情思于内，朴素于外，返璞归真，使人观画之余，心难忘之。

他有一首《过巫峡》的诗：怒涛相击作春雷，江雾边天扫不开。欲乞赤乌收拾尽，老夫原为看山来。他永怀赤子之心，用看山的胸怀，泼墨人生，诗入画中……

中国哲学的精神

——读《中国哲学简史》有感

对中国哲学，因为其浩瀚的思想，让人产生敬畏之心。当我捧起这本《中国哲学简史》时，这种感觉顿时释然。此书的作者，我国著名哲学家冯友兰先生，并没有使用令人望而生畏的专业术语，而是以深入浅出的语言进行讲述，让人一读之后，欲罢不能。

冯友兰先生对哲学“入世”与“出世”的剖析让人心境豁然开朗。佛家说，生是人生苦痛的根源。柏拉图说，肉体是灵魂的监狱。这些归结起来仿佛是说，欲得到最高的成就，必须脱离尘罗世网，必须脱离社会，甚至脱离“生”。这种哲学，即普通所谓“出世的哲学”。另有一种哲学，注重社会中的人伦世务。这种哲学只讲道德价值，不会讲或不愿讲超道德价值，即普通所谓“入世的哲学”。有人认为，儒家是入世哲学的代表，并举例证明。孔子有个学生问死的意义，孔子回答说：“未知生，焉知死？”（《论语·先进》）孟子说：“圣人，人伦之至也。”（《孟子·离娄上》）照字面讲这句话是说，圣人是社会中的道德完全的人。

从表面上看，中国哲学是入世的。因为中国哲学所注重的是社会，不是宇宙；是人伦日用，不是地狱天堂；是人的今生，不是人的来世。但冯友兰先生指出，从更广、更深的角度而言，这种看法有失公允。

中国哲学中的一个主要流派道家认为，生命是个赘疣，是个瘤，死亡是除掉那个瘤。即使是儒家，也有“出世“的成分。儒家所指的圣人，是不仅在理论上而且在行动上道德完美的人。他的人格是所谓“内圣外王”的人格，内圣，是其内在的修养成就；外王，就是其在社会上的功用。只不过儒家和道家的侧重点不同，儒家重“名教”（把各种社会关系规范化），道家贵“自然”（顺事物和人的本性）；儒家讲“天下兴亡，匹夫有责”，道家讲“采菊东篱下，悠然见南山”；儒家讲究三纲五常，道家讲究修身养性。

儒家“游方之内”显得比道家入世；道家“游方之外”，显得比儒家出世。这两种思想看来相反，其实却相辅相成，使中国人在入世和出世之间，取得较好的平衡。入世哲学是强心剂，出世哲学是清醒剂，入世哲学使人关注社会价值，出世哲学使人关心自我的超越价值，入世哲学使人振奋，出世哲学使人安逸。入世和出世互补，进退相宜，这是中国人从入世和出世哲学中获得的人生智慧。冯友兰先生在“中国哲学的精神”中分析道，哲学是对人生进行反思的思想，哲学的精神不是为了增进正面的知识，而是为了提升人的心灵，超越现实世界，体验高于道德的价值。

在为功名利禄所累和人心浮躁的今天，中国哲学思想也许是慰藉心灵的一剂良药。歌手李娜在出家时说过四句话："人有四种境界：一是衣食住行，那是人的原始阶段；二是职业、仕途、名誉、地位；三是文化、艺术、哲学；四是宗教。只有进入第四种境界，人生才闪出亮点。"进入第四种境界闪现人生亮点，对于我们凡人而言，未免有些要求过高和不太现实，但通过对哲学的修养来实现对人生较高层级的领悟，找到精神的家园，确是每个人人生的一种使命。正如冯友兰先生所言："人不需要宗教化，但是人必须哲学化，当人哲学化了，他也就得到了宗教提供的最高福分。"

像风一样自由的男子

春天的黑夜里。一个人的黑夜里，轻翻《臆说列子》。此书是根据国学大师南怀瑾2009年在江苏庙港太湖大学堂讲授《列子》的内容整理而成，语言简单明了，涉猎广阔，别出心裁地阐释了对列子思想的认识，对道家学术及观念的看法，释疑解惑，深入浅出地讲解他对于生死、时势、缘遇、名利等的理解，见解独到。

在看这本书前，我并不十分了解列子。翻阅之后，对于广博精深的列子哲学思想也只能算是浅显地有所认知。他是道家代表人物，晚于孔子而早于庄子，终生致力于道德学问，他的思想默察造化之运，发黄老之幽隐，简劲宠妙，辞旨纵横，是道家义理不可或缺的部分。

列子的哲学思想很繁复，存在状态却极简单，是灵魂在路上的歌者。遥想当年，身处战国时期的江湖风雨间，他为人低调，安贫乐道，不求名利，不进官场，隐居郑国四十年，以独立的精神、自由的心灵，自在地生活、自然地修行，他白日或游历，或聚众讲学，或听风望月吃茶，游山玩水采花，晚间，对话心灵，探索精神，走入灵魂深处，殚精竭虑，伏案疾书，潜心著述，开创哲理与寓言一体的先秦散文体系，写出流传至今的哲理散文、寓言故事、神话故事、历史故事等一百多章，多以寓言形式来表达精微的哲理，留下了许多脍炙人口的作品，比如《愚公移山》、《两小儿辨日》等。正所谓大隐隐于市，列子居郑地，四十年的光阴，有的人也不认识他是谁，可见他是多么淡泊名利，真正达到了老子所言“和光同尘”的地步。

列子是个很低调的人，心胸豁达，贫富不移，荣辱不惊。他精神上很富有，物质上却很贫穷。相传列子家人三餐不继，常常吃不饱肚子，以致面黄肌瘦。有的人知道了就劝郑国执政的宰相子阳资助列子，以搏个好士之名。于是子阳就派人送他粮食，他再三致谢，却不肯收受实物。妻子背后抱怨他：“听说有道的人，妻子孩子都能快乐地生活，我却常常挨饿。宰相送粮食给你你却不接受，我真是好命苦啊。”列子笑着对妻子解释：“子阳并不真的了解我，听了别人的话才送粮给我。以后也可能听别人的话怪罪我，所以我不能接受。”一年后，郑国发生变乱，子阳被杀，其党羽多被株连致死，列子却得以安然无恙。

列子或许就是这样一个可以安心做学问却不为五斗米折腰的人，他对天地的追问、对生命的起源、对养生修道的重视、对人生人性的体验，他的人生观、宇宙观和哲学态度、诸多奇思妙想对后世产生诸多影响。他生存的方式和目标，就是求得与道体合一，达到冲虚自然之境，使生命存在获得无限的意义，实现心灵的自由。

这两日，因为去看了一位素日熟识，现时却绝症缠身、来日无多的友人，心下十分难过，为命运的无情，生死的莫测，面临别离的伤痛，夜来难以成眠。此时，看到《仲尼篇》借龙叔谓文挚曰："得而不喜，失而弗忧；视生如死，视富如贫；视人如豕，视吾如人。"顿时心里如无边落木萧萧下，似卸下千斤重担。这里所讲的实际上就是万物齐一的道理。有生即有死，亘古不变，要视万物为淡然，才可以对社会生活的贵贱、荣辱、得失以及生死寿夭采取超然的态度，于动荡变化中不动心、不留情，此即冲虚自然的境界，到达无心之境，不为物喜，不为己悲，解除精神上的负担，心灵才能摆脱桎梏，获得真正的解脱。

隐逸田园诗人陶渊明的行为就追随列子："爱闲静，念善事，抱孤念，爱丘山，有猛志，不同流俗。"在他的诗文中多次引用《列子》典故，深受道学思想影响的他，尊重自然，不言教化，不为诗而诗，只写胸中之妙，酣畅淋离地表现自然之美、心中之乐。他写的《归园田居》有这样的描写：榆柳荫后檐，桃李罗堂前。暧暧远人村，依依墟里烟。狗吠深巷中，鸡鸣桑树颠。户庭无尘杂，虚室有余闲。多么安闲怡适的乡村图画呀！居住在乡下的陶渊明就是用这样一种淡泊的心态来度过隐逸人生，看山是山，看水是水，种菊采菊，读文写字晒心情，真正颠倒梦想，解放心灵，与执念达成和解，内心安宁，与生活和谐相处，他觉得没有物质、没有权力的生活也有天下第一等的快乐，用道家清静无为的理念，享受着至高无上的精神愉悦。

走近列子，这个拥有着智慧之光和崇高灵魂的男子，也许每个人都会渴望遇见一个无拘无束、自由自在的自己吧。在这个夜晚，看着忽然走近的列子，才颖逸而性冲澹，曲弥高而思寂寞，内心无限欢喜。他告诉我不要被凡事所扰，不要被外界的虚荣所困，关注生命现实，要达理想之境，先要让自己的心境“只生欢喜不生愁”，精神才能获得滋养。

列子是一个像风一样自由的男子。据说修道九年之后，他就能御风而行。庄子《逍遥游》中说，他能乘风而行，轻虚飘渺，微妙无比，一飘就是十有五天，飘游够了才回家。那个自在劲儿，令人羡慕不已。《述异记》中说，列子常在立春日乘风而游八荒，立秋日就反归“风穴”，风至则草木皆生，去则草木皆落。这当然无法考证，列子能不能乘风而行已是无解，但我们确定的是，他拥有自由的灵魂，他的思想是可以乘风而行穿越时空的，他的智慧是可以随风起舞的，随时施人妙法和心得。

唐人吴筠曾咏列子：冲虚冥至理，休道自元通。不受子阳禄，但饮壶丘宗。泠然竟何依？挠挑游太空。未知风乘我，为是我乘风。

在这个美好春天的夜晚，月华如水，窗外春风浩荡，树影婆娑，书页被风吹得哗哗作响，好似列子正从远方御风而来，夜空中好似听见他在说：来的不是我，而是风。

遇　见

那日夜晚，和朋友走着吹风。

忽然被泉舜广场上的一段歌声所吸引，停步张望，原来是自由歌手在夜色里自弹自唱。我们就站在不远处，肩并着肩，听任歌声在秋风鼓荡中飘扬，吉他声里，歌声年轻而干净，放肆青春，年轻的心飞扬。

良久，有位大姐走上前拿过了麦克，歌手伴奏，她演唱了一首久违的歌曲《莫名我就喜欢你》，她深情款款，歌声忽高忽低，收放自如，高潮部分有自己的发挥和掌控力。唱完一曲，我们热烈鼓掌。请她再唱。于是，她唱了一曲《西游记》里的主题曲《女儿情》，此曲一出，围观者蜂拥而至。歌毕，经过交谈，我们才知，她上大学时是主修音乐的，因而她的歌声才能演绎得婉转自如，恰到好处。

又一晚，月色迷离，在隋唐公园里散步。在一片芳草地上，惊见几位女士白衣胜雪，列坐其上。夜风中沉静的禅乐声四溢，其中一位女士曼妙身姿，翩翩起舞。随后，众位依次弄影，夜风中的每一位都身如白莲，长发飘飘，衣袂飞扬，笑靥如花。而后，双人对舞，讲究表情、姿态、气息、动作的配合，飘飘若仙。那些飘逸的白衣有致命的美感，置身其中，恍若天上人间。此时才知，这舞称作禅舞，也可谓茶舞。此舞静，可修心、养气。

某日，在洛浦公园的小道上慢跑，被前面一对中年男女播放的音乐吸引，英文歌曲，听不出歌意，但音乐无国界，依然被感动到了。于是放慢脚步，跟在他们身后细听，走出好远。这首歌我至今也不知其歌名，但歌声如诉，是有灵魂的声音，似在讲述一个悲伤的故事，无关爱情，而是一种关乎人生、人性的一曲暗伤。在黄昏里的洛水旁，那随风飘落的时光，让人分外感慨和忧伤。

秋日时分，遇见歌声、遇见音乐、遇见禅舞。每一次的遇见让我们或是茫然若失，或是无端惊喜。遇见了，才知道生命有多少种精彩，才知道欲买桂花同载酒，终不似，少年游。

一路走来，在人生的每个阶段、每个街口、每天，我们总在不断地遇见，遇见苦涩，遇见美好，遇见未知的自己。发现原来你也在这里，感受有多少爱不能重来，捕捉生命中细微的感动，欣赏每一季的雨丝风片、鸟语花香。

亦如朋友带着我游桂花园，香气袭人的时候走过了，香气黯淡的时候走过了，毫无香气的时候也走过了，重要的不在香气，而在遇见与铭记。曾记花开不记年，因为遇见，庆幸没有辜负和错过这一段光阴和华年，因为遇见，这个世界才显得不那么寂寞。

后记

在文字中修行

人生有三个境界:见自己,见天地,见众生。

宿命中,我喜欢上写作,只是为了遇见未知的自己。许久以前,说附庸风雅也好,言多愁善感也罢,只是偶尔写些小文怡情,想冒充一个有文化内涵又思想深邃的女人,渴望翻手为云,覆手为雨,写出的故事荡气回肠,写出的时光斜风细雨,然一路写来,为文其实多是词不达意,浅显矫情,然而却真的是乐在其中。因而写作于我,只能问情深,莫要问缘起。

写作其实是一件顶顶麻烦的事情,你要有时间阅读,有时间构思,有时候还要为赋新词强说愁。看见起风了,想去逛公园;看见下雨了,想去咖啡店;若是晚来天欲雪,就还想喝上一杯。写着写着,不自觉得就有文艺青年的倾向,其实写得也不入流,主要是不能博览群书,写作经验尚浅,观察不够细致,总而言之,还是基础不够扎实,所以文风浮浅,思维单纯,天南地北,有时自己一路写去,云里雾里,不知所云。遂仅以舞文为乐,只当是自我放逐,寄情抒怀吧。

蓦然回首, 感念与文字一起的修行岁月, 其间写写停停,但始终没有太大的进步。我既无师承也无家学,无人授业解惑,不懂目不窥园,因而幼功很差,兼之才情有限,最致命的是为人颇为闲散,不够勤奋。有时候想,假如我能多投入一些时间在写作上,没准儿是不是会写得更好一些呢?这种猜想永远不会有答案，正因自己才疏学浅，又不够努力，常让我对自己信心不足。但走在这条路上，初时也很热血，后来走得坦然而充实，身心有所增益，也认识一些老师朋友，觉得温暖而开心，有人喜欢自己的文章也觉得安慰，似乎心灵有所依托。

这本书是对我过去文字生涯的一个审视、梳理、总结和回望，当然总会发现自己的缺失，但已然无法弥补。个人的成长、心灵的修持永远与经历和岁月有关。我无法要求大家喜欢或是不喜欢我的文字，因那毕竟是每个时期的自己当时的状态，还是要正确面对。现在呢，我对自己的要求是，做一个内心成熟、面容沉静的中年女人，尽力把生活中的每一件事做好，问心无愧；面对未来，我希望自己可以有反省的勇气，一如继往地走在文字之路上，可以以自由的精神、自主的工作、自在的生活、自然的修行，品菜做梦看书，听风望月吃茶，游山玩水赏花，读文写字晒心情，真正颠倒梦想，解放心灵，与执念达成和解，内心安宁，与生活和谐相处，对待年华老去开始有雅量。

也许我在文学上并无太多才华和潜力，但我喜欢怀揣着一颗散乱心，赴与文学在一起的约会，继续做一个忠实于内心的行动主义者，做一个有态度的文字修行者，厚积而薄发，亦或者，依旧是唠唠叨叨，漏洞百出，碎碎念。只是不违心，本色，且歌且行。

写作之乐何处寻，数点梅花天地心。唯愿拈花微笑，岁月静好。谨以此书献给帮助和支持过我的人，关心我的人以及爱我的家人。感恩，并深表谢意。

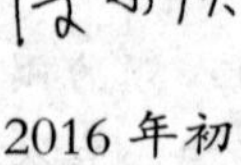

本书整理于2016年初冬时分